凌翔 主编

当代作家精品·散文卷

文鉴岁月

涂国之 著

北京出版集团
北京出版社

图书在版编目（CIP）数据

文鉴岁月 / 涂国之著；凌翔主编 . — 北京 ：北京
出版社，2023.3
（当代作家精品．散文卷）
ISBN 978-7-200-17846-3

Ⅰ . ①文… Ⅱ . ①涂… ②凌… Ⅲ . ①散文集—中国
—当代 Ⅳ . ① I267

中国国家版本馆 CIP 数据核字（2023）第 029946 号

当代作家精品·散文卷

文鉴岁月
WEN JIAN SUIYUE

涂国之 著

凌翔 主编

出 版	北京出版集团	
	北京出版社	
地 址	北京北三环中路 6 号	
邮 编	100120	
网 址	www.bph.com.cn	
发 行	北京出版集团	
印 刷	三河市中晟雅豪印务有限公司	
经 销	新华书店	
开 本	710 毫米 ×1000 毫米 1/16	
印 张	15.5	
字 数	210 千字	
版 次	2023 年 3 月第 1 版	
印 次	2023 年 3 月第 1 次印刷	
书 号	ISBN 978-7-200-17846-3	
定 价	75.00 元	

如有印装质量问题，由本社负责调换
质量监督电话 010-58572393

清秀之文　气韵盎然

石　英[1]

　　我仔细通读了涂国之同志的散文随笔集《文鉴岁月》,既觉得它蕴含的传统文化深厚,又给人耳目一新之感。传统文化,体现了作者人文底蕴积累之深厚;耳目一新则充分说明他能够与时俱进,具有强烈的进取精神,勤于思考,善于接受新鲜事物。这二者之融合,使他的文章令人爱读、耐品,有吸引力,又不乏新鲜感,这也许就是我很愿意为之作序的原因吧。

　　涂国之曾是我军宣传战线的一位优秀干部、国家主流媒体资深记者,也是自学成才、实力雄厚的作家。多年来虽以新闻工作为主业,但其文学创作在数量和质量上也有上佳表现。从其作品的字里行间不难感受到他的创作状态,我将其概括为两个短句:清秀之文,气韵盎然。

　　读完书稿全文,我不禁想到1800年前曹丕的《典论·论文》中所云:"文以气为主,气之清浊有体。"这话之内涵实际上已触及文章的类型、路数和风格问题。他看到并承认为文并非一个路数、同一写法,不同的路数和风格之间均应予以尊重,而不是相互排斥。那时如此,今天更是如此。譬如在散文领域,曾经有很多人推崇杨朔

---

[1]　石英,原为百花文艺出版社副总编辑兼《散文》主编、《人民日报》编审、中国散文学会名誉会长。

式、秦牧式、刘白羽式的抒情味浓郁的"美文"。这种喜好乃至倾向自然应予以尊重，正如俗语曰："穿衣戴帽，各有所好。"但这并不意味着文章由此而形成几种模式，尤其是不能成为衡量文章水平高下的固定标准。我国《古文观止》中所收之文就不完全是一种型号、一种味道的嘛，所以当我细读了涂国之的散文和随笔之后，觉得他习惯使用的并使人读起来很舒服的风格则是：以畅达而缜密为主的叙事风格，而又以"气韵"贯穿其中，以真实挚切的感情润泽文字，兼有精到的细节让人颇觉耐读，形成一种事、理、情、味相融的行文风格。在其笔下，此种风格的散文他驾驭得可谓娴熟自如，游刃有余。

对此，我认为不仅应予以肯定，而且应认为是一种相当成熟的文脉。

我在20世纪八九十年代先后在津、京两地主编《散文月刊》，后来又主持《人民日报》的《大地》副刊，接触的主要是散文和随笔类作品。我一向主张散文"宜宽不宜窄"，提倡写作多种类型和风格的散文，而不是扬此抑彼。正因如此，当我认真读过涂国之同志的散文和随笔后，便觉得他的努力取得了颇值得重视的成效。不难看出，他善于汲人所长，但又秉有较强的独立意识和自觉追求。

如果我们对上述曹丕"文以气为主"的"气"，不仅理解为气势，而且还有"气格"内涵的话，那么它就是作品中之灵魂与文胆。以此来观察国之同志的散文，便不难发现这一要素是充盈的。他出身于四川射洪偏僻山村的清贫农家，但自幼就受到父亲的谆谆教导，父亲殷切期望他发奋读书，改变命运。国之不负所望，可谓少年立志，最终成为一个有益于家国的人才：1968年参军后，通过组织上的培养和个人的不懈努力，成为一位部队宣传战线上的优秀干部、国家主流媒体的资深记者和自学成才、基础扎实的作家、笔杆子。这一切都来自一种坚忍不拔的信念、不畏艰辛的拼搏意志。从他不止一篇的自述散文中可以清楚地看出：在若干紧要的关头，他都能不辱使命圆满完成上级指派的任务，也在自己的生命史上增添了应有的亮色。如果说还有什么遗憾的话，各种契机所致，他没有得以跨入正式大学的门径，在课桌上完成他的"科班学业"。然而这一"缺陷"，却由他超常的努力得以弥补。另外，同样是在不止一篇自述散文中得以解答：中外古今有不少杰出人物并没有进过"名牌"高等学府，却同样甚至是"超额"地实现了人生价值，在历史进程中留下了不平凡的篇章。这种取法乎上的励志精神，浸漫于本书作者若干文章的字里行间。所有这类文字不仅为了自励，而且有益于一切有出息的后人。所以我认为，这部分发自肺腑的文字，应视为他最有价值，也最有"气格"的箴言。

与上述相联系的是，我还特别注意到，涂国之对他所经历的人生重要阶段，尤其是所供职的情之所钟的事业之无限热爱，可谓达到了刻骨铭心的程度。正因如此，自然会派生出与大爱相匹配的有分量的篇章，譬如他对自己曾经供职的部队的深厚感情。这支经历抗日战争、解放战争，特别是抗美援朝的英雄部队，曾经创下了惊天地泣鬼神的光辉战绩。作者为此写下了不吝篇幅、浓墨重彩的纪实散文，读来为之动容。这支以傅崇碧为军长的英雄部队在抗美援朝期间，在铁原阻击战中打出中国人民志愿军的威风，大大伸张了中国人民不畏一切强敌的志气，但也付出了难以想象的巨大牺牲，彭德怀司令员称该军为"真正的铁军"。为纪念中国共产党诞生一百周年而拍摄的电视连续剧《跨过鸭绿江》中，这支部队有不少感人场面和催人泪下的珍贵镜头。巧合的是，70年前，我作为一名部队机要部门的译电员，也有幸译过志愿军司令部转发的铁原之战血肉拼杀的讯息。时达70年，韩国发掘出的我志愿军战士的遗骸，又以位于今之军事分界线以南的铁原为最多，足见当年两军拼杀之惨烈。对于老部队当年之壮举，国之同志花费的笔墨最多，投入的心力也最感人。对此，我极为认同。为文之道，该简者不惜一笔带过，该细者则必须写足写透。对于他的英雄老部队，千言万语犹感未尽，我特别能够理解。国之同志所举事例，在他人的类似文章中有许多我见所未见，故而读之更觉新奇动人。我国古代文艺评论家刘勰在《文心雕龙》中曾提示曰："酌奇而不失其真。"用语不应失其真，用事亦同样不能失其真。国之同志用事奇而且真，乃可贵行文之道。

再者，作者之纪实散文还有一个重要特点，即丰厚而不贫瘠，耐读而到位（此点十分要紧，凡以叙事为主的散文，瘠瘦单调是大忌）。在这方面，可谓举不胜举。这里仅举写川北历史名城阆中之一篇（题名《阆中街头品特色文化》），当可见一斑。就我所见，不少作家写阆中之散文何止百十，却未见有如国之笔下之阆中如此丰厚、如此详尽、如此细腻，读来如此"过瘾"。譬如有的散文虽然知道此城于清朝初年曾为四川临时省会，却未交代来由如何；而国之所写的阆中就有释疑解惑之功。原来在清顺治年间清军尚未攻取全川之时，为急不可待治理已控地带，尤其是早日开科取士以笼络汉族士子，阆中不仅被安排为临时省会，且在此地开始了有清以来的川省乡试，由此可见阆中地位之重要。在此文中，国之同志对阆中的历史沿革、文化风习等了然于胸，且见解别具一格。信举一例：作者对西汉时期籍属阆中的天文学家落下闳（复姓落下，名闳），却较一般典籍做了更深入的探讨，从而使这位非同凡辈的天文学家和历史学家在中国科学发展史上显现出独具光辉的价值。

同样是纪实散文，国之同志是很下真功夫的。为了弄清楚一个人一个掌故，他往往肯于"挖一口深井"。可见，写好这种类型的散文，也需要一种认真的治学精神哩。

还有，在《文鉴岁月》集子中，有一部分文化随笔也是颇值得重视的。读他的这部分随笔，不禁觉得其深厚造诣有力透纸背之感，其馥郁的人文况味扑面而来。其实这并不奇怪，作者在上学及工作后，无不挤时间不断增加自身的文化积累。此种功夫犹如一个好演员的功夫，都是非一日一时一蹴而就的，我从他的《在苦读中升华》等文章中已经得到答案。在这方面，古今中外成功人士的著述和历练经历，都是他的良师益友和教科书。他的视野涉猎甚广，举凡文学、艺术、科技乃至政经诸科均不排拒，凡有可取之处，纵然有某种欠缺亦无妨习其所长。此种辩证态度，导致作者能够博采众长又保持独立思考之智。作者还有一可贵之处在于：不为尊者讳。即使像爱新觉罗·弘历（乾隆皇帝）那样的"至尊"人物，他也能正确指出其漫挥"御笔"、滥造贫诗之弊：四万余首"大作"竟无艺术上的可圈可点之章句，此无异于笔墨场中之笑料。国之同志能够秉持真正文人之大义，倡言"摒除乾隆遗风"，此语可谓掷地有声！当然，如何看待文学作品数量与质量的关系，还是要坚持具体情况具体分析的原则，不应绝对化。事实上，中国文学史中，也有既高产又优质的正面例证，如南宋陆游诗作近万首，而其中为人称道的经典诗词并非个别；杨万里一生作诗二万余首，其中脍炙人口之作至今仍令人传诵。这些与乾隆皇帝恰成鲜明对照。但不论如何，国之对"乾隆遗风"的警示对任何文学创作者都是一种有益的鉴戒。

总之，纵观国之同志的散文随笔，无论是正面的引领还是侧面的警示，都体现出了作者具有非凡的思想高度、认知深度和悟性锐敏度。他在纪实散文与以记叙为主的文体中所达到的水平是一种成功的实践，也是一种极有说服力的印证。他在知识的积累、语言文字的组合运用等方面对于为文者也是很有启示作用的。对于任何人而言，绝对的完美是没有的。如果说有何不足之处，我仔细想了一下，作者已经达到的水平固然是成功的，但在已经熟练运用的行文基础上能够更灵动些，譬如说探索采用更多样化的散文路数，当会使行文方式避免单一化，是否可做些尝试？以国之同志所具的调遣语言文字的造诣，我想并不是困难的。此建议，仅供参考。

最后，我觉得国之同志作为一位有实力、写作状态仍然良好的作家，已经在散文、随笔的耕耘道路上取得了可喜的业绩，而且以其扎实的文笔基础与不断进取精益求精的精神，今后仍可望在散文、随笔乃至其他体裁（譬如书中可见的诗词方面的造诣）诸方面有新的展现。我完全有理由认为，国之同志获得的已有成就，为军政界爱好文学的老同志做出了令人瞩目的表率——以不俗的表现昭示出能够达到的高度。我想，这是毋庸置疑的前景。对此，作为一个仔细读过《文鉴岁月》书稿者，我是非常看好的。愿国之同志在《文鉴岁月》的基础上百尺竿头更进一步。我作为年长于他的耄耋笔耕者，愿与之共勉。是为序。

2021年立冬于京城初雪中

目　录

第一辑

父亲的眼力

也许很多人都难以相信，一个几乎是文盲的农民，在他的小儿子一两岁，就能看出其将来会有出息，预言其可以兴家旺族。因而，他对这个宝贝儿子格外宠爱，并以独特的方式，不遗余力地对其加以培养。谁能料到，这位父亲近乎白日做梦般的预判，后来竟然全部变成了现实。这个独具慧眼的农民，就是我最为崇敬、永难忘怀的父亲。

我的老家，在川中一个偏僻山村。新中国成立前，那里被国民党官吏、土豪劣绅以及兵匪盘剥得山穷水尽。我们家因父亲常年在山上躲避国民党"抓壮丁"落下一身病，加之孩子多（我之前就有4男1女），真可谓穷困潦倒，经常是吃了上顿愁下顿，还欠了不少债。我的出世，无疑加重了家中生计负担，母亲和已懂点事的哥哥、姐姐以及亲戚们，无不凝眉叹息。然而，父亲的态度截然相反，他竟然从刚来到人世的我身上，看到了改变家境的希望。因而，他专门借钱请有学问的教书先生，给我取了个儒雅且含有深意的小名：贵芝。"贵"即高贵、富贵，"芝"即像灵芝那样珍贵、祥瑞（灵芝为贵重中药材和补品，俗称瑞草）。之前，我的哥哥姐姐们出生后，都是父亲自己或亲戚随意给取个云生、圆子、秀娃、松娃、春春之类的小名，唯独对给我取名煞费苦心。据母亲讲，自从有了我，父亲似乎完全忘记了家境破败和自身多病，变得精神焕发，让人难以理喻。他经常在亲戚和村里熟人面前吹自己的幺儿（我）如何精灵，并且痴人说梦似的断言他的老幺将来肯定有出息。

父亲对我的娇宠，简直到了极致。他身体多病，经常吃点炖猪蹄、猪肚之类，我妈和哥哥姐姐都没有份，只有我能和他共享，甚至他不吃也要先满足我。他不上山躲"抓壮丁"时，白天经常带我玩。而且经常是半夜三更他睡醒后想我了，就大喊："芝娃，幺娃子，爸爸想你了！"被他吵醒的家里人和邻居们，简直哭笑不得。

新中国成立初期，我们乡公所所在地每3天赶一次场（集市）。逢场天的中午，乡公所院内的戏楼上，一般都有古装川剧演出。此外，隔三岔五还有晚场演出。戏楼所在院子四周封闭，只留一个供人进出的门洞，看戏观众必须买票入场。我3岁多的一天，父亲在不经意间带我看了一场古装川剧，他发现我特别喜欢看戏，于是全家又多了一份苦差事——风雨无阻地背我去剧院。父亲虽然身体多病很少去赶场和看戏，但每到逢场天他都指派母亲或哥哥、姐姐用背篼背着我和粮食、鸡蛋、柴火之类去赶场，先卖掉东西换得零用钱，再去买戏票，而这时正好赶上午场戏开锣。当时我个子矮，站在地上看不到戏台，就由母亲或哥哥、姐姐抱着看，或者骑在他们的肩膀上看，看完戏再由他们背回家。赶场看戏中途，我经常肚子饿了要吃东西，没钱买，大人就从家里带上煮熟的嫩玉米、红苕之类，在开始看戏前到街上一家亲戚开的饭馆里蒸热了给我吃。每逢有晚场戏，我同样是被背去观看，很少落下一场。说句实话，三五岁的孩子看古装川剧，从头到尾只见戏台上文官武将红脸进白脸出，根本不懂他们在干什么。尽管如此，被父亲惯得极任性的我，还硬是要去看，而父亲不仅不阻拦，反倒认定看戏对我日后肯定有用处，坚决支持。天有不测风云，就在我刚满6岁时，身患哮喘等多种疾病久治不愈的父亲，年纪轻轻就离开了人世。当时的我，根本不明白没有了父亲对自己和家庭意味着什么，甚至在他停在门板上等待入殓安葬时，还用小手去摸他的脚指头觉得好玩儿。

随着父亲的离去，我在家中的特殊地位很快消失了，先前持续了大约3年让人背来背去看戏的事更是戛然而止。然而，谁也不曾料到，父亲短短几年近乎荒唐的厚爱，竟发生了奇特效应，激发了我对中国历史知识和古典文学知识的浓厚兴趣和极大敏感。我上小学就读完了《三国演义》《隋唐演义》《杨家将演义》《说岳传》等书，内容几乎都能背下来。上初中又读完了《中国通史》《中国文学史》，对中华几千年文明史上的主要历史人物、历史事件和主要文化名人及其主要作品，都有了基本了解。丰富的历史、文学知识，对我当时的学习和后来的工作，都起到了不小的促进作用。如果不是"文革"期间停止招生，我肯定会报考大学文学或历史专业，而且极有可能成为该领域有造诣的专家。未能如愿，是我此生的一大遗憾。

对于"贵芝"这个名字，由于它比较女性化，所以之前我从未去认真琢磨其含义，甚至对其不屑一顾，以为是老父亲文化低所致，直到提笔写这篇文章时，才对它做了认真推敲，方发觉其中蕴含深意。

父亲的一生，遭遇了太多的不幸，留下了太多的遗憾，他定然死不瞑目。也许唯一能使他感到欣慰的，就是他对幺儿"贵芝"的期盼没有落空，而且超出了预期。我从小学到高中一直是班长，语文、政治、历史学科的成绩一直优异，写作文更是拿手。我于1968年参军后4个月就上调团部写新闻报道，11个月就被调到军政治部干新闻宣传工作，入伍两年多就因工作出色，被军首长点名破例提拔为军官，和两位老同志一起抓该军的新闻宣传工作，成为当时全北京军区十几个军级机关中最年轻的新闻宣传干部。入伍10年被上调入京担任新华社、《人民日报》军事记者，后来又担任北京军区新闻处长等职。在每个岗位，我都取得了一流的工作成绩。我退休时是军队技术四级干部，享受正军级别工资待遇，佩戴大校军衔。在家乡的县、镇、乡、村，我被视为佼佼者和"骄傲"。老母亲被奉养到105岁才离世，受到人们广为称赞。

多少年来，我对父亲一直怀有两种感情：一种是自豪、感激。我打内心佩服父亲的眼力和眼光。一个大字不识几个的山区农民，竟然在儿子一两岁时就能看出其禀赋优长和发展前景，并精心加以培育，最终如愿以偿。试问，天下父母有多少具有如此难以思议的智慧？有这样的慈父，是我终生最为自豪的事情。另一种是内疚、遗憾。无法对父亲做任何报答，也成了我终生最大的憾事。几十年来，我曾千百次地遐想：如果父亲能活到八九十岁甚至更长，有机会品尝我从千里之外带回去孝敬他的美酒，同时能和自己最宠爱的儿子"贵芝"谈天说地共享天伦之乐，他该有多高兴啊！然而这终归是空想、幻想。万般无奈，我唯一能办到的，就是加倍珍惜今生尚有的宝贵光阴，多做些利家利国的事情，让九泉之下的父亲得到更多慰藉。

　　安息吧，我神奇杰出的父亲，您虽然很不幸，年纪轻轻就丧失了宝贵的生命，然而，您又很万幸，实现了"望子成龙"的期待，这对为人父母来讲，可是莫大的幸事啊！

2019 年 2 月 16 日

母亲的福报

2014 年 3 月 3 日（甲午年二月初三），我那多年来令众人称羡、使我们家族引以为豪的寿星老妈，走完了她的漫漫人生旅程，享年 105 岁。

一年多来，我的心里总感觉缺了什么东西，空落落的。母亲的音容笑貌和一幅幅精彩人生画面，不时浮动在我眼前，闪现在我脑际，颤动在我心坎，使我陷入无尽的思念之中。

我的老家，在川中遂宁市射洪县（今射洪市）的一个山村。那里，新中国成立前，官绅压榨，兵匪袭扰；新中国成立后，由于丈夫早逝，子女众多，在相当长的一段时间里，我们的家境依旧贫寒。母亲从跨进涂家门到 20 世纪 70 年代初，长达半个世纪里一直在重压下生存、在贫苦中煎熬。极度的艰难困苦，铸成了她诸多的优良品格，点缀出她绚丽的人生。

我们 5 男 2 女兄弟姐妹共 7 人，都出生在吃了上顿没下顿的旧中国。新中国刚成立一年多，父亲又因病去世。在这样贫困潦倒的境况下，每个孩子都能长大成人，日子还越过越红火，主要应归功于母亲的勤劳、坚强、睿智、能干。母亲身材并不高大，又是一双小脚，但干起活来却非一般农妇能比。

新中国成立前后的 30 多年里，母亲长年累月白天下地干活儿或赶场买卖东西，晚上在油灯下干补洗衣服、备猪饲料、剥棉花、脱玉米粒等家务活，一直忙到深夜，第二天一大早又得起床煮早饭。我们家人口多，山林又少，家庭使用的柴火很长一段时间都是个大难题。为此，每年冬春，母亲都要爬到山上去扫树叶、捡枯枝、割野草，背回家装满柴屋，备足全年之需。国民党统治时期，父亲常年在山上躲避"抓壮丁"，母亲生我们后面三四个孩子时，身边没有人照料，有时头天生了第二天就下床干家务。不仅如此，家里有点红苕和大米之类的东西，还要煮给在山上躲"抓壮丁"的父亲夜里溜回来充饥，她自己坐月子只能吃糠咽菜。1951年秋我父亲病逝时，大哥已过继出户，姐姐也出嫁离家，二哥不满20岁，其余兄妹更小，村里很多人都预言我们这个家必然败散。不料，母亲、二哥及四哥凭着勤劳和智慧，只用了5年时间就还清了欠债，并在全村第一家盖起了新瓦房。

三年困难时期，集体食堂分的饭难以吃饱。为了让全家渡过难关，母亲在给生产队放牛时，顺便把地里没有收干净的粮食捡回家，还在房前屋后种上蔬菜，这大大减轻了全家的饥饿程度。后来国家改革开放，儿女也都成家立业，家里经济、生活条件好了起来，但母亲仍旧保持着闲不住的习惯，直到百岁还坚持帮助她身边的两个儿子干力所能及的家务活。

母亲的一生中，沉着、坚韧、机智，应对了无数的人祸天灾。大约民国三十一年（1942年）的一个冬夜，因下大雨，我父亲估计"抓壮丁"的人不会来，就没有上山躲避。没想到半夜突然有人使劲敲门，父亲见势不妙翻墙欲往山上逃，刚出去就被逮着押走。当时我最大的哥哥、姐姐才十五六岁，家中连个商量的人都没有。母亲在惊恐之余很快想出了办法，她连夜冒雨摸黑踩着泥泞小路去找到村里的甲长，由他带着去找保长，商定第二天一早就去找放高利贷的人，用我们家的数亩青苗做抵押贷出银圆，当日中午就把我父亲从乡公所赎了出来，要是再晚半天，他就被押到前线了。

大约民国三十二年，我大哥过继给了本家一个哑巴，没过两年哑巴病死，老婆改嫁，唯一的女儿不学好到县城鬼混。我大哥当时才十六七岁，无法独自撑起家，便带着哑巴家的田和地回来同父母一起过。哑巴的女儿为此心里不平衡，屡次带着地痞流氓到我们家来折腾。他们每次来少则三五人、多则十几人，一进门就要抽烟打牌、喝酒吃肉，稍不如意就发火骂人、摔碗砸锅，甚至点火烧房子。这些人一住就是好几天，床上躺不下就让给打地铺。面对这帮凶神恶煞，母亲每次都是强忍怒火，东家借西家赊，好歹把"瘟神"送走。直到新中国成立，他们才不再来。

四川解放前夕，胡宗南的队伍大溃逃路过我们那里时，溃兵结队进村抢掠。母亲在他们明晃晃的刺刀威逼下，仍能沉着应答其盘问，搪塞过关，保住了家中用于过年的一点腊肉和白米。我父亲因民国时期躲避"抓壮丁"，长年累月在山上日晒雨淋，落下一身病，四川刚解放一年多，他就被严重肺气肿夺去生命。这犹如晴天霹雳的变故，对膝下尚有5个未成年儿女的母亲，该是多么大的打击！又是多么严峻的挑战！出乎很多人的预料，母亲不仅哺育大了所有子女，而且使家庭发展成为全村的旺户。我们那里是丘陵地带，乡间小路崎岖难走，加之又是小脚，母亲一生先后3次把脚和腿摔骨折，每次治起来都很费事。第三次摔骨折时她已93岁，卧床将近一年。尽管如此，母亲的骨折还是奇迹般地痊愈了，没有留下任何后遗症。

母亲心地仁慈，性情豁达，从不与人结怨，也不记仇。母亲和村里人们相处长达百年，我们从未听说过她怨恨别人和别人怨恨她的事情。我祖父和父亲生性软弱，又染上嗜赌恶习，搞得家徒四壁。父亲还常年生病吃药，脾气差，动辄发火骂人。摊上这样的家庭和丈夫，母亲内心的苦楚和委屈可想而知。然而，我们和母亲相处数十年，从未听到她抱怨过公爹和丈夫。相反，每到清明、七月十五、过年等家祭时刻，她总要叮嘱儿女："多给你们爷爷和爸爸烧点纸钱，他们在生时苦。"三年困难时期，虽然我们一家人都饥饿难忍，但每当同幺爹一起生活的祖父来串门时，母亲都要把平时舍不得吃的一点鸡蛋、挂面和猪油拿出来，煮给祖父吃。

1976年我儿子出生后，已经67周岁的母亲从四川到北京看孙子。当时我的工作单位还在山西，母亲和我爱人、儿子3个人在我岳父家的一张木板床上挤了3个月，婆媳俩从未红过脸。母亲年满百岁时，还经常叨念："我幺儿媳妇好个人，你们喊她回来耍！"母亲人生的最后三四十年，我平均每两年回去看望她一次。每次回去，我都要带不少糖果、点心之类。尽管这些东西母亲都爱吃，但她总是和村里的老人、小孩儿一起分享，从不吃独食。

母亲对儿孙后辈，总是无私付出，倾情关爱。我上初中和高中都住校，每周星期天回家背口粮。那时吃的东西非常珍贵，母亲常常是即使有一个鸡蛋也要留着等我回家给我补充营养。我参军几十年来，每次回去探家时，一见面母亲总是那句老话："涂国之，走得快！快来坐！你吃不吃核桃、花生、果果？我柜子里头有！我去给你烧开水（煮鸡蛋、挂面之类家乡贵客登门常吃的东西）。"母亲柜子里的核桃、花生之类在她看来最好吃的东西，都是亲戚们送来，她舍不得吃，专门给我留着的。

尽管母亲早已不缺吃的、穿的、用的，但她的生活始终过得俭省，攒下钱和物，资助家庭条件相对差一些的子女。我们生产队有个女人从她娘家抱回一个超生打下未死的男婴，养了两个月眼看快要死掉，就送给了我二哥。当时婴儿体重不足3斤，瘦小得看起来很吓人。母亲白天黑夜给孩子喂牛奶、米糊糊、糖水。夏天不停地给他扇扇子驱赶蚊蝇，冬天千方百计地给他取暖保温。忙活两三年，终于使这个弃儿得以存活人世，如今已有20多岁。这些年里，每当这个孩子有了过错受责骂、体罚时，我母亲总是劝止："莫相欺他，人家是没有妈的人！"

母亲的人生先苦后甜，后半生不仅生活得无忧无虑，而且充满幸福感和自豪感。想到母亲多年来吃了太多的苦，1970年我在部队提干后就打定主意要好好报答她。从1975年母亲单独生活开始，她的生活费和零用钱就由我包了，有求必应，不求也应，加之哥哥、姐姐和妹妹们也或多或少尽些赡养义务，所以母亲人生的最后四五十年从未因花钱、吃穿和看病发过愁。她快满百岁时生活自理开始出现困难，我们便请来保姆专门照料她4年。母亲在其人生的最后两年，因阿尔茨海默病记不起人和事，吃饭也要人喂。我们寻遍县城和乡下，都找不到合适的保姆。没办法，年届七旬、体弱多病的四哥和四嫂便硬撑着照料母亲。他们有时一晚上要起来五六次给她盖被子，扶她下床解手。

母亲在百岁之后的几年里虽然没有生过大病，但有几次感冒较重，村、乡医生不敢给下药，还是我从北京打电话找在县城当医生的战友，专程到乡下把她治好的。母亲当时是我们乡、镇里唯一的百岁老人，当地各级领导和政府对她都很关心。市人大领导多次带着市、县、乡民政干部送来礼金、礼品慰问母亲并给她祝寿。有年春节，乡长又一次专程来慰问母亲，并对我哥嫂和随行人员说："这位老人家是个宝贝，一定要好好照料！"母亲直到去世都没有"三高"和其他脏器疾病，百岁还能穿针，去世时头发多半还是黑的。母亲百岁前饭量比一般人都大，最喜欢吃肉和糖。她虽然没了牙齿，但人们常吃的东西她硬咽下去都能消化。前几年我听北京卫视《养生堂》专家讲，人的耳朵长短是其寿命长短的一个体征：人耳长度超过7.1厘米就能活80岁以上。后来我回去时专门量过母亲的耳朵，竟然长达8.1厘米。母亲的所有儿女及其后辈都没有行为不端的，有的还发展出色，这使她很是欣慰，经常不无自豪地说："我们老头儿虽然死得早，但是娃儿、女子没有不成器的！"

屡有熟人问我母亲的长寿之道。据我观察，大致有这么四条：第一是她的遗传基因和生活习惯好，包括不沾烟酒和作息规律；第二是她心慈性善，"仁者寿"；第三是她有较好的营养和医疗保障，吃穿不缺，生了病能够及时得到治疗；第四是她的晚年有人照料。

母亲一生做了太多的善事、好事，从而获得了晚年儿孙满堂、丰衣足食、健康长寿的巨大福报，这在全村、全乡乃至更大的范围，都是罕有、令人们眼馋和称道的。

母亲叫蔡大清，生于 1909 年 9 月 17 日（农历己酉年八月初四）。她娘家和我们涂家住同一条沟，相距大约一里。斗转星移，百载沧桑。当年我们龙凤沟那个模样俊俏、聪明贤惠的蔡家姑娘，来到涂家经受了常人没有经受过的苦难，同时也享有了常人没有享有过的欣慰和荣耀，书写出了山村没人书写过的传奇。

安息吧，敬爱的母亲。若您之鹤寿龟年、功德圆满，芸芸众生虽孜孜以求而遂愿者寥寥。您的一生虽有不幸，亦有大幸，活得非常之值！

2015 年 6 月 9 日

守望爱情

2019 年的情人节，2 月 14 日。上午 9 点多钟，一对年届七旬的老夫妻乘公交车来到北京月坛公园，在进东门不远处的一个花坛前站住。老太太无限感慨地对老伴说："尽管这儿没有了凳子，但地点我不会记错，45 年前你就是在这里对我说的，如果咱们成了一家人，你会一辈子对我好。当时我傻乎乎的，居然没多想就相信你了。都说结婚是一场赌博，一点也不假，我命好赌注下对了，你没有食言，做得比我想象的还好！"这对老夫妻，男的老储是军队退休干部，女的老赵是北京籍退休工人，当年他俩处对象的第一次交谈，就是在这里进行的。

1968 年高中刚毕业后，还是小储的他参军来到驻石家庄某师炮兵团当战士。由于文化底子比较厚实，他入伍第二年就被军政治部调去担任新闻报道员，第三年因工作出色被军首长点名破格（还未入党）提拔为军官。又过了两年，春风得意的小储开始张罗找对象时，因为身高只有一米六出头和来自农村，军部机关很多人都直言其只能去找城里的矮个子女孩或乡下姑娘。平时很少与人计较的小储，这回终于认真了，他当众宣布：这辈子非高个子城市姑娘不娶。尽管小储发出豪言时态度一本正经，但周围大多数人仍然以为他在痴人说梦。殊不知，敢当众夸海口的小储腹有诗书，在女孩子面前能展示独特魅力；为人态度真诚，向来办事情注重实干。仅一年多，他就在四川老家县城和北京见了 4 个姑娘，分别是警官、军医和工人，身高都在一米六四以上，其中有两个是他嫌人家，有一个是人家担心他在外地当兵将来进京困难，还有一个是赵姓姑娘与他一见钟情，相伴至今。

说起老储和妻子老赵相识相伴的事，很多人都认为是他俩上辈子结下的缘分。那是 1973 年 10 月下旬的一天，小储到北京给《解放军报》和《战友报》送稿，顺便瞧对象。那天，他早晨下火车奔报社，办完事就赶往东城区钱粮胡同去见介绍人郭阿姨。郭阿姨让他下午过来同北京军区一位副司令员家的小保姆见面。你说巧不巧，郭阿姨刚把小储送出院门，扭头便看见本单位男同事老赵从面前走过，就叫住他问："你们家姑娘有男朋友了吗？"老赵回答"没有"，她便对他说："我这里刚从山西部队来了个小伙子不错，让你们姑娘下午来和他见面吧！"由于有了这么一出儿，那个小保姆是个什么样，老储便永远不得而知了。

当天下午，小储第一眼看见赵家姑娘，就为其高挑身材窃喜。他带着她坐公交车来到月坛公园，在进东门不远处找了条长凳子坐下，开门见山自我介绍了籍贯、文化程度、参军和提干时间、工作及家庭成员等情况后，给自己归纳了两个优点、三个缺点。优点：一是能力强，在全北京军区各大单位新闻宣传干部中，自己是上得最快、最年轻的；二是心肠好，说赵姑娘如果和他成了一家人，他会一辈子对她好。他的缺点：第一是个子不高，第二是工作单位还在外地，第三是老家在农村。他还特别提醒赵姑娘："男人个子不高是个没法弥补的大缺陷，工作单位在外地和老家在农村也都是很现实的问题，这些都需要你们全家认真考虑。"他这么直来直去，一下把赵家人给镇住了，都认为这个人不简单、有底气，一般男人都不敢说自己缺点多于优点。全家人都认为机不可失，让赵姑娘好好谈争取成功。过了两天，小储便被邀请上门，与小赵全家相见，并受到热情招待。又过了两天，小储满怀欣喜回到了部队，之后和小赵保持密集鸿雁传书。不料，两人见面刚一个多月，小赵 50 多岁的母亲突然因肺气肿病逝。小储刚回部队不久不便又请假赴京，他立马给小赵寄去 50 元钱（他当时每月工资 52 元）。有战友问他："你刚同她谈一个多月，人家又是北京人，你们下步如何发展还没个准，你不怕寄钱去打水漂？"小储不以为然地说："既然希望人家跟你好，就不能留后手。如果谈不成，钱由她看着处理吧！"

听说小储在北京找了个对象，军部机关很多人根本不相信。一些不友好的人甚至当面向小储提出和女孩见面了没有、女孩个子是否有你高、女孩是否在上班、女孩家在市区还是郊区、女孩家里人是否知道你的情况，以及她家里人是否同意你们交往等疑问。一句话，就是不相信你小储能在北京找到对象。直到瞧见小储、小赵领证结了婚，并且看到小储的媳妇比所有预言他找不到高个儿对象的人的老婆都高时，人们这才感叹："这小子真有两下子！"

从当年小储第一次和小赵见面算起，至今已过了45年。45年来，他始终信守着当年对小赵许下的诺言：一辈子对她好。

20世纪80年代，小储在新华社和《人民日报》担任军事记者，后来又担任北京军区宣传部新闻处长，工作繁忙很少有时间照料家。爱人小赵在北京市崇文区广渠门上班，每天从八大处北京军区大院家中出发，倒3次车才能到工厂，来回路上需要四五个小时。他担心小赵忙里忙外身体吃不消，为减轻其负担，先后从四川老家请来两个侄女帮忙料理家务，从儿子上小学开始，一直帮到儿子上班。所以，那些年小赵尽管上班很累，但家务负担不重，有效维护了身体健康。

天有不测风云。2003年11月，老储爱人因误服降压药，发生了脑梗。为此，他又急又伤心哭了好几场。小舅子晚来了一天看望姐姐，被他臭骂一顿。他动员各方力量，使老伴儿得到了妥善治疗。老伴儿出院后，他又专门从老家请来外侄精心陪护。由于得到了良好的治疗和养护，老伴儿未留下任何后遗症，乘几千里飞机和坐火车到海南岛、内蒙古边境旅游都没有事。不料，缺乏保健常识的老伴，于2015年7月高温天中午去逛西单商场，因出汗过多，回来未及时补足水分，第二天再次发生脑梗。老伴儿住院后，老储每天冒着酷暑去看望她，对每一个治疗环节都过问得非常细，生怕出一点闪失。有的年轻医生、护士既对老储的举动有些烦，又公然羡慕这个病老太太命好，找到一个倾心体贴自己的丈夫。尽管老伴儿此次脑梗不太严重，所住的医院完全有能力治好，但老储还是多次找其他综合医院和军队专科医院的专家求证治疗方案，评价恢复结果。在多方努力下，老伴儿又奇迹般康复了，如今生活自理、干家务活儿、到超市买东西及外出旅游都没有问题。

在几十年的日常生活中，老储同样满怀深情关心体贴着老伴儿。平时家里有了好吃的，他总是先尽着老伴儿。无论在家还是外出，只要和老伴儿在一起，他每天都要仔细给她管控室温，夏天怕她热着，冬天怕她冷着，一年到头从不间断。有一年母亲节那天，在公司任高管的儿子忙于加班，晚上 10 点钟还没有给老妈来贺节电话，老储等不及了，顺手用短信给儿子发去高尔基那句"世界上的一切光荣和骄傲都来自母亲"的名言，没出 10 分钟，儿子给母亲的贺节电话就打来了。

当然，老储对老伴儿也并非百分之百满意。他甚至对她在持家能力方面的欠缺深感惋惜，但从未对她有过嫌弃之念。他常说："我老伴儿真诚、正直、善良，有这些基本优点，就不错了。"

老储数十年来对老伴儿的深情关爱，使知情的亲戚、朋友、家人包括其亲家母、儿媳妇都深受感动。老储对此却很淡然，他说，人们谈论马克思伟大的一生时，总会将其与妻子燕妮的美满婚姻视为他人生的第一个伟大胜利。婚姻的成败，对于任何人的人生、家庭乃至后代，都有重大关系。我们每个人都应当尽最大努力去争取美好婚姻，一旦得到了，就要不忘初心、不惜代价去守护，让爱情之花永不凋谢，结出丰硕果实。

2019 年 2 月 17 日

电脑帮大忙

时下，全国无数老年人（包括部分年轻人）由于不会使用电脑，无法享受互联网给人们带来的巨大便利，使自己的生活、工作变得困难重重，其处境很是尴尬。

不会使用电脑的人，绝大多数不是不喜欢它，而是对掌握其操作技能有畏难情绪并且缺乏韧性：既怕学不会，又怕麻烦。其实，只要有决心和恒心，包括一般老年人，完全能够掌握电脑操作技能。本人的经历，或许能给老年朋友们以启示。

本人上中小学没有学过汉语拼音和英语，20世纪90年代因工作需要学习用五笔输入法打字时遇到了很大困难。尽管费尽九牛二虎之力闯过了难关，但退休后两三年工夫就很难用五笔打出汉字了。输入不了汉字就没法使用电脑写东西和查阅想要的各种资料。怎么办？经过长达一年多的犹豫，我决定放弃难记、易忘的五笔输入法，改用汉王笔手写输入法。花100多元钱买来汉王笔手写工具和字库后，不到一小时就学会了操作。

我使用电脑解决的首要难题，是通过上网知道了大量有关养生的知识，进而少犯常识性错误，增强了养生的科学性和效益。近些年人们经常见到，不少人为延年益寿不惜投入时间、精力、财力、物力，但忙活半天收效不大，有的反而搞糟了身体甚至弄丢了性命。其根本原因，就在于对相关知识缺乏了解，犯了常识性错误。在这方面，我自己的教训就很深刻。1993年8月的一天，我受在四川老家工作的一位战友之托，买了一堆东西去北京一家医院看望一位病故战友的遗孀孙女士。她是该院中药房部主任，对我代表老战友们去看她非常感激。告辞时，她让人称了3根挺大的人参塞到我车里。这3根人参我拿回家后一放就是两年多，到了1996年元旦，老伴儿嫌其碍事建议赶紧处理。当时我们都只知道人参是高级补品，却不知道它不可以随便乱吃，送人又舍不得，于是就全部用来炖肉。谁知，等我一顿把3根人参全部吃下去后，第二天大便就一点也解不出来，不几天就憋出了高血压。从此，我就没有停过服用降压药和肠道调理口服液、常润茶、通便胶囊、润肠丸等药，至今20多年过去了，还没有调整过来，一直吃着降压和通便药。2013年春天，一位老中医建议我采用食疗方法医治顽固性便秘，并列出了淮山药、薏米仁、海带、黑木耳、苦瓜、莴笋、花生米、山楂、小米等食材，建议多吃。我照办之后，果然很快解决了便秘难题。此后，为了维持疗效，我经年累月坚持多吃上述食物。那两年老伴儿住到儿子家帮助看孩子，我经常泡一盆足有好几斤的海带，一吃就是四五天，而且几乎是每周如此。不料，到了2014年夏天，我突然发现每天下午双腿膝盖以下部位浮肿厉害，直到晚间上床躺下才开始缓解，而且双手出汗、发抖。到附近医院几个科室诊断，都确定不了病因。后来，我上网求助，根据其提示需要做B超和验血确诊。下肢浮肿可能是由肾性水肿、心源性水肿、肝性水肿、营养不良性水肿、下肢静脉栓塞性水肿、甲亢或甲减引起的特发性水肿等6种疾病引起，逐一排查，最后才发现是吃海带过多血液中碘含量严重超标，已经引发了甲亢。随后服药两年多，才使甲状腺功能恢复正常，但由甲亢引发的桥本甲状腺炎却永远去不掉了。

先前，我吃出来的疾病还有不少。比如：由于吃菠菜不知道必须先焯水去草酸而吃出了胆囊结石、吃藕过量使血糖超标、吃芹菜多了皮肤变黑变粗、吃豆制品过量使尿酸越限、吃寒性食物多了使胃消化不良……这些都是因为对各种食品所含成分、功效以及燥、平、寒属性不了解，犯了常识性错误。有了无数"血的教训"，并且学会到电脑上查询相关知识以后，我再也不盲目去吃主副食品和果蔬了。为控制血糖，我除了主食限量，还很少吃莲藕、土豆、红薯、芋头、香蕉、哈密瓜、红枣等含糖量在 20% 以上的食物；对于梨、苹果、火龙果、猕猴桃等含糖量在 10%～15% 的水果即便吃，一天也不超 100 克；大白菜、黄瓜、扁豆、冬瓜、苦瓜、茄子、西葫芦、柚子、杏子、樱桃之类含糖量 10% 以下的果蔬则吃得多一些，以满足身体需要。有些食物尽管糖分不高，但吃过量了可能引发其他问题（如鸡蛋吃多了会显著增加患糖尿病风险、橘子吃多了皮肤会变黄、西红柿吃多了增加患胃癌风险、莴笋吃多了容易引发夜盲症等），我也注意控制食用量。当然，吃东西有个辩证思维、灵活掌握的问题，比如今天多吃了点糖分较高的果蔬，就适当少吃点主食去抵消。我通过上网对各类食物的相关常识有了必要了解，从而比较好地防止了盲目吃东西对身体造成的无谓伤害。

电脑给我帮的另一个大忙，是消除对身体出现某些疑难症时的恐惧和困惑。2011 年 10 月，我到某医院验血，发现前列腺总抗原（TPSA）指标为 4.26（正常值上限＜4），感到很恐慌，以为真的得了前列腺癌。情急之下，接连两天去挂了该院泌尿科两位正教授级专家的号，咨询是否患了癌症以及该如何办，得到的答复都是：先服相关对症中药，7 个月以后再去复查。要在患"癌症"的恐惧情绪中等待半年多，这日子该有多难熬啊！不甘坐以待毙的我，冥思苦想突然想到了上网查阅。一查才得知，前列腺特异抗原（PSA）包含总抗原（TPSA）和游离抗原（FPSA）两种成分，当前列腺长了肿瘤，其特异抗原（PSA）会升高，当前列腺有了增生、炎症等症状以及发生了急性尿潴留和做了膀胱镜检查，血清 PSA 也会明显升高，所以仅凭总抗原（TPSA）超标至 10 以内，无法判定前列腺里是否长了肿瘤，只有同时检测总抗原（TPSA）和游离抗原（FPSA），并用 FPSA 值除以 TPSA 值，其值小于 0.19 的，患前列腺癌的可能性大，反之患前列腺癌的可能性很小。用这种方法筛查的准确率达90%以上。这个新发现使我豁然开朗，立即去医院测出两项指标，都远远低于参考值上限，相除的结果达0.3以上，远高于0.19的临界线，说明我的前列腺长恶性肿瘤的可能性极小。而先前那家医院开化验单的医生只让我测了总抗原（TPSA）一项，说明他很不专业。一场虚惊这才得以消除。

电脑还给我帮了个大忙，就是满足了学习和写作的需要。我坚持每天上网看新闻，到网站查询酷爱的文史知识，仅近4年就在电脑上写了一本诗歌和一本散文。

学会使用电脑20多年来，它始终在我的学习、生活、工作、娱乐、医疗保健、运动锻炼和老有所为等方面起着不可或缺的向导和助手作用，凡是我想知道的东西和想干的事情，大多从电脑里得到了满足。可以毫不夸张地讲，使用电脑已经成为我生命中的一个重要部分，它使我的生命更加富有活力和意义，使我的人生更有光彩。

在这里需要特别说明的一点是，有些人认为网上讲的都是胡说八道，不可相信。但我要理直气壮地告诉诸君，这种担心基本都是多余的，因为敢在主流网站上发帖子谈有关专业常识的人，大都是行家里手，全国的同行都在盯着他，谁要敢在网上信口开河，是会被来自四面八方的口水"淹死"的。我的切身体会是，网上讲的大量常识性的东西，绝大部分都是可以相信的。再说，即使有个别人不懂装懂在网上说了外行话，也很快就会有其他同行加以指正。况且，求助者在通常情况下都会"兼听则明"，从多家之言中辨别真伪，不会轻易上当的。

自20世纪90年代以来，人类社会进入信息时代的高速发展时期，其主要标志就是通信技术及计算机技术的飞速发展和广泛应用。当今人类所处的，是以计算机和互联网为主要标志的电子信息时代。生活在这个时代的人们，无论男女老少，如果不注重并且善于利用计算机解决各个方面遇到的问题，你就等于是文盲，等于与世隔绝，你的幸福指数、事业发展、健康长寿等都会受到很大妨碍。愿至今对使用计算机心存不屑和畏惧的人们，早日迈出明智和勇敢的第一步，如果你有决心和恒心学习计算机操作技能，不仅最终胜利一定属于你，而且很少的付出会换来很多回报。

2018 年 9 月 6 日

暑期新过法

每当酷暑季节到来，面对闷热难熬的"桑拿天"，人们的习惯做法是减少室外活动，猫在家中靠吹电扇、空调度日，挨过一天少一天。

从 2019 年夏天开始，我和老伴儿进行了一种新尝试——出京避暑。这年我们于 7 月 6 日上午从北京西站乘火车出发，一路西行，经张家口、大同、集宁、卓资山等站，晚上到达目的地呼和浩特市。本人天生怕热，因而出发前曾多次在微信和电话中提醒帮忙寻找避暑地点的老朋友小张：避暑的地方一定要凉快，宾馆房间一定要有空调……尽管对方一再宽慰让我放心，说我们去了肯定热不着，但长期被北京"桑拿天"折磨怕了的我，仍然难以消除心中的忐忑之情。

从 7 月 6 日到达至 8 月 5 日返回的整整一个月中，我们不仅先后在内蒙古呼和浩特市、凉城县、卓资县、乌兰察布市集宁区等地旅游参观了岱海旅游度假区（乌兰察布市凉城县境内）、二龙什台国家森林公园（凉城县境内）、贺龙革命活动旧址（凉城县城）、辉腾锡勒草原黄花沟旅游风景区（乌兰察布市卓资县境内）、集宁战役纪念馆（集宁区内）、老虎山公园（集宁区内）等名胜景观，大饱了眼福，而且最主要的收获还在于避开了京城最难熬的 7 月酷暑日子，舒舒服服度过了盛夏。我们在内蒙古生活的一个月里，当地白天最高气温仅 31 摄氏度（只有 1 天），其余时间都在 30 摄氏度以下，夜间气温从未上过 20 摄氏度，一般都是十五六摄氏度甚至更低。即便是我这个很怕热、极爱出汗的人，无论白天黑夜、无论待在宾馆还是外出逛街，身上都不会出汗。早、晚上街吃饭，我穿的短袖 T 恤衫和长裤，如果薄了还会觉得身子和双腿发凉，而老伴儿早、晚上街一般都得穿两件长衣和一条较厚的长裤。全国很多地方 7 月下旬是最闷热难熬的时节，而我们住在卓资县城的宾馆里用冷水洗衣服双手还觉得冷得受不了，必须加热水才行。当地的年轻女性虽然也爱美，但她们中很多人酷暑天也惧怕腿被冻着不敢穿裙子，有的人即便穿了裙子，也必须套上连裤袜防冻。尽管那里白天强烈的阳光常常晒得人皮肤火辣辣地疼，但只要你不被太阳直接晒着，就不会觉得热，也不会流汗，同时徐徐吹来的冷风还会使你感觉很凉爽。尽管那里天憋雨时也有些闷热（此时一般没有凉风），但那样的时间并不长（我们在那里一个月只经历了 3 次，每次不足半天），其难受程度与北京"桑拿天"憋雨根本不可相提并论。我们在阴山地区避暑时还发现，当地不仅蚊子极少，而且被其叮咬后不会起包（我经历过），故而我和老伴儿盛夏在那里整整一个月，身上竟然没有被咬起一个包。

当地暑天为何那样凉快？本人直观感觉是因为地处内蒙古高原，尤其是阴山地区（凉城、卓资、集宁一带属于内蒙古高原上的阴山腹地或北麓）地理、气候条件独特：海拔高温度底，冷空气流动频繁，几乎每天都有三四级以上的冷风；空气中湿度小，地表和地下温度低，年均无霜期不足 120 天，地下冰冻层解冻晚而霜冻却来得早，"胡天八月即飞雪"。

去内蒙古避暑，是比较成功的尝试。除了前面讲到的收获，还在凉城、卓资、集宁等地结识了多位新朋友，为今后开展旅游、养生等活动打下了更为坚实的基础。我们取得成功的经验体会，主要有三条：第一，把避暑作为出行的主要目标。在此前提下，宁可观看的景区少点、景观档次低点，甚至花费多点，也必须保证避暑效果良好。比如，岱海旅游度假区和卓资县城确实凉快，我们就分别住了 10 天以上，而没有像众多游客那样今天来明天走忙于走马观花。因此，尽管 7 月中下旬全国众多地方都闷热难忍，但我们所到达的几个避暑点却非常凉爽，始终给人深秋的感觉。第二，精心挑选住宿地点。这对能否达到良好的避暑效果至关重要。避暑住宿点应当具备气候凉爽、房间比较宽敞且设施齐全、住着较为方便舒适、购买日用品和吃饭比较方便、食宿等费用不昂贵，以及有医院急诊治病等条件。只有具备了这些基本条件的地方，才能在那里多住些时日以达到避暑目的。鉴于7月中下旬学校放假后全国进入旅游高峰期，加之此时正值酷暑时节，挑选中意的住宿点难度较大，宜采取学校放假（大批家长带孩子出发旅游）之前，早动手预订宾馆，看准价位等方面合适的宾馆，尽可能预订时间长点便于砍价，以及在一个城镇多转多看货比三家等，找到性价比相对高些的住宿处。我们于7月8日在岱海旅游度假区宾馆一次就订了10天，使用面积达三四十平方米的豪华标间，每天房费才130元（平时每天标价298元，旅游旺季水涨船高），如果晚十来天订房或者只订三两天，房费远不止这些。我们原打算游览完卓资县境内的辉腾锡勒草原黄花沟风景区后，就在那里的宾馆或者蒙古包住上十来天避暑，后来了解到那里不仅每天至少300元房费，而且购买日用品和吃饭远不及城里方便，于是果断改住县城里的宾馆，使用面积达30平方米以上、带有单体空调的豪华标间，并且一订就是十几天，每天房费仅120元（后来的散客有时涨到每间每天300多元）。那儿不仅气候凉爽，而且街上商店、饭馆鳞次栉比，买东西十分方便，我们过得非常舒心。第三，巧妙避害。离家外出生活，很多事情都由不得你，因而开动脑筋规避外加伤害也很重要。例如，由于凉城、卓资、集宁等地夏天都不太热，因而宾馆房间里大多没有空调，但我们还是尽力找到了有空调的宾馆住宿，而且空调在保证房间舒适度和睡眠方面还真起了作用（用于应对凉风小时宾馆房间被太阳照射升温，以及宾馆夏天仍然普遍使用冬季的厚被褥热得难以安眠）；担心有的餐馆把头天卖剩下的饭菜拿出来当新鲜的再卖，早、中餐我们就有意晚点去吃，或者吃着味道不对头马上让店家更换；担心有的餐馆用劣质油，就尽量少吃煎炸、油焖、爆炒之类的食品等。从而尽可能地减少了在外生活的各种不便和对身体的负面影响，带去的治疗感冒、咳嗽、中暑、痢疾等的药品，全都完璧归赵。由于对诸多情况应对得当，我们的整个避暑过程都比较顺利，结局堪称"圆满"，尤其是总共开销不到 8000 元，更是令人感到意外。

就在本文即将搁笔时，新华社《参考消息》、中央电视台等媒体相继披露了入夏以来创纪录高温横扫德、法、英、意、西、比、荷、挪、芬、美等国家，以及我国的东、西、南、北、中各地出现持续高温的信息，联想到近年来世界各国媒体关于温室效应加剧促使全球（包括南北极）气温持续升高的报道，以及工业化、城镇化推进使我国众多城镇成为"热岛"的状况，使人在感到忧虑的同时，认真思考了咱们中国人应对高温所面临的严峻形势和对策，尤其是全国广大民众夏天如何抗击高温酷暑，保证生活质量和维护身心健康，已经成为一个不容忽视的现实问题。还应看到，近些年全国众多对养生极为重视甚至不惜倾其所有追求"延年益寿"的人们，对抗击酷暑的重要性认识却严重不足，行动更是滞后（全国各地络绎不绝的游客中，专为避暑出行者不多），夏季酷暑严重影响民众生活和健康的问题，需要采取有效办法加以解决。

本人觉得，教育引导广大民众，尤其是中老年人树立新的度夏观念，鼓励条件许可者大胆迈向"城镇热岛"之外的广阔天地，寻找良好的消夏场所（不难找到），避开酷暑对大众生活的影响和对身心健康的伤害，此乃应对全球，特别是我国夏季高温难题的最富有智慧、最简便易行、最行之有效的策略。

可以肯定，迈出家门避暑度夏，将很快成为一种为人们所热情拥抱、具有广阔前景的新时尚。

2019 年 8 月 30 日

"拖"的代价

很多中国人都有个不好的习惯：有些事情明明知道早晚都得办，但由于暂时不紧急，就采取"拖"的办法对待，甚至一"拖"就是几年、几十年，直到火烧眉毛了才着急，结局定然是代价沉重乃至惨重。本人2021年4月底做了一个小小的痔疮手术，竟然3个月还没有好利落，真可谓"受尽洋罪"——这就是"拖"的代价。

早在20世纪80年代初，我就有了痔疮。由于程度轻微，对生活和工作基本没有影响，因而没有将其放在心上。那时，本人的医疗保障部门，很擅长做痔疮手术，一些官兵及本人的老伴儿去做完手术住院一个星期，严重的混合痔割掉后都能出来上班，而且过了几十年很少复发。如果我那时去做痔疮手术，除了耽搁几天上班，绝不会承受现在这样的痛苦。

过往40年里，我的痔疮很少"兴风作浪"，偶感不适抹两次痔疮膏或者塞两枚痔疮栓就没事了，一年下来痔疮膏、栓有一两管（盒）就足够了。

严重情况出现在2021年春天。起因是近些年屡见媒体讲多吃生蒜有助于预防胃癌、肠癌，而我老伴儿一年到头做饭很少用大蒜。为了补上身体亏欠，春节后我亲自下厨房操刀切蒜片，一次切七八瓣大蒜，放在空气中氧化20分钟以后生吃。两三天吃完一拨之后，紧接着继续切、吃。10天内总共吃了20多瓣大蒜，向来相安无事的痔疮就开始"闹腾"了。尤其是内痔，一个多月内接连塞了好几盒痔疮栓都平息不了，后来发展到根本无法坐下。实在是走投无路，我只好下决心找医院做手术。4月28日，我慕名住进了北京一家三乙医院。孰料，做个小小痔疮手术，竟然险象环生，弄得人苦不堪言。

手术于4月30日13时开始，用时约1小时。由于科主任亲自主刀，过程还算顺利，但随后就险情迭出。本人大约14时被推回病房，马上开始输液。约莫15时想解小便，无奈下半身麻醉药的劲要8小时才过，当时感觉就像下半身都不存在，根本排不出尿来。如果护士训练有素，就该马上插管子导尿了。但她们却让我先憋一阵再尿。大约又过了1小时，我的膀胱实在胀得受不了了，这才给插管子导出1000多毫升尿来。第二天下午，拔掉管子仍旧排不出尿来（也许是麻醉药的效力还未完全消失）。科主任惊呼："坏事了，你昨天应该早插管子导尿！膀胱已被撑大，以后尿液少于1000毫升膀胱就无反应。这样至少要插十天至两周管子，看看膀胱能否恢复！若恢复不了还要继续插管子……"没有导过尿的人，也许不知道从男性生殖器内插进一根十几毫米粗的管子有多疼，而且一插就是好几天、十几天乃至更长时间不能拔出来（因为拔出来再插进去异常痛苦）。那几天，我除了十分痛苦，还非常恐惧，因为不知道麻醉后被撑大的膀胱能否恢复功能以及多久才能恢复，万一恢复不了咋办？！也许是老天爷保佑，我的膀胱居然没有被撑到受伤、失能。导尿第八天早上我试着拔掉管子，居然顺利排出尿来了！当日白天排了六七次尿也都顺利。岂料次日凌晨两点多，突然一点尿都排不出来了！使劲憋半天，只憋出几滴血来，把人都吓坏了。好不容易叫来酣睡的值班医生，他竟然断定我排不出尿是前列腺增生没服利尿药所致。我明明只是尿道肿胀排不出尿来，根据经验，我感觉值班医生对我这病一点经验都没有，让他请泌尿科来人会诊。谁知泌尿科来的也是个没有什么经验的医生，他建议我先服用解决前列腺增生排尿障碍的药物观察，我已经胀得受不了，哪里还有时间观察药效，他就让肛肠外科值班医生开诊断报告让我去做急诊 B 超，看看膀胱里究竟有多少尿。说如果真的尿多排不出来，就继续插管子往外导！凌晨 3 点半，正当医生去开检查报告准备送我去做急诊 B 超时，憋慌了的我再次去卫生间居然排出尿了！此后直到当日清晨，解小便都无障碍，我就按原计划办了出院手续。9 点 20 分，老伴儿、儿媳开车来拉走了所有用品，我留下等待领取回家吃的药。殊不知，9 点半我进卫生间解小手时，又只能憋出几滴血了！这该咋办？我给主治医生打电话没人接，情急之下只得打科主任的手机。在 3 楼出门诊的科主任很快赶到 9 楼病房，告诉我说凡是插过导尿管的男性，拔掉管子后尿道都可能会出现水肿，一段时间内排尿困难，解决办法是用热水冲生殖器。然而，我的拖鞋已拉走没法进卫生间放热水冲洗，还是邻床病友小张让我穿他的拖鞋救了急。果然，用热水只冲了几下就排出尿了，没有影响当天出院回家。此后两周，我家的电热淋浴器 24 小时开着，每次小便都必须先用热水冲相关部位。

鉴于这位科主任专门开有便秘门诊，我也很想趁做痔疮手术之机请他用西药把我多年的便秘治好。谁知，他老兄过于盲目自信，根本没有问情况就断定我是"典型的功能性便秘"（实际上是器质性便秘），让我服用做消化系统手术用于清肠的电解质、乳果糖。由于药不对路，按说明书规定的剂量吃根本解不出大便，吃多了大便又失控不断上厕所。这样折磨了 20 多天，在我不断"告急"之下，那位主任才说我应该不是功能性便秘，他们科只用西药治不了。于是，我只好如先前用通便口服液解决便秘难题。

做完手术已两个月，我仍觉肛门内不舒服，又去找那位主任从里面取出 3 颗"钉子"（非金属，手术时用于缝合创口留下的）。直到满两个半月，痔疮手术创口才算基本恢复。

割痔疮本来是个很小的手术，方法对了十天半月就可痊愈，而且没有多大痛苦。我做这个手术，显然走了弯路。术后麻醉药劲未过排不出尿理应马上插管导出，而不能憋尿撑伤膀胱；男性长时间插导管拔出后尿道出现水肿用热水冲洗才能排出尿来……这些常识，当班医生、护士理应知晓。还有那位科主任，竟然不问一声就误判便秘性质，使我白白遭受了 20 多天"洋罪"。

　　毛泽东《满江红》词云："多少事，从来急；天地转，光阴迫。一万年太久，只争朝夕。"对个人、集体（包括国家、民族）而言，有很多事情都是"拖"不得的，一"拖"就会付出沉重甚至惨重代价。当年，如果汉武帝、唐太宗不及时派兵击溃强大的匈奴、突厥，我们这个以汉族为主体的泱泱文明古国和强大华夏民族，可能会受更多磨难，甚至不复存在。南宋赵氏王朝偏安一隅，"拖"了 150 年不去扭转乾坤，最终让金、元吞灭。个人、家庭也一样，如果采取"拖"的办法，往往会使小麻烦变成大麻烦。尤其疾病，很多都是小病"拖"成大病乃至绝症的。如我们身边不少人肠胃良性息肉"拖"成了恶性肿瘤，教训沉痛。

　　反对"拖"并非主张不审慎稳妥而草率行事，而是提倡看准了的、早晚都得办的事情必须抓紧处理，以免延误有利时机而付出不必要的大代价。有了做痔疮手术的沉痛教训之后，我的生活、办事节奏已经加快。

2021 年 8 月 30 日

养猫 30 年

1986 年至 2018 年，我家在 32 年里先后养了 3 只寿星猫，它们中活的岁数最大的相当于人的 100 多岁、中间的相当于人的 92 岁、最短的相当于人的 90 岁。前两只猫是为了哄儿子玩养的，第三只是儿媳妇从娘家带到我们家来的。为了这 3 只猫，整整 30 年内我和老伴儿连旅游都很难迈出家门。

1986 年我在北京军区宣传部工作，住在一套两居室内。大约是当年 5 月的一天，老伴儿进城到西四看望她老爹时，带回一只半大母猫，说是给 11 岁的儿子养着玩。这只猫毛色总体是白的，但头、腰、臀部掺杂着块、点形状的黄色，尾巴黄白相间，不大好看。尽管如此，我们全家仍然很喜欢它，老伴儿还给其取了个洋名——阿咪娜。阿咪娜来我们家的当年秋天就开始"闹猫"，我到熟人家去给其借来"丈夫"生了一窝小猫。不料第二年 3 月它又开始"闹"了，只好又搞"借种配"。1987 年秋天，正当我们全家为阿咪娜没有"丈夫"发愁时，儿子到大院内另一栋宿舍楼玩时，一位马上要搬家的老大爷送给他一只大公猫。儿子没有问公猫叫什么名字，只知道它已有两岁半。我老伴儿依据其肥胖的体形，叫它阿胖。阿胖是新闻媒体上经常见到的那种身子为白色，头部整体为黄色，鼻梁到脑门心为白色，尾巴为黄色的虎头公猫，挺好看的。阿胖到来后，很快就与阿咪娜成为"白头偕老"的恩爱夫妻。我家的第三只猫咪也是母猫，名叫黑子。黑子通体黑色，鼻梁和下巴半拉黑半拉黄，是 2007 年底儿子从岳母家抱来的（当时儿媳常住娘家，怀孕后害怕接触猫影响胎儿正常发育）。在长达30余年的养猫经历中，我们不乏经验体会。

体贴入微。猫不会说话，无朋友可求助，而且被圈在屋里无法自助，其冷暖温饱、喜怒哀乐，全维系于主人。所以，必须将其当人看待，像家里老人、小孩一样细心照料。还要少训斥、恐吓、体罚，使其尽可能活得体面、有尊严和温馨些。头两只猫来我家时还不兴喂猫粮、用猫砂，我们除了买来小黄鱼煮熟拌米饭、馒头喂它们，一日三餐只要人沾荤，都有猫的份儿。有时炒菜放的肉不多，人少吃或者不吃也落不下猫。后来猫年老掉牙嚼不动煮熟的肉、玉米、红薯之类食物了，就用刀剁碎或由人嚼碎喂它们。没有猫砂，就用塑料盆装上细土、锯末或者撕碎的废报纸供猫拉撒，脏了随时更换。1996年底我去唐山出差买回一盒冰冻大对虾，共有10只，油焖之后两只猫也各自分享了一只。第三只猫黑子先前除了猫粮别的都不吃，这样下去一旦老掉牙嚼不烂猫粮了就很难办，因而它一来我们家，我就开始买来熏鱼块、熏兔腿、叉烧肉之类剁碎了喂它。平时人吃烧鸡、对虾、野生鱼（其嘴特别刁，养殖鱼根本不碰）之类也嚼碎给它一点。慢慢地，黑子也学会了吃鸡鸭鱼兔肉之类的熟食，为其生命最后几年嚼猫粮困难备了退路。

舍得付出。养宠物需要舍得在时间、精力、经济等方面付出。公猫阿胖于1987年秋天到我们家，当年就和母猫阿咪娜生下了5只小猫；第二年1月至8月，母猫又产崽3窝共计13只。为防止近亲繁殖，小猫崽必须全部送人。当时尚不时兴养宠物，即便我们全家见到熟人就寻问、哀求，也不容易送走一只幼猫。眼看无节制繁殖下去不行，而那时还没有多少宠物医院，我费尽周折托人联系上了北京门头沟区兽医站，给公猫做了绝育手术，终于扼制了恶性循环。1992年5月，不知是院内谁家遗弃的一只大黄猫，跑到我们家房门口叫个不停；我家的阿胖则在屋内躁动不安。我见状将阿胖放出门和大黄猫相互在对方身上嗅了几下，接触不到一分钟，我赶紧把阿胖抱进门。即便如此，它还是被大黄猫传染上了猫瘟，嘴里流哈喇子，不吃东西。为了给阿胖治病，我打听了两天，才听说中关村那边的中国农业科学院也许能给猫治病，立马借车拉着病猫往那里赶。去了那里，人家说没有开办给猫治病的业务，但告诉我们解放军 302 医院能给猫治病。我们又急忙边问路边往 302 医院赶，中途借来的面包车还被商贩的三轮车把尾灯撞坏了。等我们中午 1 点半赶到 302 医院时，人家又说当天是星期日没人上班，让星期一再去。星期一我上班脱不开身，只好请一名亲戚和另一个熟人坐公交车带猫去治病。几天后又去了一次，才把猫医好。大约是 2001 年冬天，阿咪娜肚子上长了半个巴掌大的肿块，送到宠物医院诊断为乳腺癌，做手术要 600 元，我毫不犹豫同意了做手术。猫做手术后异常虚弱，奄奄一息。屋里尽管有暖气，我仍担心不暖和冻着猫，于是晚上坚持在身边床上铺个棉垫把猫放在上面，和我盖着同一床棉被，让其在被窝里取暖，接连坚持了好几个晚上，病猫才终于缓过劲来，随后痊愈。

善始善终。有些人养宠物开始热情很高，主要是基于它们好玩，而很少甚至根本没有考虑过如何对其负责到底。一旦玩腻了或者其老弱病残了便一扔了之，多年来公园等场所的流浪猫狗，大都是这样来的。这种"始爱终弃"的做法，实属残忍，因为遗弃毫无野外生存能力的小动物，等于逼它们去死。阿咪娜做乳腺癌手术两年之后，症状复发，还有转移。尽管如此，我们还是一如既往地悉心关爱它，除了打针喂药，夜间还起床给其加餐增加营养。2004 年 3 月阿咪娜病逝后，我们在两年前就准备好的小木箱里铺上厚厚的棉垫，将它放入并用毛巾盖住其身子，然后盖上箱盖，让在北京打工的一个侄儿运到八大处山上安葬。阿咪娜活了 17 周岁多，按动物年龄的算法（猫一般寿命为十三四岁，其 15 岁相当于人的 80 岁，之后每增加 1 岁相当于人增加 4 岁），已是 90 岁高龄。它如果不是头十多年前从我家阳台掉下去失踪当了两年野猫，很可能不会得乳腺癌折寿，还会活得更长。阿胖于 2002 年夏天中了暑，同样是发烧，流哈喇子，不吃东西。我将其送到宠物医院打消暑针后，症状是消除了，但双眼却变成青光眼，全瞎了。从此，它每天吃喝拉撒都只能凭之前的记忆，挨墙根在屋里走动了。当时我并不明白猫瞎眼的原因，以为是糖尿病、肾炎之类病症引起的，还花高价给其验血排查，结果都不是。阿胖眼瞎之后，我们全家对它更加怜恤，它又活了近 3 年才老死。阿胖在我们家待了 18 年，加上之前的两年多，活了整整 20 多年，相当于人的 100 岁还多。2005 年夏天阿胖心力衰竭死去后，我们依然将其安埋在八大处山上，和阿咪娜做伴。近些年夏天越来越炎热，猫满身长毛特别怕热，室温到了二十三四摄氏度以上就必须给猫降温，猫一旦中暑后患无穷。所以打黑子来我们家起，夏天就没有离过空调和电扇。无论白天黑夜，空调、电扇轮换着给它吹，中间很少停息。而且它一年四季睡觉，除了客厅皮沙发扶手别处不待，所以夏天 6、7、8 三个月的午后、晚上，我都必须在客厅里摆张折叠床陪猫睡觉，为其切换空调、电扇，这样至少坚持了 10 年多，直到 2018 年 10 月初黑子病死才结束。2015 年7 月下旬，老伴儿突发脑梗住进了医院，我坚持每天去看她一次，去回得三四个小时。尽管我走了家中没有别人，但空调仍然给猫开着，以防它中暑。前年和去年春夏，年事已高（黑子生于 2001 年春天）的黑子开始出现便秘、不吃东西、消化不良等病症，我和侄儿不厌其烦地送其到宠物医院验血、做 B 超、灌肠、输液，多次使其转危为安。2018 年 9 月下旬，好不容易熬过酷暑的黑子突然又不进食，先后六七次送宠物医院救治无进展，眼看活不长了，我还是买来进口营养膏喂它（挤到其嘴里），使其至少多活了一个月。10 月 4 日中午 1 点多黑子断气后，我马上给远在美国旅游的亲家母及儿子、儿媳发了信息。随后同侄儿一道按照之前两只猫的入殓程序，将黑子装进事先准备好的小木箱，次日送到京西山上安埋。

我们养这3只猫的确在时间、精力、情感、经济上付出了不少，但得到的回报同样丰厚。3只猫身上都有一种人工无法雕饰出来的天然美，尤其是它们静卧时，安详自在，端详可以使你内心沉静、憩适、轻松，焦躁等负面情绪一扫而光。猫咪各自性格分明，阿咪娜心眼小些，得到一块鱼、肉之类马上叼到僻静处躲起来吃，生怕别人抢它的。阿胖则很像男子汉大丈夫，从来不和阿咪娜争吃的。黑子自尊心特强，脸皮特薄，它有时闻着厨房饭香来叫着要吃的，我忙不过来时就训它几句，它马上躲走等你叫喊它才出来。母爱和父爱，在猫身上也生动展现出来。有一次我开窗户通气时，一只麻雀飞进屋来，我逮着正要放掉，阿咪娜跳得老高想从我手里抢。我给它后，其一只4个月大的小崽急叫着跟它要，它马上就温和地松开嘴把麻雀给孩子放在了地上。阿胖看到"老婆"生产后，就用舌头去把小猫崽身上的黏液舔干，也在尽当爹的职责。猫高兴时才打呼噜，不高兴时无论你怎么抚弄也不肯打。猫对我的最大回报，是我人生遭受厄运时使我得到放松，助我渡过了难关。

　　几只猫都通人性，我们的喜怒哀乐都会影响它们的情绪，你生气时猫就躲开见不着。猫甚至在性命垂危时，还能解人意。2005年5月4日，是我们未来两亲家约定第一次见面的日子，而且是我和老伴儿去他们家相见。5月3日这天，我和老伴儿为第二天离开家很是犯难：我们走了家中无人，已经大小便失禁、性命垂危的阿胖怎么办？也许是向来通人性的阿胖知道我们为它犯难，竟然于当天下午5点钟走了。我眼含泪花依依不舍将阿胖装进小木箱，还把精心保管了十几年的小铜铃铛找出来为其戴在脖子上（它来我家时佩戴着这个小铜铃铛），然后打电话通知在丰台区看足球比赛的儿子赶回家来，6点多钟就开车将猫送到八大处山上托人埋了，从而消除了心中的牵挂。在通人性方面，黑子也有惊人之举。当初儿子第一次登门去见未来的岳父母时，从来都是听到家中来了生人就躲起来的黑子，居然大摇大摆走出来见了将给它带来福气的"贵人"。

随后我和老伴儿去登门拜访时，黑子同样没有躲我们，并且冲着我们叫了几声，也许是在为它终于找到了好归宿而高兴。黑猫的反常举动使儿媳全家大为惊讶，都觉得这门亲事连猫都认可了，人不能再犹豫。事实证明，儿媳一家和黑猫先前的判断完全正确。

我家养猫最大的"福报"，是阿咪娜救了我老伴儿的命。我老伴儿向来一量血压就紧张，于是本来正常的血压也变超标了。2003年10月下旬，她体检又出现了"高血压"，并根据医生建议开始服降压药。她血压本来不高偏去降压，就本能地出现了心率加快症状，一动就心慌，连上二楼都困难，而且症状不断加重。到了11月12日下午，老伴儿心慌难忍被送到医院，服了降心率药后很快便见效。由于错误地又降血压又降心率，夜里脑血管内便逐渐形成血栓。13日早上6点多，头脑已异常昏沉的老伴儿被阿咪娜叫醒，她以为猫饿了要吃的，就起床从卧室走到餐厅打开冰箱，拿出几条煮熟的小黄鱼放到地上的猫碗里。她返回卧室时，因脑梗加重，走了一半身体支撑不住了，便一屁股坐在旁边一只单人沙发里，随即便昏厥过去。可能就在老伴儿昏迷后几分钟，睡在另一间屋子的我悄声（怕吵醒老伴儿）穿好军装推开卧室门，准备赶6点半出发的班车去上班。我走到客厅门口穿皮鞋时，一扭头猛然瞅见老伴儿瘫坐在沙发里，急忙走近一瞧，发现她两眼紧闭，额头满是汗珠，嘴里往外流哈喇子，已经不省人事。我急忙叫醒儿子打120的同时，又给小院医务室打了电话。之后，我突然想到对门住的本单位同事老乔的夫人是军医，立即开门去叫，正巧他俩也开门准备下楼去赶班车。他俩听说我老伴儿出事了，急忙进我家帮助抢救。老乔夫人曲斌大夫先让我儿子和她丈夫把病人抬到沙发上平躺着，并叫我找来筷子给老伴儿垫到上下牙之间以防她咬破舌头，然后又叫老乔回他家搬来氧气罐给病人吸上氧。过了至少八九分钟，我们小院里的医生和120才赶到。由于抢救，尤其是吸氧及时，病人出院后没有任何后遗症。对于老伴的死里逃生和完全康复，我们全家首先要衷心感谢心慧技精的曲大夫，曲大夫在整个抢救过程中临危不乱，思维非常缜密，操作十分专业，如果没有她出手相救，老伴儿即便活过来，也十有八九是残疾人或者植物人。我们还要衷心感谢阿咪娜，要不是它冥冥之中及时把我老伴儿叫醒，我和儿子白天都上班走了，等我们晚上回来，老伴儿早没气了。身患癌症的阿咪娜，第二年春天就不治身亡了。它的举动，也许是在尽最后的力气，对收留并且善待它的主人谢恩。

尽管本人向来热爱动物，但这里我还是要奉劝朋友们：务必要慎重领动物回家饲养，一则是养动物几年、十几年乃至二三十年非常麻烦，尤其它们年老多病时更难侍候；二则是动物一旦圈起来就会丧失野生天性，对它们而言幸福感就基本丧失，人为照料再好也很难弥补。所以把猫狗之类圈在单元楼里饲养，在某种程度上讲是不人道的。依鄙人愚见，不具备心理和物质条件的人，最好不要盲目跟风喂养宠物，以免损丧阴德。

2019 年 9 月 13 日

领教"专家"

本人是在 20 世纪 50 年代中期开始上小学的，那时中苏关系较好，小学课本里就有赞美苏联专家的文章，老师上课时也经常赞扬苏联专家。于是，我自小就对专家有种景仰情结。

然而，随着年岁增长，我却开始对一些"专家"产生了疑问。

2010 年春天，我口腔左边一颗牙的牙床感染，形成了牙髓炎，牙龈鼓起一个脓包，医生叫作脓肿。随着脓液不断积蓄，脓肿日益增大，胀痛也日渐加剧。为此，我特地找了一家三甲医院的熟人帮忙，请该院口腔科主任诊治。由于有熟人介绍，该主任对我很热情。他亲手拍出病牙照片，根据其所显示状况，挑破脓肿，挤干脓液，处理了创口，然后开了消炎药让我带回家服用两周后再去复查。回家后只服了四五天药，创口愈合脓肿也消失了，我对那位热心肠主任非常感激。然而，令人想不到的是，没出 10 天脓肿竟然又出现了，并且不断增大。我再次找那位主任，他也觉得奇怪，但并未分析症状复发原因，便再次亲手照先前程序给我做了处理。谁知，这次的结果仍和头回一样，脓肿消失十来天又出现了。这可咋办，若再去找那位主任，不用说他和我都难堪，而且极有可能仍不奏效。犹豫好几天之后，我忽然想到另一家医院门诊部口腔科主任和我住同一栋楼，便赶去向她求助。不料，那天该主任没来上班，她们科里一位中年大夫听我介绍完治牙经历后，当即断定患的是牙髓炎，并且告诉了治疗方法：从病牙顶部打个竖孔把里面坏死的牙髓、脓液等清洗干净，注入药物杀菌消炎，过几天再对病牙竖孔清洗消毒之后，填满医用填充物并封好口子，如此一来那颗已经坏死的牙便如同好的一样，还可顶事若干年。听他这么一说，我心里豁然开朗，提出请他医治。但他建议最好去找先前那位口腔科主任医治，说他那里医疗器械等条件比他们强。我觉得这位医生的建议有道理，但回到家中心里又犯开了嘀咕：让一个小医院的医生来教一个大医院口腔科主任怎样处理一个并不复杂的病牙，难以说出口啊！实在没办法，只好编一个瞎话：说我有个亲戚是四川华西医院口腔科专家，前两天通电话谈及牙龈脓肿之事，他让我找医生拍片钻孔排查是否患了牙髓炎，还告诉了处理病牙的办法。当我向那位主任讲了编造的故事之后，他半信半疑并且不太情愿地照办了，结果发现我那颗牙真的因患牙髓炎已经坏死，里面积满脓液。那位大主任虽然按照我提示的方法亲手对病牙做了处理，但由于技术不到家，那颗坏牙未能填满，至今仍有一部分是空的，其他医院的医生虽然为此感到遗憾，却没人愿管这"烂尾工程"。

　　2012年底的一天，我去一家三甲医院拍胸部X光片，其报告上说"左肺下部有结节"。因我取到片子时已快中午12点，写检查报告的医生和放射科其他医生都已下班，没处咨询。之前我已知道医生们通常把直径小于3厘米的肿瘤叫作结节，还多次从报刊、电视上了解到通过X光透视发现的恶性肿瘤一般都到了晚期，因而吓得中午从医院回到家中直奔书房上网查询。见网上说"人的肺部极易受感染生发小结节，它们绝大多数都属于良性"，心情才放松了一点，赶紧煮点面条吃了，赶到附近的另一家三乙医院复查。不料，这家医院呼吸科一名副主任医师看完我带去的X光片后，连连发出感叹："哎呀，你这个结节长的位置非常不好……"（言下之意十有八九是恶性肿瘤）我沉不住气问他："如果是恶性肿瘤应该属于什么期？"他说："至少是中期！"我又问："会有多大？"他说："直径起码有两三厘米！"开完CT检查单从他办公室出来时，我简直被吓蒙了：这不等于已经判了我死刑吗？！我度日如年般煎熬了一个多钟头，终于拿到 CT 检查报告，上面竟然只字未提"左肺结节"的事。我赶忙去找写检查报告的大夫，他将我带去的 X 光片子和 CT 图像反复比对后说："你肺上根本没有 X 光检查报告所说的结节，那上面所谓的结节，其实是你左侧乳头的成像。"他见我仍半信半疑，竟让我撩起上衣给我测量左胸部位的尺寸，然后拿到电脑屏幕的 CT 图像上比对乳头的位置，见那里的确没有任何阴影，我才最终消除了疑虑和恐惧。当我把 CT 检查图片和报告拿去找之前开检查单的那位副主任医师时，他丝毫没有对自己所犯的连 X 光透视图片上的乳头都看不出来这样的低级错误表现出丝毫愧意，更未向被他的误判吓得魂飞魄散的我，道半句歉。

2013 年 11 月中旬，我因接连两周清理书画资料，加上两个双休日未能按习惯午休，弄得脑神经过于紧张，出现了血压忽高忽低的异常状况。比如：刚才还是高压 180、低压 80，几分钟后就变成了高压 100 零几、低压 60 多；或者现在高压 100、低压 80，一会儿就变成了高压 190、低压 50……如此一来，整个脑袋的感觉是一会儿发胀往外撑，一会儿又发紧往内收，不仅难受极了，而且据行家说非常危险。发病 3 天后，我住进一家三甲医院神经内科，由一名拟提副高技术职称的医疗组长和一名女博士负责诊治。他俩认真听了我讲述发病前后的情况，并且把他们医院相应的监测和检查手段都用上了，仍将我血压剧烈波动的成因误判为脑供血不足，出院报告也是这样写的。3 年后，一位有经验的神经内科医生通过认真分析我上次发病的情形，判定我当时的症状是脑血管痉挛。我仔细一想，可不是吗？血管痉挛时忽紧忽松，血压必然随之起伏不定，忽高忽低。

2020 年国庆节期间，儿子前列腺部位出现肿胀、下坠感及小便不畅症状。10 月 7 日，他去一家三乙医院找泌尿科一位主任医师诊治，对方让他先做 B 超，查出前列腺增生了 4 厘米，便断定其前列腺不舒服是增生所致，给开了一堆中、西药让回家慢慢调理。10 月 8 日儿子到单位加班时，顺便又到一家有名的三甲医院挂了特需门诊号，一位老专家又判定是慢性前列腺炎在作怪。儿子问他慢性前列腺炎吃什么药，对方说这种病没有特效药，只能等待看看身体能否慢慢自我修复。10月9日我和儿子通电话，得知他又去了一家医院看特需门诊，仍无果，便根据我自身经验，判定他的症状既不是前列腺增生，也不是慢性前列腺炎导致的结果，而是明显的急性前列腺炎反应，并建议儿子停掉所有药，改服两周左氧氟沙星。儿子按我说的做后，前列腺的症状果然消失了。

近二三十年里，我和北京、石家庄至少10家三甲医院打过交道，有些医院还常年进出，对其医生包括正、副教授级专家的总体印象是：真正懂行、高明的有，但"混饭吃"的人也不少。尤其使人难以理解和感到不安的是，我前面所举的那么多缺乏常识、令人听了哭笑不得的事例，竟然都是大医院的专家、科主任或者其他高知业务骨干所为。既然医生队伍专业技术状况如此，误诊、误治、医坏、医死患者就毫不奇怪了。

为了避免被庸医伤害，近些年我在不断汲取经验教训的基础上，采取了"三不"原则：第一是不轻信一个医生下的结论。同一个症状一定要多听几个医生怎么说，权衡谁的见解对。第二是不轻信一次检查所得出的结论。如果身体某项检查发现有问题，一定要在该院或换医院复查两次，以避免工作人员"粗心"而张冠李戴，或用于检查的器具、试剂有问题导致结果不准。第三是不轻信一家医院所下的结论。由于种种因素，可能导致某家医院对患者的病症发生误判，而换一家或几家医院得出的诊断结论或许会大不一样，此类事例屡见不鲜。坚持"三不"，使我多次防止了某些医生、医院的误判。

医道乃仁善之术。期盼普天下那些学艺不精的医者，发愤成为行家，真心对待患者。

2020年11月8日

忆冉体顺同学

本人一生爱交朋友，且有幸交得数位挚友。我结交的第一位挚友，是初中同班同学冉体顺君。

我的初中母校，是四川省射洪县（今射洪市）柳树中学。记得1961年秋天开学报名时，我第一眼看到体顺君就觉得很顺眼，好像似曾相识。随后我俩被分在同一个班，而且他当团支部书记，我当班长。从此，我们开始了长达半个世纪、胜似亲兄弟的挚友情谊。

冉君中高身材，长方脸，浓眉大眼，英俊帅气；为人正直，心地纯良，待人诚恳；神思敏捷，喜爱言谈；知识面广，学习成绩优异。尽管他从小生活在城镇，我来自农村，但我俩从未瞧见对方身上有不顺眼的地方。初中3年，我们互敬互助，品学兼优，携手成长。课余我们经常漫步校园柳荫道，谈理想、谈先贤、谈学习、谈诗文……畅所欲言，情同手足，亲如兄弟。我们还到对方家中拜访彼此的亲人，并且住宿侃谈。这是我学生时代唯一一次到同学家走动和住宿。

不知不觉3年过去。初中毕业后，冉君如愿考上了四川德阳技工学校，我也如愿考上了县高中。冉君的学校是专门为三线大型军工企业（建在德阳的我国第二重型机械厂，以下简称"二重厂"）培养人才的重点中专，报考者必须是家庭成分好的城镇户口学生，而且是品学兼优者。

1964年夏天初中毕业后，我和冉君一直保持着通信联系。他中专毕业后被分配到二重厂热处理车间当技术工人，我高中毕业后参军到了北方，我们之间仍然保持着联系。1975年春节前，我和爱人在北京登记结婚后，回四川老家探亲时，专程去德阳在冉君家住了几天。向来热情好客的冉君和他妹夫周清亮（也是我们的初中同学，后来参军退役分到二重厂上班）、妹妹冉体凤，盛情款待了我们。尽管当时物资异常匮乏，尤其是城里人吃点肉非常不易，冉君他们还是费尽周折从市郊农民家中高价买来一只足有五六斤重的大公鸡，以及猪肉、活鱼等珍贵东西招待我们。我们回射洪老家都没有吃上的活鸡，却在冉君那里吃上了，这恩情让我终生铭记。

如果一切正常，冉君无论从人品、文化程度、参加工作时间还是年龄段各个方面看，都应该是有较好发展前途的。然而，由于明显的主客观原因，冉君从学校走向社会后人生道路极不平坦，最终竟无力自拔。

大约在 1974 年，有段时间我先后收到冉君好几封信，主要内容都是毛主席关于如何正确看待青年人犯错误的论述。对冉君的反常举动，当时我丝毫没有在意，因为我根本没有犯错误，也压根儿想不到向来老实巴交、表现良好的他会犯什么错误。

原来，他经人介绍谈了个女朋友。相互交往中，他发现女方"只关心生活琐事，不关心国家大事"，就严厉批评她"不读书、不看报，是个政治庸人"。由于两个人思想分歧越来越大，最后只好分手。不料，由爱生恨的女方竟然落井下石，诬陷冉体顺发牢骚，对社会不满，厂里听信了这个女人的言辞，让车间发动工友检举冉君的一些鸡毛蒜皮的所谓问题，并将之装入了档案。

1978 年秋，我上调北京担任新华社军事记者（兼任《人民日报》军事记者）后，几次以新闻记者名义致信冉君所在车间和工厂领导，要求澄清事实真相，纠正档案中的错误。不久，厂里改正了档案，并依据其良好的业务技能和工作表现，将冉君由技工提拔为技术干部。随后，冉君再次交上了女朋友，并且结婚生了个可爱的儿子。

照理说，冉君的跌宕人生应该就此出现良好转机了。谁知，命运之神对他的捉弄并未结束。婚后冉君和妻子性格不合，两人最终分手。离婚不久，极度郁闷的冉君，竟致患上了鼻咽癌，而且已到晚期，医生说他最多能活6个月。然而，意志顽强的冉君，经过放化疗和积极锻炼身体，以及服用中药和食疗，一直挺了16年之久。其间，他得到了儿子、前妻以及妹夫一家的精心照料。不料，2012年底，癌症病情已明显缓解的冉君，却在一天起夜时不慎摔倒身亡，给人留下无尽的悲伤。

冉君的一生有太多的不幸，甚至可以称为"悲剧人生"。悲剧发生的原因，依我看主要有两点：首先是，养生理念错乱。他轻信鱼龙混杂的养生理念，迷失了正确的健身方向，长期挣扎于企求"健身益寿"的苦海，因做法错误而"溺水淹亡"。冉君在世时家中摆满若干种介绍养生知识的书籍，他寄来的《抗癌杂谈》至今仍摆在我的书架上。他在日常生活中为延年益寿而采取的众多养生做法，都极不科学，甚至荒谬。据其身边人讲，妻子离他而去，也与其苦行僧似的养生做法有极大关系。其次是，犯了理论脱离实际的大忌。冉君此生孜孜不倦读了不少有关政治、经济、社会、科技、文学、养生等的书籍，尤其是阅读的养生书籍数量远非常人能比。然而，他始终未能解决一个最关键的问题，就是到实践中调查检验所学知识是否正确。所以，他到死还是一个基本不懂政治、不懂社会、不懂人心、不懂生活、不懂养生的书呆子。从前面的叙述中不难看出，冉君并未懈怠人生，而是毕生很努力，同时活得很苦很累。未能生活得像正常人，乃至达到他所期待的人生目标，恐怕主要原因还是性格偏执、悟性欠缺，以及方法有问题。故而，周围的人们，尤其是亲朋好友，除了抱以惋惜之情，没有理由埋怨和指责他。

我与冉君之间的情谊，生发于举国崇尚革命理想的纯真年代，建立在相互仰慕对方人品、志向、学识和情操的基础之上，非一般人所能理解。尽管由于双方工作、生活地点相距数千里平时联系有限，但彼此在对方心中的地位始终是极高和不可动摇的，并且都有舍身相护的意愿。

20 世纪 90 年代初，冉君的外甥来我所在的北京军区当兵，我奉冉君"旨意"没有少对其进行教育帮助，使其成为一名优秀士兵，退伍后考上大学，并且当上了厂里干部。

对于冉君的离去，我感到万分突然、惊愕、惋惜，同时也有抱怨。他是一个正直、善良的男子汉，其人品、志向、学识非一般人可比。他本该有精彩、美好的人生和更长的寿缘，老天爷对他欠公道！我对冉君的抱怨是，你连得了癌症都对我保密，即便走到生命尽头也不知会一声，难道你对我还信不过，怕我会笑话你吗？也许更大的可能是害怕再给我添麻烦？但无论啥原因都是你判断有误，我绝非那种会笑话朋友或者害怕朋友添麻烦的浅薄之徒。眼看就要生离死别，你无论如何也该让我尽最后一份挚友之情啊！而且如果让我这个并不愚笨的老新闻记者、养生行家去好好开导一番，你没准还会柳暗花明，或者至少多活点时间啊。你实在不该就这么一走，让我内心永远都有负疚感啊！挚友既去，思念难已，赋诗一首以悼之。

与君相识叶初黄，
壮志凌云图国强。
花径行吟腔激越，
柳园漫步气轩昂。
适逢逆境运难济，
欲盼龟年命早亡。
但愿来生逢泰世，
红尘勿使梦成殇。

2019 年 9 月 9 日

忆邓新民同学

本人此生极其重要的挚友邓新民君，是我在四川省射洪县（今射洪市）读高中时的同班学友。

新民中高身材，长相帅气，为人谦和，处事沉稳，学习成绩优异，字也写得漂亮，天生就是当领导的料。据说新民的父亲是小学教师（在四川省广元市一个地方教书，离我们射洪县好几百里），母亲是农村妇女。新民从上小学开始一直表现优秀，所以高中刚入学就被选为学校团委副书记。"文革"期间高考停止，新民和诸同学一样，于1968年领取高中毕业证书后便回乡务农。"是金子总会发光"，新民在乡下很快崭露头角，先是教书，后从政，几年间就跃升为乡党委书记，没过几年又跃升为县委副书记、书记，再后来又历任遂宁（地级）市委副书记、市长、市委书记、市政协主席等职。一个连高中课程都未上完、没有任何背景且来自农村的青年，能够胜任地级市的党、政一把手，而且干得不赖，这不仅在我们县、市，在全省乃至更大范围内都当属佼佼者。

当年高中同班时，我与新民虽然朝夕相处，却鲜有深入交流。当时大家学习都很紧张，课外时间除了忙于完成作业，他要参与处理学校团委的许多事情，而我是高中的长跑队长需要带队练习，这应该是那时我们交流不多的主要原因。我和新民的交流，主要发生在20世纪80年代初以后。1968年初，我参军来到北方，与新民的再次见面，已经是十几年后了。

大概是1983年春天，我俩在县城重逢时，他是射洪县万林乡党委书记，我是新华社、《人民日报》军事记者。虽然多年不见有些陌生感，但仍然聊得很投机。此后，我和新民一直保持着比较密切的联系，而且无论在电话里或是见面交谈，都很少拘束。尤其是我，对于回射洪所看到、听到、想到以及来京熟人讲述的一些不好理解的事情，都爱直截了当向新民提出来。尽管有时我提的问题比较尖锐或者仅是道听途说，但新民仍是耐着性子听我说完，然后耐心加以解释。改革开放以来射洪一直是省里的先进县之一，所以省领导去得比较多，也因此产生了一些负面传闻。有次回射洪时，我就直截了当地向新民询问此事。我的唐突不仅使新民显得尴尬（因为那时他是县里一把手），而且脸色阴沉显然有些生气，但他仍然耐心给我解释："国之，你不要相信一些人瞎传，这几年他们每次来，接待我都在场，他们白天一般都去乡镇转，晚上听我们汇报工作、做指示。你从哪里听到的小道消息，完全是胡扯！"直到这时，我这个向来注重用事实说话的老新闻记者，才深感冒失的尴尬。但新民没有让我难堪，马上转换话题和颜悦色地同我聊开了别的事情。新民当县委书记和市委书记时，分别兼任过县人武部和市军分区第一政委，向来重视国防建设工作的他取得了不俗成绩。

新民对我这个老同学真可谓尊重、关爱有加。在他当县委副书记、书记以及市委副书记、市长、市委书记、市政协主席的长达20多年的时间里，每次我回四川探亲（那时我基本上每年都要回去探望老母亲），或者他来京开会、办事，都要和我亲密交谈。他每次到京，无论多忙，都要把我请去见面聊一聊。他有时忙于参加会议等集体活动，就专门嘱咐身边工作人员说："一定要把我的老同学涂国之请来，我们好久不见面了，很想念他！"

同新民交往几十年，我对他印象最深的有四点：其一，分析认识问题能力和组织领导能力出众。他担任射洪县中学团委副书记时就表现出色，威信颇高；担任射洪县委书记期间，县里工作有明显起色，其中多项工作走在省、市前列。修建绵阳至遂宁的高速公路时，筹资困难重重，但由于领导得力，射洪在沿途4个县中第一个建成通车，全县民众都为此自豪。新民担任遂宁市委副书记时，有一次省委新到任的书记来该市考察。在听取市委常委的工作汇报时，那位书记问到该市农村工作现状和市里下一步推进农村工作的打算，对包括市委书记、市长在内的人的汇报都不满意，唯独表扬邓新民熟悉全市农村情况、说出了道道儿，并且很快提拔新民为市长，几年之后又任命他为市委书记。在遂宁市市长和市委书记的岗位上，新民同样表现不俗，带领全市干部、群众干了许多基础性、开创性工作，扎实有效地推进了各项建设事业。其二，高度敬业、作风严谨。据新民身边的工作人员和家人介绍，他一年到头工作日程都排得很满，连国庆、春节长假，也很难休息。他向来注重亲力亲为，平时起草文件、安排会议日程、迎来送往、深入基层了解情况等具体工作，他都尽可能亲自过问甚至操办，这样一来自然是疏漏少了、质量高了，但其心力消耗却过大，长期处于超负荷状态，为后来得病埋下了祸根。很多知情者都认为：邓新民为遂宁人民做到了鞠躬尽瘁。其三，为人低调、谨言慎行。新民执掌县、市那些年，一些地方官员目空一切，把所管辖的范围视为自己的独立王国，以致民众怨声载道者屡见不鲜。在此种氛围下，新民能专注于履职为民，赢得民众的信赖，实属难能可贵。其四，重情重义、善解人意。不知从什么时候开始，一些官员使用"一号台"、来电显示、电话号码屏蔽、随时更换手机和座机号码等手段，在自己和广大人民群众之间筑起一道又高又厚的"隔离墙"，把自己掩藏得严严实实。如此一来，凡是官员"不想理睬"的人，你若不知趣想去"打扰"他，完全徒劳。此种现象，前些年在全国很多地方极为普遍。然而，邓新民常年用的手机号至少10年未换过，直到他病逝都是如此。仅此一条，很多官员就难以望其项背。

2010年春节，我本来没有打算回四川去过年。不料，正月初四晚上，突然接到老战友彭元从射洪打来的电话。他急促地说："老邓得大病了！""你说什么？新民得什么病了？不会是道听途说吧？"我比老彭还急。然而，老彭和老邓的关系不亚于我和老邓，他们两家时常有联系。我从老彭的叙述中判定：我们的至交、挚友新民同志确实病了，而且病得不轻，肯定凶多吉少了。"那么好的一个人，以前从未听说他有什么病，怎么突然就得了不治之症了呢？！"整个晚上，我梦里梦外都在纠结这个问题。第二天一早，高中同班同学罗通宝也从绵阳打来电话，告知了新民的不幸消息。我进一步确定消息准确无误之后，马上订了回四川的火车票，初六就往四川赶，初七回到射洪，初八带着外甥路贵兵，赶往医院看望新民。为了表达对老同学、好朋友的深情，我买了一盆最大最艳丽的鲜花，和外甥两个人抬上楼送到了新民住的病房，祝他早日康复。

病房是比较宽敞的套间，外间摆了二十来盆鲜花。躺在病床上的新民已消瘦了很多，但神志清醒，对我专门赶回去看望他很感激。我宽慰他说："你当学生是好学生，当官是好官，你这一生对得起党、国家、人民和亲朋好友，已经问心无愧。你是我们那代人和射洪中学的骄傲。如今你唯一该做的是静下心来把病治好。现在医学发达，对付疾病办法很多，全国战胜肿瘤完全康复的例子多得很……"新民对他突发恶疾很不理解，问我："国之你说我去年7月还到成都做了全面体检，啥问题都没有，怎么还不到半年就冒出这么大的问题来了？！"可惜我不是医生，更不懂肿瘤，对邓老同学的问话无言以对。我和新民聊了十来分钟，见他不断打嗝（可能肿瘤已在挤压胃），便终止了和他的交谈。临别时，他让兄弟邓成吉陪我们去吃午饭，我早就想好不能再给他们添麻烦，便推辞说已有朋友给安排好了午饭。新民有些遗憾地说："涂国之，今天就失礼了哟！"

从四川回到北京后，我若干次给新民的夫人张启玉以及他的大女儿等去电话询问他的病情，并且推荐了药方。经过医院救治，新民的病情曾一度痊愈，当年国庆节前他还出院主持召开了一次市政协会议（当时他任市政协主席），并且到射洪县（今射洪市）、广元市拜亲访友。其间我们还通了电话，我祝他康复，他邀我抽空回家乡耍。谁知，国庆刚过不久，又听说新民因感冒再次住院了，而且先前的病症复发并且加重，直到次年1月中旬去世。我本想回去送新民最后一程，但有的老同学劝我还是不要回去，以便在脑海里留下他原来的美好形象，加之我早已不习惯四川冬天的冷湿气候，因而没有赶回去参加新民的追悼会。当年4月我回去探望百岁老母亲时，专门赶到遂宁去"补礼"。我先到医院看望因严重肝病住院的新民妻子张启玉（她也于当年10月随夫而去），然后由其幺女开车到安葬新民的遂宁烈士陵园谒墓。下山之后，我再次推辞了邓家众人备办的招待，嘱咐他们好好继承父辈的遗志。

2019年10月20日

悲催奇才陈子昂

四川省射洪市境内之金华山，虽高不过百米，上面亦无奇妙景物，却享誉巴蜀乃至海内外，且千年不衰。何故焉？陈子昂也。

陈子昂（659—700年），字伯玉，梓州射洪（今属四川）人，唐代旷世奇才，初唐诗文革新倡拓者、卓越诗人，存诗150多首，多风骨峥嵘、寓意深远、苍劲有力之作。最具代表性的为组诗《感遇诗三十八首》、《登幽州台歌》和《蓟丘览古赠卢居士藏用七首》。因子昂曾任右拾遗，后世称其为陈拾遗。

（一）

陈子昂一生起伏跌宕，异常坎坷。

青少年时期的陈子昂，轻财好施，慷慨任侠，沉迷兵武之艺，疏于文史，"年十八未知书"。后击剑伤人，始慨然立志，弃武从文，谢绝旧友，苦钻经史，仅两载便学涉百家。

唐高宗调露元年（679年），20岁怀经纬之才的陈子昂，出三峡绕道北上长安，进入当时的最高学府国子监学习，并参加了第二年的科举考试。落第后回故里上金华山，继续研读三年，竟至"经史百家，罔不赅览。尤善属文，雅有相如、子云之风骨"。永淳元年（682年），23岁学富五车的陈子昂，再次入京应试，仍名落孙山。

第二次落第之后，陈子昂正苦闷无策之际，适见市井一人卖胡琴，索价百万。豪贵围观，莫敢问津。子昂挤入人群，出千缗（古代一种计量单位）买之，并于次日在长安宣阳里宴会豪贵，捧琴感叹："蜀人陈子昂，有文百轴，不为人知。此器乃贱工之乐，岂宜留心？！"言毕碎琴于地，且遍发诗文予众人。京兆司功王适得其诗文阅之，惊叹曰："此子必为海内文宗矣！"一时之间，帝京斐然瞩目。

次年，24岁的陈子昂进士及第。不久，唐高宗病逝于洛阳，武则天执掌朝政，议迁梓宫归葬今咸阳市乾县之乾陵。陈子昂上书阙下加以谏阻，武则天"奇其才"，授麟台正字，后擢升右拾遗。再后来，他曾因"逆党"罪反对武后而被株连下狱，也因常以直言敢谏"历抵群公"，得罪权贵，受到孤立。

由于陈子昂对强边固防颇有独到见解和强烈的参与愿望，他在26岁和36岁时先后两次奉钦命从军北征靖边。万岁通天元年（696年），契丹李尽忠、孙万荣叛乱，36岁的陈子昂随建安王武攸宜出征，参谋军事。因武攸宜轻率出兵，导致前军陷没。陈子昂进谏他改变轻敌冒进策略，并自荐分麾下万人为前驱，武氏"以书生轻之"，不纳。数日后，陈子昂再谏，激怒武氏，将其贬为军曹（相当于副排长或班长级别）。此时的陈子昂，满怀悲愤，因登蓟北楼，感昔乐生、燕昭之事，赋诗数首，乃泫然流涕而歌曰："前不见古人，后不见来者。念天地之悠悠，独怆然而涕下。"

圣历元年（698年），38岁的陈子昂因父老辞官回乡奉孝，不久父殒。子昂居丧期间，权臣武三思指使射洪县令段简罗织罪名，将其下狱。子昂生前好友卢藏用《陈子昂别传》云："段简贪暴残忍，闻其家有财，乃附会文法，将欲害之。子昂慌惧，使家人纳钱二十万，而简意未塞，数舆曳就吏。子昂素羸疾，又哀毁，杖不能起。外迫苛政，自度气力恐不能全，因命著自筮，卦成，仰而号曰：'天命不佑，吾殆死矣！'于是遂绝，年四十二。"

（二）

　　陈子昂是中国文学史上不可忽略的人物。他的最大贡献，是从理论和实践上倡导并开创了大唐新一代诗风、文风。在其著名的《修竹篇序》里，陈子昂异常明确地提出了诗歌革新主张，尖锐地指出："文章道弊，五百年矣。汉魏风骨，晋宋莫传，然而文献有可征者。仆尝暇时观齐梁间诗，彩丽竞繁，而兴寄都绝，每以永叹。思古人，常恐逶迤颓靡，风雅不作，以耿耿也。"他主张写诗应"骨气端翔，音情顿挫，光英朗练，有金石声……复睹于兹，可使建安作者，相视而笑"。在唐诗发展史上，陈子昂这篇短文，好像一篇宣言，提出了诗风改革的目标，旗帜鲜明，态度坚决。在猛烈抨击齐梁至唐初"彩丽竞繁，而兴寄都绝"的陈腐诗风的同时，陈子昂身先士卒，创作了大批标举"比兴""风骨"旗帜的作品。其《感遇诗三十八首》，正是表现这种革新精神的主要作品，它们有的讽刺现实、感慨时事，有的感怀身世、抒发理想。内容广阔丰富，思想矛盾复杂。首先值得注意的是那些现实性很强的边塞诗，如"朝入云中郡，北望单于台。胡秦何密迩，沙朔气雄哉！藉藉天骄子，猖狂已复来。塞垣无名将，亭堠空崔嵬。咄嗟吾何叹，边人涂草莱"。这是他从征塞北时的作品，诗中对将帅无能使边民不断遭受胡人侵害的现实，深表愤慨。在从征幽州时所写的《朔风吹海树》一诗中，又对边塞将士的爱国热情遭到压抑表示深刻的同情。《丁亥岁云暮》一诗，更明白地揭发了武后开蜀山取道袭击吐蕃的穷兵黩武的举动。这组诗是作者有感于平生所遇之事而作，涵盖面极广，大都紧扣时事，针对性极强，富有现实意义。各篇所咏之事各异，创作时间也各不相同，是诗人在不断的社会生活实践和诗歌创作探索中有所体会遂加以记录、积累而成的系列作品。它们继承了三国时期阮籍咏怀诗的风格，反映了作者的政治理想和对自然社会规律的认识，抨击了武周王朝的腐败统治，同情广大劳动人民的苦难，抒发自己身逢乱世、忧谗畏讥的恐惧不安，以及壮志难酬、理想破灭的愤懑忧伤。

陈子昂的其他诗作，也绝没有一点齐梁浮艳气息。尽管在此之前已有刘勰、钟嵘、王勃等人主张摒弃"彩丽竞繁，而兴寄都绝"的形式主义诗风，但诗歌内容的真正彻底革新，则是由陈子昂实现的。

在散文革新上，陈子昂也功不可没。他的文集中虽然还有一些骈文，但那些对策、奏疏都是比较朴实畅达的古代散文。这在唐代，也是开风气之先者。

在初唐到盛唐诗风转变的过程中，陈子昂起到了相当重要的作用。时人和后人都给了他很高的评价。

唐卢藏用《右拾遗陈子昂文集序》称他："横制颓波，天下翕然，质文一变。"

韩愈感叹："国朝盛文章，子昂始高蹈。"

杜甫称赞他："有才继骚雅，哲匠不比肩。公生扬马后，名与日月悬……终古立忠义，《感遇》有遗篇。"

宋刘克庄《后村诗话》称："唐初王、杨、沈、宋擅名，然不脱齐梁之体，独陈拾遗首倡高雅冲淡之音，一扫六代之纤弱，趋于黄初、建安矣。"

金元好问《论诗绝句》称："沈宋横驰翰墨场，风流初不废齐梁。论功若准平吴例，合著黄金铸子昂。"

自唐始的历朝历代，都有知晓中国诗歌史的文士，他们对陈子昂革新大唐诗风的贡献，给予了高度评价。自唐以来1000多年的诗歌创作史中，陈子昂的理念和实践产生了深远影响，唐代张九龄、李白、杜甫以及宋代的苏东坡等人的创作，都继承了陈子昂的理论。

陈子昂诗作的艺术水准，也是大师级的。连其同代大家白居易都惊呼："杜甫陈子昂，才名括天地。"其他不讲，仅一首《登幽州台歌》，就真的"前无古人，后无来者"。陈子昂在诗中慷慨怀古，把个人怀才不遇的感慨展放于宏阔的历史背景中，风格深沉悲壮，唱出了历代志士仁人壮志难酬的忧愤、知遇难逢的孤独和时不我待的焦灼之情，悲怆中激荡着豪情，质朴中蕴含着深思，成为震撼人心的千古绝唱。要知道，在中国漫长的封建社会里，历朝历代都有许多人像陈子昂那样命运坎坷、怀才不遇，都有满腔悲愤、绝望情绪，并且都在用笔墨表达，然而有几个人达到《登幽州台歌》那样的效果了呢？一个没有！

近年来微信圈里不断有人以各种名义评选中华史上最高水准诗词，只要入围数额限制在十几二十首，就没有不选陈子昂《登幽州台歌》的。今天，中国人里很少有人不知道陈子昂那首《登幽州台歌》的。这足见陈子昂那首绝唱，在中华民族心目中的地位之高。

（三）

本人籍贯四川省射洪市，和陈子昂是同乡，比较了解家乡人民对他的情愫。千百年来，射洪人民始终对这位土生土长的大才子充满喜爱、崇敬和悲怜之情。崇敬他的人品和才智，悲怜他的不幸遭遇。令人感到慰藉的是，陈子昂殒没至今的当地官员，大多同老百姓一样，对其抱以崇敬和怜惜之情。

建在射洪市以北23公里处金华山上的陈子昂读书台，是陈子昂青年时代读书的地方。读书台原名读书堂，或称陈公学堂。其旧址在金华山古观之后，今祖师殿一带。唐大历年间，东川节度使鲜于叔明曾为陈子昂立旌德碑于读书堂前。中唐后政局混乱，战争频仍，学堂因之衰废。宋嘉祐年间，邑令庞子明在其遗址建拾遗亭。明初，拾遗亭已毁，廉承务道于旧基建屋塑像，并立明远亭于其侧。明成化年间，县令郭鎜立感遇亭。清初，上述建筑全坍坏。康熙五十一年（1712年），知县唐麟翔于学堂旧址建方厅一大间，置匾额为古读书台。道光八年至十一年

（1828—1831 年），邑令钱秉德、汪澍移读书台于岭后梧岗山。光绪六年（1880 年），知县文芳等捐资劝募，拆去短垣，芟除荆莽，环感遇亭新建大小房舍十几间，组成一个初具规模的纪念建筑群。此后基本保持原状，略有增修。"文革"期间部分旧建筑被毁，"文革"后修复。2006 年 5 月 25 日，陈子昂读书台作为清代古建筑，被国务院批准列入第六批全国重点文物保护单位名录。

陈子昂的陵墓，在离读书台不远的龙宝山东麓。龙宝山唐时名独龙山，也叫陈子昂墓山。陈子昂墓面对梓水，右傍涪江，四周青山蔚起，层峦叠翠，平川广陆，流水映带。唐东川节度使鲜于叔明曾为之立旌德之碑于墓前，后因字迹磨灭，宋开宝年间郭延谓重建此碑。明成化时，郭镗等先后立诗碑于墓前。清嘉庆时，墓侧有祠，为康熙四十八年知县李瑞所建。祠旁有古柏 58 株，犹蔚然翠。"文革"中，墓被毁，1999 年恢复，并维修陵园。现今之坟墓，为后来砌石恢复的土冢原貌。

陈子昂读书台和陈子昂陵墓，常年参观、凭吊和祭拜者络绎不绝，据管理人员估计每年有上万人次之众。

本人在阅读陈子昂作品、生平资料及参观其读书台和陵墓过程中，油然生发几点感受，觉得弃之可惜，现录于斯。感受之一，武则天是一位眼光远大、胸襟宽阔的伟大女性。武则天丈夫唐高宗李治在洛阳驾崩准备运回陕西早已备好的乾陵安葬，不知天高地厚的陈子昂竟然上折子阻拦，理由是那样做不利于稳定中原人心和沿途花费巨大。武后从陈子昂的独到见解和旁征博引中看出他是个人才（"奇其才"），对其多管闲事不仅没有龙颜大怒，反而给他封了官，不久又擢升，这是很多帝王难以做到的。武则天力排众议，两次委派陈子昂随北征大军建立功业。陈子昂孤高自傲"历抵群公"，"群公"定然会不断到武则天那里"诋"他。尽管如此，武则天仍然没降罪于他，而且当陈子昂递奏折请求辞官回乡给老父奉孝时，武则天还优待其带俸辞朝。1000 多年前的武则天能做到这些，她该有多么了不起的眼光、多么宽阔的胸襟？！由此可见，武则天成为中华数千年文明史上唯一的女皇帝，这绝非偶然。她的才智和气度，可以同中华文明史上任何一位明君比肩！感受之二，人生路漫漫，输了一程又何妨。陈子昂"年十八未知书"，是典型的"输在起跑线"的人。然而他省悟之后苦读6年便博古通今，24岁就进士及第。这说明"是金子总会发光"，如果"不是那块料"，"冲刺"再早再多也白搭。20世纪80年代我曾写了篇《从陈子昂"年十八未知书"说起》的文章发表在《光明日报》上，用以宽慰高考未中的学生及其家长，反响甚佳。希望当今求学的、求官的、求财的，都能从陈子昂身上得到有益启示。感受之三，有什么条件干什么事。任何有使命感的人都想干出一番轰轰烈烈的事业留名青史，然而干成任何事情都需要主、客观条件同时具备。陈子昂"善属文"，对从政和指挥打仗并不一定很在行，在"人和"方面更无优势，在这种情况下他硬要去涉足政坛和军事领域事务，结果定然是费力不讨好，弄得矛盾重重乃至得罪权贵丢了性命。当然，古代的文化人如果光靠写诗作文也许就无法纳入国家编制领取俸禄糊口养家，故而韩愈、杜甫、白居易、苏东坡等文士都前赴后继"向虎山行"。可见，若非迫不得已，还是"没有金刚钻"别去揽其他"瓷器活儿"为妙，陈子昂等人的教训确实值得记取。感受之四，制作任何产品必须靠质量取胜，生产长期应用的文学作品更应如此。纵观中国文学史，很多比陈子昂活的时间长、作品多、生存年代近的诗人，在业界和老百姓中的知名度却远不及他，原因就在作品质量上。陈子昂那首《登幽州台歌》虽然只有短短四句共二十几个字，其影响力却胜过很多诗人的上百首、上千首乃至上万首（乾隆皇帝存诗4万多首无一传世佳作）。感受之五，我国学生的诗文赏析和创作教学应当切实走出课堂，增强现场感和效应。本人当年上小学、初中和高中的地点，离陈子昂读书台和陈子昂墓最多不过百里，却从未听到老师讲过陈子昂的诗作和故事，更未被引领去参观过陈子昂读书台和陈子昂墓，而是空对空学习韩愈、柳宗元、辛弃疾等名人的诗文，掌握了多少并不知道。据说这种只重书本不重实际的现象，至今在全国各地仍普遍存在，实在应该做些改变了。

　　写作此文几天里，我一直处于思潮涌动、浮想联翩之中，且成小诗三首，并录于斯：

其一

金华山上读书台，

仙光逸气天外来。

六载通今更博古，

上苍馈遣济世才。

其二

幽台歌起天地惊，

一呼留得千秋声。

古来多少盛名者，

几人才识可匹卿！

其三

子昂坟陵草木衰，

灵物长伴冤魂哀。

此君若得才尽展，

百代文宗何煊哉！

2018 年 4 月 5 日

流沙河给人们的启示

据新华社成都 11 月 23 日电：我国现代诗人、作家、学者、书法家流沙河于今天下午在成都因病去世，享年 88 岁。流沙河本名余勋坦，1931 年出生于成都，故乡四川金堂县。主要作品有《流沙河诗集》《故园别》《游踪》《台湾诗人十二家》《隔海谈诗》《台湾中年诗人十二家》《流沙河诗话》《锯齿啮痕录》《庄子现代版》《流沙河随笔》《Y 先生语录》《流沙河短文》《流沙河近作》等。诗作《就是那一只蟋蟀》《理想》被中学语文课本收录。迄今为止，已出版小说、诗歌、诗论、散文、翻译小说、研究专著等著作 22 种。

新华社这条极其平常的电讯，竟然在国人中引起强烈反响：中央和各地新闻媒体，都以超常的规格介绍了流沙河的生平、文学创作主要成就以及去世等情况。全国各地各界人士纷纷自发撰写挽联、挽诗、悼念文章和召开追思会，沉痛悼念驾鹤西归的流沙河老人。四川一位知情人士形容："全国各地的悼念文字像雪片一样飞到成都。"中新网记者发自成都的电讯讲："11 月 27 日社会各界人士从中国各地赶来，佩戴白色纸花、手持白菊，与流沙河告别。"四川省一位知名文化学者说："在多少年来四川各界去世者中，人们悼念流沙河最踊跃。"

一位近乎平民的 88 岁老作家因病平静去世，之所以能引起全国那么多人关注、悼念，根本原因在于其经历和成就与众不同。人们深切怀念、热情称颂流沙河，实为情之所至。流沙河是新中国文化发展史上一个极具代表性的人物，其人生经历及逝世的社会反应，可以给我们不少有益启示。

其一，人心自有公道在。流沙河既非达官显贵，亦非巨贾富豪，而且活到耄耋之年平静去世，为何全国那么多人发自内心哀悼、追思他？其根本原因是他的确才气非凡，仅其《白杨》《理想》两首短诗就足以证明他的才气。人们对待流沙河生前、死后的态度，折射出国人极为注重并且善于评判他人的是非功过。任何像流沙河这样有功于民族和国家的人，从长远看都是不会被埋没、都会受到历史尊重的。由此可见，一切有志于民族复兴、国家强盛的人，都可以尽情放手一搏，使自己的人生闪耀光彩、无怨无悔。

其二，以时间换取生存空间。流沙河曾因种种原因，含冤忍辱长达22年，但他没有自暴自弃，更没有绝望，而是坚强地忍耐了过来，最终迎来人生转机。我们每个人一生中都可能遇到各种困局甚至危局，都需要学习流沙河"不畏浮云遮望眼""守得云开见月明"的精神，以时间换得宝贵的生存、发展空间。

其三，切莫把心思用偏了。流沙河用"偶有诗文娱小我，独无兴趣见大官"这副对联，生动地反映了他人生中后期心无旁骛、一门心思埋头干好作家本职的生存状况。他不仅没有利用其特殊经历、写诗名望和擅长书法等有利条件去趋炎附势，混迹官场、商场、交际场捞名捞利，而且与之严格保持距离。因而，他能潜心"做学问"，不断拿出文学创作和文学研究精品。尤其是在人们极容易浮躁、世俗的时下，做学问务必要像流沙河那样下狠心排除各种干扰，防范精力分散，把心思用在干好主业上，才可能事业有成。

其四，不可拿"注水肉"欺世盗名。流沙河经常反思自己的文学创作，即便是脍炙人口的《草木篇》，他仍觉得艺术上有欠缺；已经很短的诗作《理想》，他还后悔写长了学生们背起来费劲……从1990年起，他觉察到自己搞文学创作脑子已经有些跟不上了，于是毅然决定不再写诗，将主攻方向改为研究、宣讲《庄子》《诗经》以及六朝诗歌、唐诗、宋词等古典文学作品。与流沙河相反，时下有些本来不是行家里手或者本已"江郎才尽"的人，却硬要强打精神摆出"行家""大家"架势，强推"注水肉"捞名捞利。所有生产物质产品和精神产品的人，都应像流沙河那样严把产品质量关，"宁可少些，但要好些"，方能对得起所处的伟大时代，对得起国家和人民，对得起自己的良心。

其五，国人的价值取向值得点赞。透过人们自发踊跃悼念流沙河的种种举动，我们可以非常清晰地看出，向往仁善、公平、正义的崇高价值取向不仅没有弱化、消亡或者偏移，而且更加明确、坚定、强烈。守住并且强化中华文明的这个核心精神内核，我们民族、国家的发达、强盛，就有牢固根基。

先贤回眸应笑慰，擎旗自有后来人。流沙河老人一路走好！

2019 年 12 月 6 日

正宗川菜的味道

我国民间素有"吃在四川""味在四川"的说法。如今，川菜馆在中国乃至世界遍地开花，川菜受到空前热捧。早先位居鲁、川、粤、闽、苏、浙、湘、徽"八大菜系"老二的川菜，早已成为我国民间最大、最有特色的菜系。

本人籍贯四川，虽说长期工作和生活在北方，但品"川味"时间满打满算也有20多年，加之一辈子干新闻记者行当需要勤于思考问题，故而对川菜不乏体验与研判。这里我想给读者诸君说句实话：很多人包括全国众多民众平常所接触到的甚至给点赞的"川菜"，其实都不是"正宗川味"，满大街的所谓"川菜馆""成都小吃"，大多是"挂羊头卖狗肉"，给客人端上来的，往往都是放了点辣味或者再加了点劣质麻味的菜肴，和"川味"基本搭不上界。那么，该如何辨别、寻觅"正宗川味"呢？请听笔者道来。

川菜起源于巴蜀大地（四川、重庆），以麻、辣、鲜、香为特色。它的出现可追溯至秦汉，到宋代已形成流派。明末清初辣椒传入中国后，川菜进行了重大革新，逐渐发展成了具有鲜明特色的菜系。川菜以味道的多、广、厚、醇浓著称，具有"一菜一格""百菜百味"的特色。川菜中最负盛名的菜肴有：干烧岩鲤、干烧鳜鱼、廖排骨、鱼香肉丝、怪味鸡、宫保鸡丁、粉蒸牛肉、麻婆豆腐、毛肚火锅、干煸牛肉丝、夫妻肺片、灯影牛肉、担担面、赖汤圆、龙抄手等。川菜中日常最受大众青睐的六大名菜是：鱼香肉丝、宫保鸡丁、夫妻肺片、麻婆豆腐、回锅肉、东坡肘子。

《21世纪经济报道》于2017年11月提供的数据显示："八大菜系"受网友关注的热度，排名首席的川菜关注人数为168万，排名次席的粤菜关注人数为20.9万，排在三至八名的菜系关注人数更少。大数据还显示，在全国热度最高的20款菜式中，川菜占据一半席位，"四川火锅"更是在精选的近千款菜式（包括著名小吃甜品）中，热度遥遥领先。尽管网络上采集的数据与实际情形很难说百分之百吻合，但由于川菜的网调数据遥遥领先，所以它在全国菜系中排名第一当属不争的事实。全国各地的人们，从日常生活中也能体验到这一点。

从国内外媒体以及往来世界各地人员中得到的信息，也充分证实川菜在国外属于最受欢迎的中餐菜肴。请看意大利安莎社于2015年7月4日关于"米兰世博会"的一则报道："不知道700多年前，意大利旅行家马可·波罗在成都生活时，有没有好好享受过现已誉满全球的成都美食……成都美食菜式多样、调味多变，麻辣鲜香，应有尽有。世博会中国馆内，宫保鸡丁、鱼香茄饼、麻婆豆腐等各种传统成都美食纷纷登场，令各国参观者品尝后啧啧称奇。作为中国国粹之一，成都美食更有'食在中国，味在成都'的美誉。"

2010年2月28日，成都荣获联合国教科文组织授予的"美食之都"称号，成为亚洲首个世界承认的"美食之都"。川菜为我们的民族和国家，赢得了崇高荣誉。

川菜能在国内外受热捧，原因不外乎以下三条：第一，其材料便于获取。制作川菜所需食材非常大众化，受地域、节令影响小，国内外城乡几乎都容易找到。比如，川菜中极负盛名的菜肴干烧岩鲤、干烧鳜鱼、廖排骨、鱼香肉丝、怪味鸡、宫保鸡丁、粉蒸牛肉、麻婆豆腐、毛肚火锅、干煸牛肉丝、夫妻肺片、灯影牛肉、回锅肉、东坡肘子、担担面、赖汤圆、龙抄手等，食材都不难找，而且价格大众化，从而保证了菜肴的价位优势和多样性。第二，作料独具特色。川菜广泛使用花椒、辣椒、胡椒、豆豉、豆瓣酱等调味品，依据不同的配比，演化出了各种厚实醇浓的味型，历来有"七味"，即甜、酸、麻、辣、苦、香、咸，"八滋"即干烧、酸、辣、鱼香、干煸、怪味、椒麻、红油之说。无论是中国人还是外国人，进了正宗川菜馆保你胃口大开。这里需要特别说明的是，花椒是川菜的"灵魂"，没有上好的花椒，大多数川味佳肴都制作不出来。豆豉和豆瓣酱，也是烹制正宗川菜不可缺少的作料，但重要性不及花椒。至于"辣"，根本不是川菜的标志性特色，湘、黔、鄂、陕等省的很多菜肴都是辣的，有的甚至比川菜还辣。第三，烹饪方法考究。川菜烹饪方法有炒、煎、干烧、炸、熏、泡、炖、焖、烩、贴、爆等38种之多，每种里头都有不少学问。众多川菜菜品，都是依靠高超的烹饪技艺做支撑的，比如清淡高雅的开水白菜、香橙虫草鸭、青城山白果炖鸡、芙蓉鸡片、醪糟红烧肉、刘公雅鱼、干烧鳜鱼、白油豆腐等，都是非常考验手艺的。可以说，没有对烹饪技艺的倚重，断难有风靡中外的川菜。可见，川菜能在国内外受热捧，根本原因在于其品质、价位和烹饪方法优势。

前面说过，川菜最具特色的风味特征是"麻"，因而做川菜所使用的花椒麻度越高越好，如果用没有麻度的花椒或者用麻度很低的劣质花椒充数搪塞，做出来的菜品就根本不是"川味"。所以，成、渝以外地区的人们，在很多情况下品尝到的"川味"，都是大打折扣的。包括本人在内的真正懂"川味"者，只需对标榜"川味"的菜肴尝上一口，就可通过其有无花椒味道或者麻味是否醇浓，立即判定出是不是川菜。很多餐馆、小吃店之所以不肯用麻度高的花椒，原因有二：其一是想节省成本，麻度高的花椒价位一般每斤都在百元以上，而麻度中、低等者价位至少要低三四十元；其二是钻很多人并不真正了解"川味"的空子，惯于把只辣不麻或者基本不麻的菜品用来冒充川菜糊弄客人，而客人却信以为真。据本人和众多深谙川味奥妙者的体验，中国最好的花椒产自四川西部的汶川、茂县等地，那里的成熟花椒在口中嚼碎一粒，保管你整个口腔、喉咙完全麻木，好久都缓不过劲儿来；如果用来烹菜，有一种妙不可言的滋味。可见，花椒是川菜极为关键的作料，如果花椒不过关，其他几乎可以免谈。至于有的人不喜欢麻，你可以不去川菜馆或者让厨师少放、不放麻味。建议对川菜感兴趣而又对其不甚了解的人，首先通过上网、看书等途径补习一些相关知识，然后多去光顾本地的大型川菜馆，比如北京的眉州东坡、海底捞等，那里的川味还算正宗。如有可能，多到川、渝转转，尤其是要到一些县城，好好体味一番何为正宗且价廉物美的川菜。

想吃到正宗川味食品，最好的办法是自己学会制作。这里，我给大家介绍几种。

四川腊肉。顾名思义，四川腊肉即四川人在腊月间制作的咸肉，一般都用猪肉制作，用盐腌制后用烟熏干或挂在屋内高处风干皆可。四川腊肉历史悠久，驰名中外，是川菜体系中一道美味可口的名肴，在四川特色食品中的地位不低于任何一种其他肉类制品。四川腊肉的通常制作程序是：选用鲜猪肉切成 25 ~ 35 厘米长、7 ~ 15 厘米宽的肉条，并用刀尖在肉上扎些小眼儿以利入味；用锅将盐、辣椒面、花椒面炒热，然后倒出晾凉，加入适量料酒、白糖拌匀，均匀地抹在肉上，随后将肉逐层码放在缸内，最上面一层要皮朝上肉朝下码放。腌 8 ~ 15 天，中间翻缸一至两次，以利入味、排腥；将腌好的肉取出用环保绳穿上，挂于通风处晾干腌出的水分；将一根足以承受腌肉重量的竿子（铁、木、竹均可）架在两端支架上，把待熏的肉全部挂在横竿中部，然后在横竿下面用干柴点燃鲜湿的柏树枝（鲜湿松树枝亦可），让烟雾把腌肉熏至半干，即成正宗四川农家腊肉。当然，城里或城外民众若找鲜湿柏枝、松枝不方便，采用柏、松锯末烟熏亦可，但备用器具和操作更麻烦。腊肉熏好后即可随时洗净煮、蒸食用。一时吃不完的，挂在通风处再晾个把月，放到冰箱冷藏、冷冻三五个月乃至七八个月再吃都没事。腌过之后不用烟熏而用风吹干的腊肉，虽然不如柏枝、松枝熏过的可口，但可以减少对亚硝酸盐的担心。这里还需特别提醒诸君一点，如果不用鲜湿柏枝、松枝而是用烧饭的一般柴草熏出来的腊肉，有股怪异烟味，比较难吃，川外很多餐馆的腊肉都是如此，与正宗四川腊肉无法相比。

川味香肠。其口味麻辣，外表红油油的色泽，切开后红白相间。它与广东的粤味香肠、江苏的如皋香肠、浙江的猪牛肉混合香肠、湖南的大香肠等一样驰名，距今已有上千年的历史，各种香肠加工方法及其特色各异。根据消费者的不同需求，四川香肠可以制成麻辣、咸甜、香蕉、柠檬、玫瑰、桂花等各种味道，还可在其馅内添加虾米、花生仁、芝麻、枣子、橘子皮等。其制作程序为：将去皮猪肉用温水洗净沥干表面水分，将肥瘦肉按3∶7的比例绞、剁成肉馅；将肉馅装入平时厨房使用的不锈钢盆、搪瓷盆或瓦盆内，依照个人口味分别放入适量的盐、味精、花椒面、辣椒面、胡椒面、白酒、糖等作料，搅拌均匀，盖上盖子腌制8~12小时；将腌制好的肉馅用特制工具或其他办法，灌入一端用干净细绳扎紧的洗净猪小肠内，灌满整根后，用手揉捏肠体，使其没有空隙且粗细均匀，而后再用细绳将肠衣开口一端扎紧；将灌好的肠体隔15~20厘米用细绳扎成一小节，每个小节底端用针扎个小洞，以排出多余的水和空气；将灌好的肠体挂到通风的高处（一般是屋檐下）风干，通常需要半月左右，香肠制作便大功告成。切记：肠体内肉馅不可灌得太满，以免晾晒、蒸煮过程中爆裂。

四川泡菜。它使用特制坛子腌泡而成，由于设备简单、操作容易、成本低廉、营养卫生、风味可口、取食方便，故而其制作方法为我国民间最广泛、最大众化的蔬菜加工方法。医学测试结果显示：四川泡菜腌泡中各种病菌均不能发育，痢疾、霍乱、伤寒、肠炎等病菌均能被杀灭。我国中医也证明泡菜有健胃治痢之功。四川泡菜腌制程序是：根据欲腌泡菜料的多少，备好一个或多个口小肚大、距坛口2～5寸处设有低于坛口的一圈水槽、可装几斤至上百斤盐水和蔬菜的陶土烧制坛子，坛子外面涂满陶釉以防向外渗水，还需同时配置相应坛盖儿用于封盖坛口；将适量干净水煮沸，把不少于水重量8%的盐（专门用于腌制咸菜的粗盐或通常的食用盐均可）溶化在沸水中，等盐水冷却后倒入坛中，约装到坛内容积的一半，其余空间留着放菜；根据口味需求，在盐水中放入适量花椒、辣椒（青的与红的自便）、去皮蒜头、姜片、烧酒（或黄酒）、陈皮等调味品；将准备泡的胡萝卜、圆白菜、佛手瓜、豇豆、嫩姜、鬼子姜、青红辣椒以及白萝卜、大白菜、黄瓜、扁豆、苦瓜、芹菜、莴笋、茄子等蔬菜择洗干净，晾干表面水分，放入盛有盐水的坛中，不要放得太满，以防盐水外溢；在坛口周围的水槽内加满四分之三的冷开水或生水，将坛盖儿倒扣在坛口水槽内，既盖住了坛口不使里面的盐水和咸菜直接暴露在空气中变质，又使其可通过水槽内的水"冒泡"向外释放废气；腌制咸菜需要全程重视管理，咸菜坛的水槽要经常擦洗干净并换上清洁水，发现盐水开始生霉花要及时将表层水倒掉，并添加盐、高度白酒、白醋、姜片、去皮老蒜之类杀菌消除霉花根源；发现坛子里面盐水和咸菜淡了及时加盐，咸了及时添加凉开水。有几点需要特别注意：白萝卜、大白菜、黄瓜、扁豆、苦瓜、芹菜、莴笋、茄子等蔬菜腌泡时间稍长（半年以上）就容易发软、发酸难吃，一般情况最好不泡或者少泡它们；咸菜腌制全程严禁生水和油脂进入菜坛，因而往里加菜时务必晾干其表面水分，往外取菜时绝对不能用带油的筷子或其他带油用具；咸菜腌制半月亚硝酸盐达到峰值，此后开始快速下降，腌至23天之后乃至一年半载都可以放心食用。

四川干咸菜。也许很多人不了解，川、渝的干咸菜风味不输泡菜，亦属"川味"妙品。干咸菜的大致做法是：备好口小肚大、不带水槽、质地如泡菜坛的罐子用于制作咸菜；将用于制作干咸菜的火葱头、芥菜头、抱儿菜、豇豆、红苕、白萝卜等清洗干净晾干水汽，切成大小适中的段、块、片、丝等，晾晒至半干，使其变软，随后有序地将菜料放入事先备好的干净、干燥罐子，放一层撒一层薄薄的盐及少量调味用的剁碎青辣椒、花椒面等（如果菜料是红苕丝，入罐前需用细玉米糁、碎辣椒、花椒面和盐拌好，入罐后就无须加盐），放满罐子肚部为止；用老丝瓜去掉皮和籽粒剩下的"丝瓜布"盖住最上面一层菜料，再用筷子头儿粗细的篾条（竹片）放入存菜罐口子底部卷若干圈儿，直到罐子底部朝天倒放时里面所有东西都倒不出来为止；找一大小适中、不往外渗水的瓦钵存上适量干净凉水，将装满配制好的菜料的罐子口朝下倒置在盛了水的瓦钵中，这样既避免了菜料暴露在空气中会变质腐烂，又可通过瓦钵里的水使罐内菜料保持"呼吸"，避免被捂烂；注意适时清洗瓦钵并换上干净水，以保证罐内菜料"呼吸"新鲜空气。罐内菜料一般要三五个月才能"熟"，提前吃往往味道不佳。干咸菜一旦"喝风"（完全暴露在空气中），就会产生怪味，所以从罐子里取食时宜多批少量，或者将一两天吃不完的装盒存入冰箱冷藏、冷冻。此外，有些干咸菜（如红苕丝）宜放到锅里加上适量的植物油、葱、蒜叶、韭菜之类炒一下再食用，有的过干了炒时还需往锅里喷少量水，这样才有可口的味道。

川味食品众多，这里只着重介绍四川农家制作腊肉、香肠、泡菜、干咸菜的常用方法。这些方法虽然网上也有，但都不全面或者存在谬误。我这里介绍的方法，以本人数十年的体验、研习心得为主，并且参考了一些网络资料，当属比较全面、妥当的。

俗话说："一方水土养一方人。"川、渝奇特的水土滋养出了奇特的人们，进而孕育、滋生出了奇特的川味饮食文化，其博大精深举世罕有，实乃华夏文明宝库中之奇珍，值得我们好好珍惜、研习和发扬光大。凡对川味餐饮文化感兴趣且了解不深入者，如能去巴蜀民众中仔细考察、体验一番，你定会发觉兴味无穷。

2019 年 6 月 6 日

阆中街头品特色文化

2019 年 3 月下旬，我在友人陪同下探访了向往已久的中国四大历史名城之一——四川阆中古城（其余三个为安徽徽州古城、山西平遥古城、云南丽江古城）。徜徉于阆中街头，品味一处处独具特色的文化景观，使人眼界大开，神思驰骋于浩瀚文史海洋，神情亢奋，久久难以平复。

阆中古城，地处四川盆地东北部，位于嘉陵江中游，秦巴山南麓，山围四面，水绕三方，历来为巴蜀要冲，军事重镇。早在新石器时代，这里已有先民生息。阆中夏代为梁州之域，商为巴方，周属巴子国。战国时，巴国在公元前 330 年左右迁都阆中。公元前 316 年，秦惠文王嬴驷派张仪、张若、司马错率兵灭蜀吞苴，随后灭巴，并于公元前 314 年设立蜀、巴两郡及诸县，阆中县属巴郡管辖并为郡治所在。如今的阆中，是四川省南充市代管的县级市。阆中古城是中国保存最完整的四大古城之一。

在导游的引领下，我们首先登上了矗立在阆中古城中心的中天楼。举目环视，只见阆中古城建筑在由大巴山脉、剑门山脉与嘉陵江水系交汇聚结所形成的严密缠绕合护的"穴场吉地"，选址严格以中国古代风水学理论为指导，完全符合"地理四科"即"龙""砂""穴""水"的意象。其建筑布局也严格遵循古代风水学法：在山环水绕的城市中心兴建一座高大的中天楼，以应风水"天心十道"之喻。城内其余街巷，均以中天楼为核心，以十字大街为主干，层层展开，布若棋局。各街巷取向无论东西、南北，多与远山朝对。古城中的上千座精美民居院落，大多为明清建筑，歇山单檐式木质穿斗结构，鳞次栉比，青瓦粉墙，雕花门窗。院落坐北朝南或坐东朝西，以纳光避寒；或靠山面水，接水迎山，以藏风聚气。无论选址还是建筑布局乃至建筑风格，都完美体现了中国古人的"天人合一"等居所风水观。据《古今图书集成》记载，贞观年间，有位观察星象的人向唐太宗李世民报告说"西南千里有王气"。李世民担心皇位不稳，急令星象、风水大师袁天罡到西南测步王气。袁天罡由长安测步到阆中，果见灵山嵯峨，佳气葱郁，脉在蟠龙山龙脖处，于是派人开山凿石锯断"龙脉"，方消太宗心头隐忧。袁氏当年"锯龙脉"的地点，至今仍叫"锯山垭"。为阆中风水形胜所吸引，后来袁天罡毅然远离京城寓居阆中。他建宅蟠龙山，并在山顶筑观星台观测天象，研究风水。不久，唐朝另一位星象、数学大师李淳风也慕名来阆中定居从事科研。袁、李二位风水宗师死后同葬于阆中的天宫院，他们的理论和实践，对当时和后世阆中的官民影响极其深远。自唐初以来，阆中建城选址和城市建筑布局，都注重体现风水理念。宋代是我国风水思想和理论体系发展的顶峰，而今天我们所见到的阆中古城的选址和格局，恰巧都为宋代遗存，虽则年代久远，却无可挑剔，是我国古代建筑风水理念在华夏大地最完美的展现。故而，无论在国内还是国外，阆中都是无可挑剔的风水名城。

阆中市古城核心保护区内的落下闳故居，是10多年前阆中市政府为纪念世界杰出的天文学家、中国"春节老人"落下闳，在原址（星座苑）复建的一座串珠式二进民居院落（2006年1月29日——农历丙戌年正月初一正式对外开放）。该院落坐北朝南，占地面积约400平方米，房屋16间，为木质穿斗结构，雕花门窗，青瓦屋面。我们从导游口中了解到，阆中由于其独特的地理环境条件和风水格局，便于观测天象，因而自古以来风水家荟萃，天文学英才辈出，成为我国古代民间天文研究中心。西汉著名天文学家落下闳（前156—前87年），就出生在阆中。公元前

110年，经人举荐，落下闳被汉武帝征召至长安，参与改制国家历法。他和助手邓平、唐都等人经过6年测算研究所制的新历，在全国应召才俊所制的18种历法中独占鳌头，被汉武帝采纳，于元封七年（前104年）颁布执行，并改元封七年为太初元年，新历法因此被取名《太初历》。新历颁行后，汉武帝授落下闳侍中之职，但他不愿做官，辞谢回乡继续研究天文。《太初历》是我国第一部有文字记载的完整历法，具有很高的科学价值。首先，支撑《太初历》的大量天文数据，与2000多年后的今天所测数据差别细微得惊人，比如古代所测得的太阳系诸行星运行周期数据，与今天所测数据相差只有几个小时，这在今天看来仍是令人咋舌的奇迹。其次，《太初历》把正月定为岁首（之前历法以十月为岁首），规定每年正月初一为一年的第一天，冬季十二月底为岁末，从而把四季的顺序同人们的生理运行规律和生活、生产习惯要求吻合起来，这在历法上是一个重大改革和成功，此法在我国已沿用2000多年。再次，《太初历》依据地球的运转周期科学划分年、季、月、日，并且首次将24个节气巧妙分配到一年四个季度中，大大方便了人们安排农业生产和生活，形成中国历法的一大特色。最后，《太初历》在数学上取得辉煌成就。据专家研究，落下闳是采用合于连分数的原理进行计算的，故而在当时的条件下能得出精确数据。落下闳对连分数原理的运用，比西方早600多年。落下闳堪称世界级天文宗师，开山鼻祖，除《太初历》（沿用至今的农历）外，他的浑天学说也是世界上最早以地球为中心的先进宇宙结构理论。落下闳研制的赤道式浑天仪，在我国用了2000年。在落下闳的影响下，后来阆中相继出现了任文公、谯玄（西汉）和周群、周舒、周巨祖孙三代（东汉末年）等杰出的天文学家，并且吸引了袁天罡、李淳风、张道陵（初唐）等众多天文、风水大家到阆中寓居、搞研究。在汉、唐等相当长的历史时期内，阆中都是我国著名的天文研究中心。

在这次旅游观光中，阆中古城深厚的科举文化底蕴，也给人留下了深刻印象。隋朝到清末实行开科取士的 1000 多年中，四川全省共产生了 19 名状元，其中 4 名为阆中人，居全川州、县之冠。其间阆中共出进士 116 人（含 4 名状元、15 名武进士）、举人 404 人（含武举人 104 人）、贡生 317 人，这些数据，均属全川州、县佼佼者，故而阆中被誉为四川的状元、举人之乡。尤其是唐代阆中人尹枢、尹极和宋代阆中人陈尧叟、陈尧咨都是兄弟双状元，实为全国罕见。在隋唐至清末的上千年中，科举文化在阆中民众中深深根植，备受推崇，演绎出无数生动故事。在阆中古城的大像山上，有个宽 30 余米、深约 20 米、高 4 米许的天然岩穴，山泉从穴口上方淌泻而下，汇为穴口前的瑞莲池。北宋阆中人陈省华为使 3 个儿子陈尧叟、陈尧佐、陈尧咨远避城市喧嚣，便将他们安置在此山洞闭门攻读。后来，老大陈尧叟高中状元且官至宰相，老三陈尧咨高中状元且成为将军，老二陈尧佐考中进士且官至宰相。1000 余年后的今天，那个当年供陈氏兄弟苦读的山洞还被冠以"读书岩""状元洞""台星岩""将相堂""教子堂""紫薇亭"等美名。

满洲人入关后，鉴于清军尚未攻取全川，顺治皇帝于即位第九年（1652 年）颁诏设四川临时省会于阆中，并在此举行四川省乡试（省考），直到康熙二年（1663 年），四川乡试考场才移至成都。前后 11 年间，阆中考棚（贡院）共举行了 4 次乡试。至今，当年遗存的阆中考棚，是全国保存完好的两处贡院之一。阆中现存的贡院，占地 3300 多平方米，建筑面积 1100 余平方米，主要楼舍为清嘉庆年间川北道黎学锦所建。院落为三进四合院式建筑，木质穿斗结构，房舍排列整齐，建筑高出四周民房。第一进正厅为至公堂，即为考官唱名、发卷、监考之场所；第一进和第二进两厢为考室，每间考室有进出小门一道，正中墙头有小窗一扇，房顶置亮瓦和出气孔。第一进庭中有"十"字形走廊，走廊两侧栏杆连带靠背木椅，供考生休息候点。第二、三进为考生食宿之所，亦为四合庭式一楼一底建筑，中间有纵向走廊通连。此外，还有供考官、阅卷官办公及生活的房间。我们去参观贡院时，有幸观看到了清朝士子参加会试的全套程序演示，那时考场的规则之严厉、组织之严密和气氛之肃杀，不禁使人咋舌。像读书岩、贡院这样的科举胜迹，至今阆中街头尚有多处，每一处都有生动故事和深刻思想内涵，让人陶醉。

据导游介绍，古代的巴国（也叫巴子国）曾经控制着今天的重庆市全境以及四川北部广大地区。地处川北要冲的阆中，是巴人的一个核心活动区域，也是巴国最后的国都所在地。自然而然，阆中成为古代巴渝文化的一个主要传承地域，尤其是在商周时就颇具威力的巴渝舞，在巴人文化基因的传承中起到了极其重要的作用。此舞源于古代巴人的狩猎舞和战舞，是巴人勇武精神的生动展现，因而在历代都为举国上下，尤其是广大民众所喜爱。周武王伐纣时，巴人组成"虎贲"军挺杖执盾，"歌舞以凌殷人"，使纣王军队倒戈，取得了牧野决战的最后胜利，故而世称"武王伐纣，前歌后舞"。秦末，阆中巴人领袖范目率七姓巴人组成的汉军前锋，助刘邦"还定三秦"（项羽将关中封于之前的三名秦将据守，以阻止刘邦出川东进）。《后汉书·南蛮西南夷列传》记载："阆中有渝水，其人多居水左右，天性劲勇。初为汉前锋，数陷阵，俗喜歌舞。高祖观之曰：'此武王伐纣之歌也。'"战场上成千上万汉军一齐上演巴渝舞，前面搏杀者挥戈执盾大声呵呼，后面伴奏者击鼓顿足，军队声威大振，所向披靡。司马相如在《上林赋》中形容战场巴人上演"前歌后舞"的巴渝舞情景为"千人唱，万人和，山陵为之震动，川谷为之荡波"。刘邦在战场得胜欣喜之余，令宫中乐人习演巴渝舞，接待"四夷使者"常令表演，以耀大汉武威。自汉始，巴渝舞一直为宫廷和民间所传承，通常由 36 人登台表演。汉班固、唐杜祐、北宋高承、南宋陆游、明吴伟业、清吴宓等人，都在诗文中记叙过上演巴渝舞的盛况。由巴渝舞等文化载体传承下来的巴人勇武精神，对后世产生了深远影响。三国时期张飞曾在阆中率 1 万巴蜀儿郎，打败曹魏大将张郃 3 万精兵的进犯。

明末的阆中守军，曾多次英勇奋战以少胜多击败外敌。第二次国内革命战争时期，阆中共有1.9万多人参加红军和地方武装组织，7500多人牺牲。新中国开国元勋邓小平、朱德、刘伯承、聂荣臻、杨尚昆、罗瑞卿、张爱萍、陈伯钧等人，都出生在古代巴人生活的川北、川东、川南地区，他们在烽火硝烟中的杰出表现，很难说与古代巴渝文化基因传承没有关系。新中国成立后，巴渝舞经文艺工作者挖掘整理，更加焕发青春。近年阆中500名青年表演的巴渝舞气壮山河，中央电视台、四川电视台多次向国内外播放，引起强烈反响。

除了风水文化、天象文化、科举文化、巴渝文化，阆中境内还有反映伏羲母子在当地活动的本源文化，反映张飞等蜀汉人物活动的三国文化，反映世界五大教派（道教、佛教、伊斯兰教、基督教、天主教）活动的宗教文化，反映红军活动的红色文化，反映各种古代文化习俗传承的民俗文化，宣介保宁醋、张飞牛肉等系列美食的饮食文化等星罗棋布的文化景观，令人眼花缭乱。试想一下，在一个面积仅有1800平方公里、总人口只有80多万的县级市，竟然有国家重点文物保护单位8个、省重点文物保护单位22个，这是多么了不起的事情！如今的阆中，享有"中国风水古城""世界千年古县""中国春节文化之乡""中国生态建设示范市""中国最佳生态旅游目的地"等美誉。所有这些，无不得益于特色文化底蕴厚重。

文化是民族和国家的灵魂。一个民族和国家要发达兴盛，生命长久，永远立于不败之地，必须依靠强大的文化做支撑。我们的华夏民族之所以能够渡过历史上的千难万险，并且能够在今天再现辉煌，正是得益于我们有着举世无双的强大文化基因。

我们要衷心为古代巴人和今天的阆中人民点赞、致谢，是他们在中华文明皇冠上镶嵌了一颗分外耀眼的宝石，使我们所有华夏儿女感到自豪！

2019年11月25日

奇特的四川人

四川人，即祖辈生活在四川盆地（含今重庆市）的人，巴蜀民系，又被称为川人、蜀人或巴蜀人，是中华民系中的一个族群。今日之川人，乃古代巴蜀人和历代入川移民之后裔。人们还通常把所有籍贯（出生地）为四川的人，统称四川人。

四川人（其主体）大概是因其遗传基因、文化传承、生衍环境、天赋禀性等若干方面的原因，在中华民族众多族群中，具有明显的特质。正是这些特质，铸就了四川人的辉煌，使其在中华文明发展史上，具有举足轻重的地位，成为国人的骄傲。

（一）

四川人的奇特之处，首先体现在其灿烂的古蜀文明上。

长江主要支流之一岷江，发源于青藏高原东部的岷山，一路急流而下冲到灌县地域后，便进入了川西平原。这里地形复杂，加之泥沙淤积，航行十分困难，且江水在洪水季节常常泛滥成灾。而江西边遭受洪水肆虐之时，江东边却常饱受旱灾之苦。公元前256年，李冰（生卒年、出生地不详）被秦昭王任为蜀郡（今成都市一带）太守。他到任后听到了大量的民众呼声，且亲临实地考察，随后征发民工在岷江流域兴建了规模浩大的系统水利工程。其中以他和其子李二郎共同主持修建的都江堰水利工程最为著名。如今人们所见到的都江堰工程，主要有百丈堤、都江鱼嘴、内外金刚堤、飞沙堰、人字堤、宝瓶口，其中最重要的都江鱼嘴、飞沙堰、宝瓶口，都是李冰主持修建的。都江堰工程使岷江水得到了科学控制和利用，消除了严重洪灾，成都平原由此旱涝保收，"天府之国"盛名亦由此千年不衰。都江堰建成使用已达2200多年，堪称世界之最。即便用今天的眼光审视，这个工程从规划、施工到最终的效果，都堪称完美。

在成都市北面约40公里的地方，有一处古文化遗址，里面有起伏相连的三个黄土堆和大量中外罕有的古代文物遗存，这便是闻名世界的三星堆文化遗址。三星堆遗址分布面积12平方公里，距今已有5000年至3000年历史，是迄今在西南地区发现的范围最大、延续时间最长、文化内涵最丰富的古城、古国、古蜀文化遗址。三星堆遗址，被称为20世纪人类最伟大的考古发现之一。这里出土的文物，当属中国乃至世界最具历史、科学、文化、艺术价值和最富观赏性的文物群体之一。这些古蜀秘宝中，有高2.62米的青铜大立人，有宽1.38米的青铜面具，更有高达3.95米的青铜神树等，它们均为世界之最，堪称独一无二的旷世神品。而以金杖为代表的金器、以满饰图案的边璋为代表的玉石器，亦多属前所未见的稀世之珍。以前历史学界人士普遍认为，中华文明的发祥地是黄河流域，然后渐渐传播到全中国。三星堆的发现，将古蜀国的历史提前到5000年前，证明了长江流域与黄河流域一样，同属中华文明的母体，证明了长江流域地区存在过不亚于黄河流域地区的灿烂古文明。而三星堆文化，由此被誉为"长江文明之源"。

位于成都市西苏坡乡金沙村的金沙遗址，是商周时代（公元前12世纪至公元前7世纪）古蜀王国的都邑。这里出土了世界上同一时期遗址中最为密集的象牙、数量最为丰富的金器和玉器，其中最负盛名的是太阳神鸟金箔，被确定为中国文化遗产标志。考古专家们认为，金沙文化有其独特的魅力，可以说再现了古代蜀国的辉煌。金沙遗址的发现，把成都城市史提前到了 3000 年前。考古人员认为，金沙遗址与成都平原的史前古城遗址群、三星堆遗址、战国船棺墓葬，共同构建了古蜀文明发展演进的四个不同阶段，进一步证明成都平原是长江上游文明起源的中心，是中华文明的一个重要发祥地。金沙遗址的发现，极大地拓展了古蜀文化的内涵与外延，对蜀文化起源、发展、衰亡的研究具有重大意义，特别是为破解三星堆文明突然消亡之谜找到了有力的证据。金沙遗址中已清理出土的成吨象牙，一部分产于古蜀国的南部，还有一部分来源于云南、贵州等地，很可能是那里的少数民族进贡给这里的王公贵族的，这说明金沙当时已成为西南地区的政治、经济、文化中心。

而今漫步巴蜀大地的中外游客，除了都江堰、青城山、三星堆、金沙遗址使你眼界大开，还有十二桥遗址、明蜀王陵墓群、罗家坝遗址、茶马古道……使你目不暇接。

在我国历史上，四川盆地长期被外界包括众多历史学家看成蛮荒之地，有的文献上甚至说蜀地"不晓文字，不知礼乐"。直至今天，域外许多人头脑中仍有巴蜀之域偏僻落后的印象。然而，当他们到川渝大地稍微做点考察之后，头脑中的旧印象马上就会烟消云散。

（二）

说到四川人，就不能不说四川女人。四川女人具有鲜明的个性特点。当今的川渝女人都被称为"川妹子"，有人概括她们有长得漂亮、个性鲜明、热情似火、能说会道、吃苦耐劳、精明能干、烹技娴熟、心疼男人、孝敬老人、幽默风趣十大优点，这些只能说大体如此，因为评价者站的层次还欠高，比如"忠勇"就没有提到。这里，鄙人为大家简介几位最能体现四川女人特点的奇女子。

在 2000 多年前的西汉时期，今日成都市西百余里的蜀郡临邛县（古称）发生了才女卓文君黑夜私奔追求才子司马相如的传奇故事。卓文君原名文后，今四川省成都市邛崃市人，中国古代四大才女及蜀中四大才女之一。她是临邛巨商卓王孙之女，姿色娇美，精通音律，善弹琴，有文名，16岁嫁人，几年后夫逝回娘家居住。其间，赋闲成都的蜀籍大才子司马相如应邀到临邛游玩。一天，卓王孙在豪宅宴请相如和县令王吉等人。席间，相如应王吉之请弹琴助兴。之前他已闻知卓女文君才貌非凡且新寡，便趁机弹奏一曲《凤求凰》表达对其倾慕之情。相如之文才与帅相，文君亦早有耳闻。待其到卓家喝酒、弹曲时，文君从门缝里窥视，不禁满心欢喜。宴会完毕，相如派人以重金赏赐文君侍者，借以向她表达倾慕之意。随即文君夜奔相如，与他驰归成都。怎奈相如家徒四壁，无以为生计。不久，相如依文君意愿双归临邛，尽卖其车骑，置舍市酒。文君当垆，"相如与奴婢杂作，涤器于市中"。卓王孙深以为耻，不得已分金百万和家奴百人与之，使之回成都购买田地房屋，成为富有人家（见《史记·司马相如列传》）。后来司马相如所写《子虚赋》得到汉武帝赏识，又以《上林赋》被封为郎（帝王的侍从官）。相如在京城待的时间久了，想纳一茂陵女子为妾，写信试探卓文君。文君回以《白头吟》《诀别书》等诗作劝喻，相如乃止（见《西京杂记》）。再后来司马相如衣锦荣归，让卓王孙大为风光，更献金相认。据传相如夫妻生有一女，唤名琴心。因生于正月初一，故皇后赐名元春。卓文君的勇敢精神和美妙故事，被民间传为千古佳话，还为史家推崇载入正史，真乃中华文明史上之奇迹也！

明朝末期，四川忠州（今重庆市忠县）出现了一位名垂青史的女将军，名叫秦良玉。这位巾帼英雄，还是我国历史上罕有的正式列入国家编制的女将军。《明史·秦良玉传》记载："良玉为人饶胆智，善骑射，兼通词翰，仪度娴雅。而驭下严峻，每行军发令，戎伍肃然。所部号'白杆兵'，为远近所惮。"明神宗万历元年（1573年），秦良玉出生于四川忠州城，苗族人，在家排行老三，上有两个哥哥，下有一个弟弟。父亲从小教授她诗书，还训练她骑马射箭。成年良玉身高约1.86米，秀外慧中，禀异超群，通过比武招亲，相中了石柱（当时属忠州）宣抚使之后马千乘。婚后夫唱妇随，良玉帮着丈夫训练了一支骁勇善战的"白杆兵"，同时育有一子。万历二十六年（1598年），贵州省播州宣抚使杨应龙反叛，时年26岁的秦良玉率500白杆兵协助平息了叛乱，大明总督李化龙对其英勇行为大为赞赏，命人打造银牌赠予她，上镌"女中丈夫"四个大字。秦良玉一生戎马近50年，足迹遍及长城内外、云贵高原、四川盆地，率一支白杆兵参加过平播、援辽、平奢、勤王、抗清、讨逆（张献忠）诸役，是明末战功卓著的女性军事统帅、巾帼英雄、军事家，累功至大明柱国光禄大夫、太子太保、太子太傅、少保、四川招讨使、中军都督府左都督、镇东将军、四川总兵官、忠贞侯、一品诰命夫人。清顺治五年（1648年）端阳节后，75岁的秦良玉突发重疾殁于演兵场，南明朝廷追谥曰"忠贞"。秦良玉是中国历史上唯一一个被二十五史载入将相列传的巾帼英雄，还是唯一凭战功封侯的女将军。今天北京宣武门外的四川营胡同，就是当年秦良玉北上勤王屯兵遗址，门上刻有"蜀女界伟人秦少保驻兵遗址"十二个大字。

在近代中华民族奋起救亡图存的殊死搏斗中，涌现出一位感天动地的女英雄——赵一曼。她生于1905年10月，原名李坤泰，又名李一超，四川省宜宾县白花镇人，中国共产党党员，抗日民族英雄，曾就读于莫斯科中山大学，毕业于黄埔军校六期。赵一曼父母育有6女3男，她排行老七。赵一曼早年在家乡上私塾、读女中，成绩优异，并于1924年和1926年分别加入社会主义青年团和中国共产党，先后担任宜宾妇联常委会主席、宜宾妇联和学联党团书记，组织党团员在学生、妇女中宣传共产主义思想。1926年至1930年，赵一曼先后在黄埔军校武汉中央军事政治学校、苏联莫斯科中山大学学习，1928年冬奉命回国后，相继在宜昌、上海、江西等地从事秘密工作。1928 年 4 月她与湖南人陈达邦结婚，次年在宜昌生下一子，取名"宁儿"。1931 年九一八事变后，赵一曼被党派往东北领导抗日工作，随后 4 年她先后担任满洲总工会秘书和组织部部长、哈尔滨总工会代理书记、中共珠河中心县委委员、铁北区区委书记、珠河区委书记、东北人民革命军第三军一师二团政委等职，发动东北各界民众，开展城市斗争，建立农民游击队，配合抗日部队作战，给日伪以沉重的打击。1935 年 11 月，在与日军作战中，赵一曼为掩护部队腿部负伤，在昏迷中被俘。日军为了从赵一曼口中获取有价值的情报，审讯中动用了老虎凳、灌辣椒水、电刑等酷刑，却没有得到任何想要的信息。随后，赵一曼伤势严重，生命垂危，被送到哈尔滨市立医院监视治疗，其间受她反日爱国教育感染的看守警察董宪勋与女护士韩勇义，决定助其逃离日军魔掌，费了不少周折却不幸功败垂成。对赵一曼彻底失望的日军，于 1936 年 8 月 2 日，在珠河县城将其绑在大车上"示众"处死。面对敌人的屠刀，赵一曼高呼"打倒日本帝国主义""中国共产党万岁"口号英勇就义，年仅 31 岁。赵一曼是抗日战争中表现最为英勇且牺牲最为惨烈的中华女性，朱德、董必武、陈毅、聂荣臻等党和国家领导人，分别赋诗或题词对她进行高度赞扬。在哈尔滨，赵一曼被大众尊称为"白山黑水民族魂"。在四川宜宾，赵一曼纪念馆是众人心中最景仰的地方。2009 年，赵一曼入选"100 位为新中国成立作出突出贡献的英雄模范人物"。

在华夏 5000 年文明史上，历朝历代不乏灿若星辰之川妹子。她们是四川人的骄傲，是中华民族的瑰宝，永远值得子孙后代景仰和尊敬。

（三）

在中华文学史上，素有"天下文章出四川"之美谈，尤其值得称羡和玩味的是，不同时期最负盛名的三大全能作家，全都出在四川，他们分别是：李白、苏轼和郭沫若。

李白（701—762年）字太白，号青莲居士，又号谪仙人，自幼生活在唐剑南道绵州（巴西郡）昌隆（今四川省江油市）青莲乡。李白是唐代最伟大的浪漫主义诗人，被后世誉为"诗仙"。他为人爽朗大方，爱饮酒作诗，喜交友，有《李太白集》传世，代表作有《蜀道难》《早发白帝城》《梦游天姥吟留别》《静夜思》《将进酒》《望庐山瀑布》《侠客行》《春思》《秋歌》《行路难》《梁甫吟》等。李白还被后世尊为词的开山鼻祖，是中国文学史上第一位大词人，存世作品除《清平调》之外，还有《菩萨蛮》《忆秦娥》，被称为"百代词曲之祖"。李白性格豪迈，热爱祖国山河，游踪遍及南北各地，写出大量赞美名山大川的壮丽诗篇。他的诗，既豪迈奔放，又清新飘逸，想象丰富，意境奇妙，比喻巧妙，语言轻快。李白的诗在历代享有盛誉，唐文宗御封李白的诗歌、裴旻的剑舞、张旭的草书为"三绝"；将李白引荐给唐明皇的贺知章称其为"谪仙"；杜甫称赞"李白斗酒诗百篇""笔落惊风雨，诗成泣鬼神"；苏轼称赞李白"以英玮绝世之姿，凌跨百代，古今诗人尽废"；明代文学家杨升庵称李白为"古今诗圣"。中唐的韩愈、孟郊、李贺，宋代的苏轼、陆游、辛弃疾，明清的高启、杨慎、龚自珍等著名诗人，都受到李白诗歌的很大影响。李白还是大书法家，其存世的唯一真迹《上阳台帖》，受到宋徽宗等历代行家称道，现存于故宫博物院。

苏轼（1037—1101年）字子瞻，又字和仲，号铁冠道人、东坡居士，世称苏东坡、苏仙。眉州眉山（今四川省眉山市）人，杰出文学家、书法家、画家。苏轼是北宋的文坛巨匠和领袖，其诗题材广阔，清新豪健，善用夸张比喻，独具风格；其词开豪放一派，是豪放派代表；其散文著述宏富，纵横恣肆，豪放自如，为"唐宋八大家"之一。苏轼亦善书，为"宋四家"之首；工于画，尤擅墨竹、怪石、枯木等。有《东坡七集》《东坡易传》《东坡乐府》等传世。苏轼为宋仁宗嘉祐二年（1057年）进士，历侍仁宗、神宗、哲宗、徽宗四帝，曾任翰林学士、侍读学士、礼部尚书，以及凤翔、杭州、密州、徐州、湖州、颍州、扬州、定州等地方官职，晚年被贬儋州（今海南省儋州市），逢大赦北归途中病逝常州。宋高宗时追赠太师，谥号"文忠"。苏轼在诗、词、散文、书、画等方面，均有极高造诣和辉煌成就，是史上少有的文学和艺术天才。尤以他的旷古绝唱《水调歌头·丙辰中秋》《念奴娇·赤壁怀古》为代表的词所树立的艺术高峰，跨越千年仍无人能攀越。苏轼为官一任造福一方，在多地留下千古佳话。苏轼在世时，从皇帝皇后到庶民百姓及敌国臣民，都是其作品"粉丝"。他离世千年，广为历代文人景仰、效法。前些年有国外研究机构评选世界三千年文化英雄，苏轼是中国唯一入选者。

郭沫若（1892—1978年）原名郭开贞，字鼎堂，号尚武，笔名沫若、郭沫若、郭鼎堂等，生于四川省乐山沙湾镇，中国现代著名诗人、学者、历史学家、古文字学家、社会活动家、剧作家、书法家、革命家。新中国成立后历任全国人民代表大会常务委员会副委员长、政务院副总理兼文化教育委员会主任、中国科学院首任院长、中国科学技术大学首任校长等职，当选中国共产党第九、十、十一届中央委员。他还是中华全国文学艺术界联合会首届主席、苏联科学院外籍院士。其早年诗集《女神》，充分反映了五四时代精神，开拓了新一代诗风。他在1923年至1928年先后系统学习马克思主义理论并提倡无产阶级文学，参加北伐任国民革命军政治部副主任，参加中共领导的南昌起义，被国民党政府通缉流亡日本后，埋头研究中国古代社会并著有《中国古代社会研究》《甲骨文字研究》等重要学术著作。1937年全民族抗日战争爆发后回国，任军事委员会政治部第三厅厅长，后改任文化工作委员会主任，团结进步文化人士从事救亡运动。1946年后站在民主运动前列，成为国民党统治区文化界的革命旗帜。他主编有《中国史稿》和《甲骨文合集》，个人全部作品编成《郭沫若全集》38卷。对郭沫若的一生尽管褒贬不一，但他在文学、史学、艺术领域所展现的天才、全才，却是不可否认的。

"青莲（李白）诗，东坡（苏轼）词，相如（司马相如）赋，此三者独步天下。"在中华文学史上，四川人创造了空前绝后的奇迹！

（四）

我们中华民族生存和发展史上多灾多难。每当异族、外寇入侵，民族和国家面临危难之际，四川人素显大忠大勇。

在中国人民革命军事博物馆古代战争馆里有一个沙盘模型，展示了13世纪中叶发生在四川合州的一场改变世界格局的战役——钓鱼城保卫战场景。1258年，蒙古帝国大汗蒙哥（成吉思汗之孙）派三路大军继续征服西方，同时又派三路大军征服南宋。南征大军的一路由蒙哥亲自率领，挟征伐欧亚非40余国之威势，开始进攻四川，于次年2月兵临合州钓鱼城。蒙哥铁骑多年东征西讨所向披靡，不料在钓鱼城主将王坚与副将张珏率领的军民顽强抗击下，伤亡惨重，无法越雷池半步。7月，蒙哥被城上火炮击伤，随后离世。虽然蒙哥之弟忽必烈继汗位后急于为兄报仇，令部队加强了攻势，但钓鱼城仍岿然不动。钓鱼城保卫战从公元1243年打到1279年（南宋王朝降元后三年）才结束，其间历经大小战斗200余次，双方殊死搏斗惨烈程度古今罕有。被长期围城强攻的宋朝军民，以弱御强相持逾36年，创造了人类战争史上罕有的经典范例。因蒙哥突然死去，蒙古军征战欧非行动被迫停止，由进攻转为守势，否则世界版图和格局或许就不是今天的样子了。故此，钓鱼城被欧洲人誉为"东方麦加城""上帝折鞭处"。

1937年7月7日卢沟桥事变爆发后，国民党陆军上将、四川省政府主席刘湘（四川大邑人）速即通电全国请缨抗战，并在南京召开的国防会议上慷慨激昂地声明："四川为国家后防要地，今后长期抗战，四川即应负长期支撑之巨责……所有人力、物力，无一不可贡献国家。"刘湘还发表《告川康军民书》，动员全省军民竭力抗日。8月，身体有病的刘湘不顾他人劝阻，率领川军第23集团军开赴抗日前线。刘湘因日夜操劳旧病复发，于1938年1月20日在汉口去世，临终嘱咐"敌军一日不退出国境，川军则一日誓不还乡"，时年50岁。国民党陆军上将杨森（四川营山人）率领的第20军，是第一支出川抗日的川军，从淞沪会战开始，无役不从，是三次长沙会战的骨干兵团。川军第26师，是参加淞沪会战国军70个师中战绩最好的五个师之一，仅此一役全师4000余官兵仅存600多人。川军堪称抗战中训练素质、武器装备等在全中国最差的杂牌军，很多人冬天到了北方还穿着草鞋。谁料这支如此不堪的队伍，在十四年抗日战争中勇冠天下，战功卓著，换来了"川军能战""无川不成军"的美名。率部出川抗战的川将刘湘、杨森、邓锡侯、李家珏、王铭章、饶国华、范绍增等，表现几乎都可用"出色"二字形容。7名出川中将，4人壮烈殉国。统计资料显示，四川人在抗战中的参战人数、伤亡人数和提供的钱粮、劳役数量，均居全国之首。

谈到四川人参加抗战，特别要提到的是：在中国共产党领导下的八路军、新四军、东北抗日联军中的四川人，他们中的杰出代表八路军总司令朱德、八路军第129师师长刘伯承和政治委员邓小平、晋察冀军区司令员兼政治委员聂荣臻、新四军军长陈毅、东北抗日联军团政治委员赵一曼等人，舍生忘死带领部队冲锋在沦陷区抗日救亡最前线，为中华民族救亡图存建立了光照千秋的功绩。

新中国成立后，四川人在抗美援朝和历次边境自卫还击作战中，均有上佳表现，黄继光、邱少云就是其中的杰出代表。

翻开华夏文明史册，四川人所书写的忘死赴国难、舍身固神州诗篇，十分雄奇瑰丽。

（五）

写《奇特的四川人》这篇文章的过程，也是我一直心情纠结的过程，原因是神思陷入四川这个聚宝盆不能自拔，该写、想写的东西实在太多，绝不是一篇散文所能装下的，足可以写一本厚厚的书，而我目前的时间安排和所掌握的资料，不允许现在就去完成这个任务。于是，只好狠心压缩文章的内容，很多该写的人物、古迹、事件都未列入，列入的也多是抽筋剔骨，用言论和消息语言叙事，没了散文笔法。之所以急于写这个内容，是因为我从长期观察和体验中得出结论：四川人身上有很多独特的东西，极具宣传、弘扬价值。同时还产生了一种莫名的责任感和负疚感，觉着身为川人和一辈子"吃笔墨饭"的自己，早该办这件事了。正好这次出版散文随笔集子，便匆忙动笔以遂夙愿。

言归正传。谈到巴蜀才子，有神级全能大师李白、苏轼、郭沫若，有文坛俊杰及艺术家司马相如、扬雄、陈子昂、苏洵、苏辙、杨慎、张大千、巴金等。在巴蜀奇女子中，武则天不可不提。她是中国历史上唯一的女皇帝，在位十几年政绩斐然，还干了不少开创性事情，甚至还造了一些新文字。武则天的所作所为，活脱脱地表现了一副川妹子泼辣、聪明、实在、重情重义的性格。没有巴山蜀水滋养，那个武姓女子绝对成不了女皇武则天。谈及古今巴蜀之神男奇女，还必须提及活跃在当今各条战线上的川籍精英。商界的王健林经过艰难打拼，一度成为华人首富。商界的牟其中虽人生跌宕而矢志不渝，但他提出的在喜马拉雅山凿口引印度洋暖湿气流解决西北、华北干旱问题的奇特设想，虽看似天方夜谭，但将来极有可能成为巨惠中华民族的现实。青年才俊郭敬明事业如日中天，在中国文坛上是一颗耀眼明星。更值得自豪的是，国之重器、尖端科技杰作，大多诞生自巴蜀大地。在当今竞争空前激烈的国际、国内大环境中，四川人能够扬长避短（主要短处是与外界的交通相对不便），非但没有落伍，而且创造了一流业绩，在一些领域甚至独执牛耳，再次显现川人之奇特。

从古至今，四川人在中华文明发展进程中的表现，的确可以用"奇特"或者"奇异"这样的字眼来形容。若按常理来推断，很难解释清楚发生在四川人身上的很多谜团。仅被称为世界考古学上"世界第九奇迹"的三星堆文明，自1929年发现以来一直是中外专家学者关注、研究的一个热点，可至今仍有一堆匪夷所思的谜团：这里数量庞大的青铜人像、动物均不归属于中原青铜器的任何一类，青铜器上没有留下一个文字，出土的"三星堆人"高鼻深目、颧面突出、阔嘴大耳，耳朵上还有穿孔，不像中国人倒像是"老外"，难道三星堆人来自其他大陆、三星堆文明是"杂交文明"？三星堆出土的大量祭祀用品带有不同地域的文化特色，特别是青铜雕像、金杖等，与世界上著名的玛雅文化、古埃及文化非常接近，难道三星堆曾是世界朝圣中心？在三星堆祭祀坑中出土的5000多枚海贝，经鉴定来自印度洋，这些海贝是交易来的还是朝圣者带来的祭祀品？三星堆出土的世界最早的金杖是蜀人自己造的，还是西亚、北非传来的，是干什么用的？三星堆出土的众多精美玉器和铜器，即便以现在的技术水平也不易完成，在当时的条件下是怎么造出来的？不仅三星堆，蜀地之谜比比皆是。比如：为何"年十八未知书"的陈子昂二十四岁就能考上进士受到女皇武则天赏识？为何历代文坛顶尖才子多出自四川？为何武则天、秦良玉能成为中华5000年文明史上的"唯一"？为何出生在大后方的弱女子赵一曼能成为最著名的抗日女英雄？为何全国装备最差的川军在各抗日战场都是战斗力出色的军队？为何穷困异常的四川人能在抗日战争中贡献全国五分之二的钱粮？为何新中国十分之四的元帅都是四川人？发生在四川人身上的各种谜团，无法用常理推断，只能从其特质上找答案，亦即独特的遗传基因、文化传承、生衍环境等因素，铸就了川人独特的品质，进而演绎了古往今来蜀地、川人的种种奇迹。

我们要万分感谢上苍，将神奇的巴蜀宝地赐给中华，并且养育出了奇特的四川人，使中华民族拥有外敌不易攻破的战略堡垒、大后方，这对民族的生存、繁衍、兴盛都绝对重要。

我们要万分感谢生生不息的四川人，是他们创造的一个又一个旷世奇迹，大大增添了中华文明的光彩，增加了中华文明在人类文明史上的分量。

我们还万分期盼四川人，再接再厉创造奇迹，续写辉煌篇章，把国家的战略堡垒、大后方建设得更加富饶美丽，更加坚不可摧，助力整个中华民族自信满满、心无旁骛实现振兴、腾飞之梦想。

2017 年 3 月 8 日

第二辑

俭奢之间见兴衰

唐人李商隐《咏史》一诗中有这样的名句："历览前贤国与家，成由勤俭破由奢。"我每当读此诗句，就会浮想联翩，深有感受。

（一）

殷商王朝末代天子帝辛，一直被后世称为"纣王"（残义损善曰纣）。《史记》等文献称纣王"长巨姣美"，能"倒曳九牛，抚梁易柱"，是个能挡百人之敌的无敌勇士。他还是智商极高、反应极快、能言善辩的智者。其约30岁即位后，鼓励农桑，推行牛耕与灌溉排水；清除王族内乱，削弱贵族势力；不拘一格选拔人才，从亡虏逃臣中选拔勇士飞廉、恶来父子为将；攻伐压制西侧兴起的周国，周国臣服后移兵，长年攻伐东夷，拓土开疆至渤海和东海，使今天的天津、连云港等沿海城市所在地域，包括江苏、安徽两省在长江以北的地区以及山东、河北部分地区，首次纳入华夏版图，不愧为中华史册上的一代雄主。然而，后期的帝辛奢华无度，大兴土木，建造了许多华丽的宫室，并建造了高千尺、宽三里的鹿台，常常不理朝政和妲己在鹿台上寻欢作乐。他还下令搞出"酒池肉林"，便于游玩时随意吃喝，并叫裸体男女互相追逐嬉戏。纣王的奢靡最终激起民变浪潮，使商朝500年的江山毁灭在他手中，最后他也与宠妃妲己一同自焚身亡。

被誉为"千古一帝"的秦始皇，即位后就开始在骊山营建他的陵墓。

统一中国之后，他又从全国各地征调了几十万人参与建陵。秦二世时又继续修建，前后近40年，直到秦灭亡陵园还未全部竣工。据史料记载，秦始皇陵墓面积约2.13平方公里，里面建筑有各式宫殿，陈列着各式奇珍异宝。秦灭亡之后，项羽动用几十万士兵发掘陵墓，随葬宝物运了一个月还没有运完。秦始皇陵的地面建筑，被楚军烧尽。传说其地宫也被持火把进墓室寻羊的人点着，燃烧了3个月还没有熄灭。有人估算，秦始皇修造陵墓和安葬，起码要耗费3年的国库收入。这个中华大统一的王朝之所以短命，与秦始皇父子的极度奢侈有极大关系。

隋炀帝杨广是文武全才，他在拓展国家疆土、发展经济文化、改革官员选拔任用制度以及开凿大运河等方面，为中华民族发展做出了重大贡献，称其为"大帝"毫不为过。后来，他恃才、居功自傲，不拘细节，大兴土木，动用逾百万民工、耗巨资建造方圆达200里的西苑，苑内筑十六院，里面有珍稀鸟兽和奇花异树，还有大量美女供其玩乐。隋炀帝的行宫遍布天下，仅长安至江都就置行宫40余座，每座备有各色美女数百乃至数千人。隋炀帝先后3次带着庞大船队巡游江都，每次上万条大船在运河上排成上百里长的船队。运河两岸早已修筑好柳树成荫的御道，数万民夫被征去给船队拉纤，还有两队骑兵夹岸护送。数以万计的船队人员沿途吃喝，则由两岸州县官员逼着百姓备办酒席奉送。加之连年征发上百万人修长城、打高丽，搞得民怨沸腾，全国反叛烽烟四起，50岁的杨广为卫队叛将宇文化及所杀，辉煌一时的隋王朝速即灭亡。

唐玄宗李隆基即位前二十几年励精图治，开创出"开元盛世"，之后逐渐开始满足和奢淫，沉溺于享乐之中。开元二十五年（737年），所宠爱的武惠妃病死，他日夜寝食不安，后宫美人虽多但没有一个能使他满意的。他听人说自己的儿子寿王李瑁的妃子杨玉环貌美绝伦，便不顾礼数将她召进宫里。杨玉环除了美艳，还懂音律，很聪明，擅长歌舞，深得玄宗欢心，被册封为贵妃。李隆基为讨杨贵妃欢心，专门挑选来为她制作衣服的侍从就达 700 多人；为了让她吃上新鲜荔枝，竟下令开辟从岭南到长安的几千里贡道，以保证荔枝在摘下 5 天内变味之前用快马运到长安。因杨贵妃的影响，其 3 个姐姐均受封"国夫人"，堂兄杨国忠更是做了宰相。在杨国忠的把持下，唐朝日趋混乱，直至"安史之乱"爆发，唐玄宗在西逃四川途中被迫处死杨国忠、逼杨玉环自尽，一场由皇帝奢淫引发的深重灾难，才算告一段落，但大唐王朝却就此拉开衰亡序幕。

北宋王朝是中国封建社会发展的巅峰，它的最高年产值曾经达到世界年产值的 35％ 左右（一说 70％）；其科学技术和文化事业发达程度，为世界首屈一指；其都城东京（今开封市）同样是当时世界上最大、最繁华的国都。然而，如此辉煌的北宋王朝，却被东北少数民族金人的 3 万多人马，在一年多时间里灭掉。北宋灭亡的一个惨痛教训，就是奢靡享乐思想腐蚀了君王及臣民。比如，宋徽宗就成立了苏杭造作局和苏杭应奉局，专门保障其奢侈消费。苏杭应奉局负责搜罗东南各地的奇花异石、名木佳果，凑足一拨儿便用大船运往东京；苏杭造作局生产的锦缎，更是源源不断地运往京城。在皇帝的示范下，王公大臣堂而皇之展开奢华竞赛，担任过宰相的王黼、陈升之和权臣蔡京等人，都由宋徽宗御赐或默许修造了堪比皇宫内院的豪宅，宋徽宗甚至还亲往观赏并赞许。帝王将相奢侈消费，普通百姓也纷纷效仿，"后宫朝有服饰，夕行之于民间"，老百姓出门"必衣重锦"，而羞于穿麻布衣服。国之风尚若此，焉有不亡之理？！

罪孽深重的慈禧太后，在她操控清廷皇权的数十年里，生活奢靡令人发指。

慈禧用膳的寿膳房有 108 间，每餐都要摆上不下百道佳肴，常年服侍慈禧饮食者达上万人。

慈禧爱闻水果香味，她曾一年耗费鲜红枣、黑枣、山梨等 2236 石，山楂、葡萄、沙果、酸桃33153斤，石榴、文冠果、柿子、棠梨、秋梨、橘子、香蕉不计其数。

仅每年为慈禧制造袜子的女工，就达上千人。

慈禧每洗一次澡要用40条毛巾，这些毛巾都是高级工艺品。

慈禧乘火车去趟奉天（今沈阳市），所带衣服不下2000件、鞋子三四十双，专门用一节车厢运载。

慈禧宫中一天的费用大致是纹银4万两，清宫半月费用可购甲午海战时日方吉野号巡洋舰一艘；一年费用可配备一支居当时全球第六七位的水兵舰队。

慈禧庆贺60岁生日，约花白银1000万两，相当于悉数北洋舰队一年的经费。

慈禧死了陪葬的奇珍异宝数以万计，仅凤冠上一颗重4两、大如鸡蛋的珍珠，就时值白银上千万两。

慈禧的如山原罪，成为近代中国深重灾难以及清朝灭亡的重要催化剂。

前面列举的这些历史人物，尽管他们都很聪明，都有不小甚至很大的本领，其中有些人还为国家立过巨大功劳，但他们带头大兴奢靡之风，毁了自己的名声乃至整个国家，这是子孙后代绝对不能原谅的。

（二）

中国的历史人物中，当然不缺少克勤克俭、立身兴国的典范。

汉文帝刘恒为了振兴国家励精图治，坚持穿着草鞋上殿办公，给臣属做节俭表率。他的龙袍破了，就让皇后补一补再穿。他还要求后宫嫔妃一律穿戴朴素服饰。古代皇帝住的宫殿，大都要修漂亮的露台。汉文帝也想造一个露台，他找工匠询问得知要花"一百斤金子"，吃惊之余便永远打消了造露台的念头。汉文帝当皇帝23年，居然没有盖宫殿、修园林、增添车辆仪仗。但他刚当皇帝不久就下令：由国家供养80岁以上的老人，每月都要发给他们米、肉和酒；对90岁以上的老人，还要再发给他们一些做衣服的麻布、绸缎和丝绵。他死前还在遗诏中痛斥了厚葬的陋俗，要求为自己从简办丧事，对待自己的归宿霸陵，明确要求"皆以瓦器，不得以金银铜锡为饰，不治坟，欲为省，毋烦民"。正是由于汉文帝廉洁爱民和励精图治的实践，才造就了"文景之治"的盛世。后来赤眉军攻进长安，几乎把皇帝的陵墓都挖了，唯独没动汉文帝的陵墓。

在历代皇帝中，朱元璋出身最为贫苦，也堪称节俭典范。据正史记载，朱元璋当皇帝后每天早饭"只用蔬菜加一道豆腐"。他用的床并无金龙在上，"与中人之家卧榻无异"。朱元璋曾拿出自己使用的一块被单给大臣们传示，它竟是用小片的丝绸拼接缝成。朱元璋说："此制衣服所遗，用绢为被，犹胜遗弃也。"天子的车舆、器具、服装等物，按惯例都该用金饰，朱元璋下命令均以铜代替。他命令太监在皇宫墙边种菜并织造麻鞋、竹签自用。他规定诸皇子出城稍远，须骑马十分之七，步行十分之三。有个内侍穿着新靴子在雨中行走，朱元璋发现后气得痛哭了一场。朱元璋得知一个舍人穿的一件华丽新衣服值五百贯时，痛心地说："五百贯是农夫数口之家一年的费用，而你却用来做一件衣服。如此骄奢，实在是太糟蹋东西了！"以上所述均为正史记载。朱元璋以身作则倡导俭朴、清廉之风，对明朝初年的社会稳定和发展作用不可低估。

在中国历史上以自身行为影响国人时尚风气的众多历史人物中，当数毛泽东最为难能可贵。毛泽东的睡衣破了补，补了又破，反复多次，最后工作人员觉得实在太旧了，建议换件新的，但毛泽东说："习惯了，还是这件补丁叠补丁的好穿。"这件睡衣整整用了20年，到1971年"退役"时，上面已经有73个补丁。

（三）

在改革开放取得辉煌成就的新形势下，鉴于国家经济迅速发展，物资空前丰富，一些人开始淡忘节俭，看重享乐，追求奢华，状况可谓触目惊心。

前些年，全国很多地方奢华的楼堂馆所随处可见，其中很多根本发挥不了应有作用，造成惊人浪费。还有一些官员违规享受奢华待遇条件，引起群众不满。

据统计，多年来全球奢侈品的相当一部分被中国人买走，而且多数被中国富人消耗掉了。一些人的奢侈行为，着实令人吃惊和担忧。

令人欣慰和欣喜的是，党的十八大以来，在习近平总书记等领导同志引领和党中央大力治理下，全国奢华之风日见消退，节俭之风渐盛。

北宋大历史学家司马光，为了阐明人们的事业成败和对待物质生活态度之间的密切关系，便于子孙后代理解"成由俭，败由奢"的道理，他列举了春秋战国以来的许多事例，并引用春秋时期鲁国大夫御孙的话说："俭，德之共也；侈，恶之大也。""俭，德之共也"，是说凡是有优良道德品质的人，都是以俭朴、恭俭做基础的。因为俭朴，一个人就不会有过多的欲求。有学问的人欲求少，就不会被物质追求所奴役，就可以沿着正道行事。一般的人欲求少，就能行事谨慎小心，节约开支，避免犯罪，富裕家室。因此说，一个人的良好品德来源于生活的俭朴。相反，一个人生活上追求奢侈，必然会有过多的个人欲望。有学问的人如果私欲过多，就会贪图荣华富贵，走上邪路，很快招来灾祸。一般的人如果有过多的个人欲望，就会贪得无厌，任意挥霍，以致家破人亡、身败名裂。这些人一旦当了官，肯定会大收贿赂；若是平民，也会沦为盗贼。因此说，奢侈是最大的恶德。

我们应该感谢晚唐诗坛巨子李商隐，他不仅给后代留下了不少美妙诗篇，而且总结出了"成由俭，败由奢"这条不可逆的历史规律，为子孙后代持家、持国指明了正确方向。

奋发努力吧，一切有志于家盛国强的中华儿女，让我们在"倡俭戒奢"的凯歌声中，续写明天的辉煌。

2018 年 5 月 22 日

在苦读中升华

近年来，多次见到新闻媒体披露世界每年读书数量排名情况。2014年的各国人均读书数量是以色列 68 本、日本 44 本、法国 24 本、韩国 15 本……中国成年国民人均读书 4.77 本（含各类教材），若除去教材仅剩下不到 1 本。各年情况大同小异，第一名都是每人平均读六十几本的以色列，日本也年年排名靠前，而中国总是令人汗颜的零点几本。

既然下的功夫不一样，收获自然迥异。自诺贝尔奖设立以来，仅占世界人口 0.3% 的犹太人，共拿走了 20% 的化学奖、25% 的物理学奖、27% 的生理学或医学奖、41% 的经济学奖、12% 的文学奖，同时还拿到了 1/3 以上的普利策奖（普利策奖也称为普利策新闻奖，现在为全球性的一个奖项）、1/3 以上的奥斯卡奖，而占世界人口总数 22% 的中国人，几乎成了诺贝尔奖看客。这就使人不可不在惊讶之余，产生一种悲哀和忧思心绪：长此以往，举世皆知的辉煌中国梦何时才能实现？

"一日无书，百事荒废"（陈寿语），"书籍是人类进步的阶梯"（高尔基语），"书籍是全世界的营养品，生活里没有书籍，就好像没有阳光；智慧里没有书籍，就好像鸟儿没有翅膀"（莎士比亚语），"书籍是造就灵魂的工具"（雨果语），"理想的书籍是智慧的钥匙"（列夫·托尔斯泰语），对于读书的功用，古今中外名人已讲得非常明白。

从古至今，大凡有作为的人物，几乎都是在苦读中走向成功的典范。

就读书而言，古今中外很难有人可与毛泽东相比。据党史专家不完全统计，毛泽东一生读书达 9 万册以上。他一生中先后读李达的《社会学大纲》达10遍以上，读过《红楼梦》的10种不同版本，翻阅《资治通鉴》达17遍，阅读《共产党宣言》不下百遍。毛泽东的人生，的的确确是在读书中度过、在读书中辉煌的。

三国时期，吴国将军吕蒙从小家贫，除苦练武功以外，家中无钱供他读书。吕蒙长大从戎，因军务繁忙也未能认真读书。后来，他遵吴王孙权吩咐，"辞以军中多务"，开始发愤攻书。都督鲁肃先前觉得吕蒙知书少而孤陋寡闻，后来他去看望吕蒙，交谈中发现其有些方面比自己知道得还多。他拍着吕蒙的肩膀说："我以为你只有武略，想不到你现在这样博学多知，已不是以前的吴下阿蒙了。"吕蒙说："士别三日，自当刮目相看啊！"就是这个吕蒙，后来竟成了吴国足智多谋的军事统帅。

清代"扬州八怪"之一的郑板桥天资并不聪明，记忆力也不好。但他相信勤能补拙的道理，在"勤"字上下苦功夫。一本书别人只须看一两遍就可以记住内容，但郑板桥不行。于是，他就多读几遍，一些经典书籍，他甚至会读上百遍，直到彻底弄懂才肯罢休。他不仅勤于读书，还勤于思考和练习。他常常仰望天空，一动不动地发呆，别人跟他说话，他常常是答非所问，其实他是在专注地思考问题。郑板桥由于勤奋努力，成为清代著名的画家、书法家和诗人。

鲁迅在南京江南水师学堂读书时，因考试成绩优异，学校奖给他一枚金质奖章。然而，他没有戴上奖章炫耀，而是拿到大街上卖了，买回几本喜欢的书和一串红辣椒。每当读书到夜深人静、天寒体乏时，他就摘下一个辣椒，分成几段放在嘴里咀嚼，辣得额头直冒汗、眼里流泪、嘴里"唏唏"、周身发暖、困意消除时，又捧起书苦读。

有一次，世界文豪高尔基的房间失火了，他首先抱起的是书籍，其他东西都顾不上考虑。为了抢救书籍，他险些被烧死。他说："书籍一面启示着我的智慧和心灵，一面帮助我在一片烂泥塘里爬起来，如果不是书籍的话，我就沉没在这片泥塘里，我就要被愚蠢和下流淹死。"

古今中外发愤苦读之士还有很多很多，如西汉匡衡凿壁借光读书、战国苏秦和东汉孙敬悬梁刺股读书、西汉朱买臣和隋朝李密负薪（背上背着柴）挂角（把书挂在牛角上便于取读）读书、晋朝孙康和车胤映雪囊（náng）萤读书、元代王冕借助寺庙长明灯读书、近代施洋搓脚夜读、现代侯宝林抄书来读等传奇故事，都十分感人。

　　至于读书的方法，不可一概而论，当因各人的天资、时间、从事的职业以及经济状况等差别而异。但有几个共性要点，都必须遵循：读书之目的不是装潢门面抑或当坏人干坏事，而是为了升华个人德才，最终造福社会；读书内容要有选择，要尽可能多读传递正能量的书籍；在具备必要常识性知识之后，就要围绕一些重点去阅读，切忌"门门都学样样不精"；切忌急于求成，一曝十寒，务须持之以恒下功夫；切忌囫囵吞枣，务求弄懂真实含义；注重学以致用，提高人生价值。

　　中国人历来主张，人生在世要"立身成己"，须"读万卷书，行万里路"（北宋水利专家刘彝语）。现代文豪郭沫若乃中华文明史上为数不多的几个"全能作家"之一，他的体会是："韬略终须建新国，奋飞还得读良书。"郭老告诫我们，无论个人和国家，要想"奋飞"都必须靠读"良书"获取智慧。一切有志于实现个人、家庭和中华腾飞梦想的华夏儿女，务须珍惜大好年华发愤读书以自强。

　　借用余秋雨一段精彩论述以结束本文。他说："阅读的最大理由是想摆脱平庸。一个人如果在青年时期就开始平庸，那么今后要摆脱平庸就十分困难。只有书籍，能把辽阔的空间和漫长的时间浇灌给你，能把一切高贵生命早已飘散的信号传递给你，能把无数的智能和美好对比着愚昧和丑陋一起呈现给你。区区五尺之躯，短短几十年光阴，居然能驰骋古今、经天纬地，这种奇迹的产生，至少有一半要归功于阅读。如此好事，如果等到成年后再匆匆弥补就有点可惜了，最好在青年时就进入。早一天，就多一份人生的精彩；迟一天，就多一天平庸的困扰。"

2018 年 5 月 14 日

善良是人生的路标

若干年前，一支考古队进入被称为"死亡之海"的撒哈拉沙漠探险。

一路上，大家不断见到荒漠中的死人骸骨。每当此时，队长总让大家停下来，选择高地挖坑，把骸骨掩埋起来，还用树枝或石块为他们立个简易的墓碑。但是，沙漠中骸骨实在太多，掩埋工作占用了大量时间。队员们抱怨："我们是来考古的，不是来替死人收尸的。"但队长总是固执地说："每一堆白骨，都曾是我们的同行，怎能忍心让他们陈尸荒野呢？"约莫一个星期后，考古队在沙漠中发现了许多古人遗迹和足以震惊世界的文物。不料，当他们想离开沙漠时，突然刮起风暴，几天几夜不见天日。接着，指南针也失灵了，考古队完全迷失了方向，食物和淡水开始匮乏。队员们这才明白：为什么从前那些同行没能走出沙漠。危难之时，队长突然说："不要绝望，我们来时在路上留下了路标！"于是，他们沿着来时一路掩埋骸骨立起的"墓碑"，最终走出了"死亡之海"。在接受《泰晤士报》记者采访时，考古队员们都感慨："善良，是我们为自己留下的路标！"

罗素说："在一切道德品质之中，善良的本性在世界上是最需要的。"罗曼·罗兰讲："灵魂最美的音乐是善良！"我们要说，善良是人类一切美德之中，最为基础和核心的一种成分，它对于人类，犹如空气、水、阳光一样不可缺少。

善良是人类心灵的指南针，有了它人们才不会迷失方向。任何人如若内心没有善念主导，就会被邪恶之念充斥，人生就会走错方向陷入歧途，无所顾忌地干尽龌龊邪恶之事，损害他人和社会，同时损毁自己。任何民族和国家如若其领袖人物内心没有善念主导，他们定会在邪恶欲念主导下把自己的民族和国家带入灾难深渊。当年的希特勒、东条英机、墨索里尼之流和当今那些恃强凌弱的霸权主义头子，都是在统治、掠夺其他民族和国家的恶念驱使之下，发动世界大战和搞"颜色革命"的，他们的最终结果，无一例外损人又害己。

善良是"信用卡""助推器"，有了它人们方可顺畅前行。"善人者，人亦善之"（管仲语）。一个心地善良、乐于助人者，容易得到周围人乃至全社会的理解、信任、感恩和援助，其前进途中的各种艰难险阻，都能够在众人的助力下跨越过去，使人生梦想得以实现。一个民族和国家的安定、祥和以及兴旺发达，也是建立在国民及其领袖仁善理念和行为之上的。任何不懂得和背离为善之道者，无论个人，抑或民族、国家，都断难"得道多助"，顺畅远行，发达兴盛。

善良是"洗涤剂""孵化器"，有了它人们才可能生成高尚灵魂。"人之性也，善恶混，修其善则为善人，修其恶则为恶人"（扬雄语），"善良的行为有一种好处，就是使人的灵魂变得高尚了，并且使它可以做出更美好的行为"（卢梭语）。我们透过扬雄和卢梭的名言不难明白，人们只有通过"善良的行为"荡涤"善恶混杂"的心性，淘去心灵"黄沙"，达到"修其善"、壮其善之目的，方可"孵化"出高尚灵魂。人们的行善举动，是实现自我道德完善的必由之路。

善良最显著的本质特征是利他性，由此生发出施善举者的付出、给予、吃亏等特点。因此，行善必须真诚，切忌伪善；必须舍得，切忌吝啬；必须大度，切忌计较恩怨；必须持久，切忌"一阵子"。故而，行善之人务须做好实干、付出、吃亏、宽容以及长久坚持之思想准备，否则定会效果不佳，甚至弄巧成拙。行善之人通过付出、吃亏聚德，天地人神共知，"人而好善，福虽未至，祸其远矣"（曾子语），从长远看并未吃亏，而是活出了智慧。

　　善良是发自内心的一种本能反应，它与金钱、地位等身外之物毫无关联。任何人都可以通过行善造福他人和社会，并且升华自己的道德和灵魂，使自己变得高尚和伟大。行动起来吧，普天下的人们，哪怕你是既没有多少金钱又地位卑微者，也可以在行善这个园地里，书写人生华章。

　　总而言之，善良是一切成功和荣誉之源泉。任何个人、国家和民族，都必须怀着仁善之心，方能迈步远行，创造美好前程。

2018 年 5 月 10 日

"失信就是失败"

近些年耳闻目睹官场、商场、职场和人际交往中频发的失信行为，心中常有一种莫名的沉重和忧虑。

时下，人们经常看到各地有的官员口口声声讲要把民生问题"举过头顶""作为重中之重对待"等，但宣示之后却很少有下文，看病难、上学难、就业难、用水难、呼吸新鲜空气难等"老大难"问题，年复一年让老百姓忧心伤神；各地食、药监察等部门年年宣示"要有新作为"，但谁也说不清楚充斥市场的假冒伪劣货物今年比去年少了还是多了，即便每年"3·15"都要"杀鸡儆猴"，但2017年"双11"之后中消协公布某大电商的销售品，质量不合格者竟占70%多；电信诈骗成为当今中国一大公害，许多家庭深受其害。交际圈有句名言叫"除了钱什么都可以谈"，言下之意是钱不可以谈，因为不讲诚信的"老赖"太多了。

人类历史上，不乏由于对待守信问题因态度不同而结局迥异的范例。

春秋战国时期，秦国的商鞅在秦孝公的支持下主持变法。当时战争频繁，人心惶惶，为了树立威信、推进改革，商鞅下令在都城南门外立一根三丈长的木头，并当众许下诺言：谁能把这根木头扛到北门，赏金10两。围观的人不相信这等轻而易举的事能得到如此高的赏赐，结果没人肯出手一试。于是，商鞅将赏金提高到50两。重赏之下，终于有人将木头扛到了北门，商鞅立即兑现了承诺。商鞅此举，在百姓心中树立了威信。他接下来的变法，就很快在秦国推广开，使秦国日渐强盛，最终统一了中国。

北宋词人晏殊 14 岁时，有人把他作为神童举荐给皇帝宋真宗。真宗让他与 1000 多名进士同时参加考试，晏殊发现考题是自己 10 天前刚练习过的，就请求真宗改换了题目。真宗非常赞赏晏殊的诚实品质，赐给他"同进士出身"。当时，天下太平，京城大小官员经常到郊外游玩或在城内酒楼茶馆宴饮，而晏殊却在家里和兄弟们读写文章。不久，真宗提升晏殊为辅佐太子读书的东宫官，并对大臣们说："近来群臣经常游玩宴饮，只有晏殊闭门读书，如此自重谨慎，正是东宫官合适的人选。"这两件事，使晏殊在群臣面前信誉大增，而宋真宗也更加信任他了。

如今，每年都有很多人从世界各地来到喜马拉雅山南麓的尼泊尔旅游。但是，起初很少有外国人涉足这里。其变化因由，据说源于一位少年的诚信：一天，几位日本摄影师请当地一位少年代买啤酒，那位少年为之跑了 3 个多小时。第二天，摄影师们给了那个少年很多买啤酒的钱，请他再帮助跑腿。但直到第三天下午，那个少年还没回来。于是，摄影师们都认为少年把钱骗走了。不料第三天夜里，那个少年回来了。原来，他在一个地方只购得 4 瓶啤酒，又翻了一座山，蹚过一条河，才购得另外 6 瓶。他返回时，不慎摔坏了 3 瓶。他拿着碎玻璃片，哭着向摄影师交回了零钱，在场的人无不动容。后来，越来越多的日本人和其他国家的人被尼泊尔少年的故事感动，慕名到这里来观光旅游。

美国第十八任总统、南北战争时期担任北方军统帅的格兰特将军的陵墓，坐落在纽约河边公园的北部。他的陵墓后面靠近悬崖边的地方，还有一座无名孩童的陵墓。1797 年，这片土地的小主人才 5 岁，不慎从这里的悬崖上坠落身亡。其父将他埋葬于此，并修建了这个小小的陵墓作为纪念。数年后老主人家道衰落，不得不将这片土地转让，但他要求土地新主人永远不要毁坏孩子的陵墓，并把这个条件写进了契约。随后 100 年间，这片土地不知道换了多少个主人，但孩子的陵墓仍然依据一个又一个的买卖契约，被完整无损地保存下来。1897 年，这里被政府选中作为格兰特将军陵园,无名孩童便成了格兰特将军的邻居。一个伟大的历史缔造者之陵墓和一个无名孩童之墓毗邻,这可能是世界无双的奇观。1997年,纽约市长朱利安尼亲自撰写了200年来人们守信保护孩童陵墓的故事,并把它刻在木牌上立于无名孩童陵墓旁,让这个关于诚信的故事,世代流传。

今天生活在这个世界上的人们,沿着先人足迹一路寻来,还会听到曾子杀猪示子、季布一诺千金、韩信感恩漂母、皇甫绩求责自罚、宋庆龄冒雨践约、华盛顿砍树受褒、德国王子自救、英国男孩还钱等扣人心弦的美妙守信乐章。与之相反的周幽王烽火戏诸侯、济阳落水商人诳渔夫等失信凄悲曲调,虽显得微不足道,但足以促人警醒,慑失信者却步。

老子讲:"人无信不立,业无信不兴,国无信则衰。"左拉说:"失信就是失败。""守信"与个人、家庭、行业和国家兴衰攸关。一个人最大的破产是信用破产,即使你一无所有,但只要信用还在,就还有翻身的本钱。保护好信用,珍惜别人给你的每一次信任,因为很多时候你只有一次机会!一家企业如果失信于员工、合作伙伴或客户,它就离倒闭不远了,此类事例国内外屡见不鲜。一个国家如果失信于民众,民众就会对它失去信心,长此以往,势必衰落甚至灭亡。西周第十二任君主周幽王为博宠妃褒姒一笑,竟然上演"烽火戏诸侯"。失信于诸侯之后,西周很快就在外敌进攻中灭亡了。

愿所有华夏子孙,谨记历史经验教训,永远高擎"守信"大旗,阔步前行。

2018年5月30日

感恩助人成功

　　时下一些年轻人，把感恩看得可有可无，有的人甚至误以为感恩是犯傻。他们错误地认为，自己无论获取谁的恩惠都是应该的和微不足道的，没有报谢必要。他们无论对天、对地、对人（包括父母），都只有索取之意，没有感恩之心。他们甚至错误地认为不用回报就能从他人那里获得好处，是自己比对方高明，赚了。

　　为说明感恩的重要性，这里我先给大家讲几个动物报恩的故事。

　　20世纪90年代，我二哥家养了一条体形硕大、皮毛灰色的变种狼狗看家。那时我每年都要回四川看望母亲。而我每次回去，总要隔三岔五给灰狗喂肉喂水，只要我有肉吃，肯定少不了它的。这条狗特别厉害，没有生人敢靠近它。然而它见了我不仅老远就摇尾巴晃脑袋打招呼，而且任由我摸它全身，把手放到它嘴里都没事。有一年春天我再次回去探亲，到家时天已黑下来。我老远就大声喊："妈，我回来了！"谁知，睡在柴火堆上的灰狗听到我的声音，立刻蹿了下来，一双前腿立马跪在路上迎接我，而且一边摇尾巴一边发出呜呜的叫声。之前我从未听说过也未看见过狗给人下跪，所以当时很是吃惊但不知何故。探家结束回部队之后，我曾多次想灰狗为何要给我下跪，但始终找不到答案。不料，半年之后答案就出来了：灰狗患食道癌死了。我前次回去时，它也许知道自己活不久了，于是用下跪的方式向我谢喂养之恩！20多年了，每当想起灰狗和它给我下跪的情景，我的眼眶都要湿润。

　　据2018年2月22日《参考消息》披露，阿根廷科尔多瓦省卡洛斯帕斯镇一条名叫"队长"的德国牧羊犬，在去世的主人墓前守候了10年，日前在那儿与世长辞。这条16岁左右的忠犬在被发现离世之前，已经有一段时间行走困难并失去了部分视力。它是当地一个名叫米格尔·古斯曼的人于2005年送给儿子达米安的礼物。不料第二年米格尔去世，"队长"也随之消失。2007年"队长"再次出现，从此守在米格尔墓前再未离开。"队长"白天在附近闲逛，傍晚就回到主人墓前睡觉。

据2018年2月22日香港凤凰卫视报道：中国台北一个杂食摊主3年前收留了一只黄毛流浪犬，经常用客人吃剩下的食物喂它。狗狗非常懂事，经常帮主人叼搬日常所需小东西。前不久主人生病救治无效过世，他女儿从外地赶回来料理完父亲的丧事，并将狗狗带回她家去养。父亲去世第6天，女儿对狗狗说老爷子已不在人世了，明天带它去给老爷子烧头七。她出门时还给狗喂了水，见它除悲伤喘气之外别无异常。不料，乘车途中狗狗突然猛叫一声口吐鲜血咽气了。兽医说狗狗舌上有两个洞，是自杀的。女儿将其火化后把骨灰和父亲葬在一起，让它永远陪伴主人以了其心愿。

仅本人所知，懂得感恩的动物除了狗，还有猫、牛、羊、喜鹊、乌鸦、松鼠、狼、老虎、狮子、蟒蛇等，它们的感恩不仅会在同类之间进行，而且大量撼人心魄的故事发生在与人类之间。

说到动物感恩，不禁想到了人。人还在娘胎里就离不开他人的帮助，就在享受大自然的馈赠。因此，感恩是人类的崇高美德，是人类赖以生存和发展、社会赖以进步的一个极其重要的动因。

中华民族向来看重感恩，始终把"滴水之恩，当涌泉相报"等古训作为座右铭和行为准则。旧中国的农民绝大多数都是文盲，他们很少从书本上学过仁、义、礼、智、信以及知恩图报之类的道理，然而农村几乎家家户户堂屋正中的香龛里，写的都是"天地君亲师位"几个大字，一年四季隔三岔五烧香点烛跪拜，就是在向"天地君亲师"谢恩。就连掌握国家至高无上权力的帝王们，也少不了通过封禅泰山和祭祀天坛、地坛、孔庙等方式，向天地和先圣谢恩。鲁迅说他"感谢命运，感谢人民，感谢思想，感谢一切我要感谢的人"。几千年来，中华举国上下谢天、谢地、谢人的感人故事，不胜枚举。

雨果说："卑鄙小人总是忘恩负义的，忘恩负义原本就是卑鄙的一部分。"纵观古今中外历史，任何成就一番事业的人，无一例外都是注重且善于报恩的，这是其成功极其重要的前提。

当今一些人出现令人唏嘘的状况，其根本原因，一个是很多独生子女被娇宠惯了（他们误认为周围所有人无论为自己做什么都是理所当然的），另一个是近些年社会、家庭对青少年的感恩教育重视不够，很多时候甚至是"挂了空挡"。

卢梭说："没有感恩就没有真正的美德。"如果一个人不懂得感恩，他的人品就存在大缺陷，他的人生就很难取得成功。一些年轻人中出现的忘恩负义行为，不仅会使他们交不到真朋友，他们的人生路也会越走越窄，而且对国家的发展也极为不利。有鉴于此，无论家庭、学校还是用人单位，都必须把对年轻人的感恩教育和要求高度重视起来，下力气抓出成效，务求使中华民族重义感恩之优良传统，在年青一代中发扬光大。

2018 年 4 月 11 日

远离"垃圾人"

人生在世，谁都离不开与他人打交道，谁都需要交朋友，都有朋友圈。但如何交朋友，朋友圈里哪些人应该有且多多益善，哪些人不应该有且一旦有了必须坚决剔除，这是我们每个人都需要审慎思考并切实处理好的一个问题。从古至今，有不少人交友不慎为"垃圾人"所累乃至所害。

所谓"垃圾人"，亦即思想道德素质低下，极易给他人造成伤害的人。此类人思想品德上的严重缺陷，主要表现为：

私心太重。任何时候都把个人利益看得高于一切，他的事情再小都是大事，总爱让他人为其办为难的事，一旦不能遂其心愿，就对你有怨气甚至生恨。

贪心不足。他的求助没完没了，是"填不满的坑"。他求你一百回只要有一回没有让他如愿，就对你极其不满。

浅薄势利。你对他有用时他可把你叫爹叫娘，你对他一旦没用了，他就对你不屑一顾，甚至恩将仇报，落井下石坑害你。

生是添非。心眼特别小，待人异常苛刻，谁和他接触都会给你生出一堆是非来。

反复无常。他失势或者有求于你时，常常装得可怜兮兮博取你同情。而一旦得势或者你帮他达到了目的，便趾高气扬目中无人。

忘恩负义。认为别人为他做任何事情都是应该的，从未有过感恩之心，更无感恩之举。有的只是他对别人的满腹怨气甚至怨恨。

报复心强。心胸狭窄，过于自尊，脾气暴躁，吃不得半点亏，受不得丁点儿委屈。

……

"垃圾人"无处不在、无时不有，很多人都吃过"垃圾人"的亏。

"垃圾人"本质上都是"小人"。人们日常碰到的"垃圾人"，虽说不一定能像历史上有名的小人那样，可以操控国家权柄祸害天下，但他们对官场、商场、文场乃至其他领域政治生态和人文环境的毒化作用，同样不可低估。

有网友发感慨："小人让你想躲都躲不开。小人衣冠楚楚、道貌岸然，却专找你的弱点攻击使你防不胜防。明处他是绵羊，暗中他就变成魔鬼。江洋大盗劫财劫色容易引起天下共诛之，而小人往往被人们忽视。小人得志便猖狂。所以千万别帮助小人，一旦他得志便是你身边的一颗不定时炸弹，随时随地都有可能引爆，只要你稍稍不如他的意或者比他强，他就会想方设法害你。"

余秋雨说："在中国历史上，有一大群非常重要的人物肯定被我们历史学家忽视了。这群人物不是英雄豪杰，也未必是元凶巨恶。他们的社会地位可能极低，也可能很高。就文化程度论，他们可能是文盲，也可能是学者。很难说他们是好人还是坏人，但由于他们的存在，许多鲜明的历史形象渐渐变得瘫软、迷顿、暴躁，许多简单的历史事件变得混沌、暧昧、肮脏，许多祥和的人际关系慢慢变得紧张、尴尬、凶险，许多响亮的历史命题逐个变得暗淡、紊乱、荒唐……他们是一团驱之不散又不见痕迹的腐蚀之气，他们是一堆飘忽不定的声音和眉眼。你终于愤怒了，聚集起万钧雷霆准备轰击，没想到这些声音和眉眼也与你在一起愤怒，你突然失去了轰击的对象。你想不予理会，掉过头去，但这股腐蚀气却又悠悠然地不绝如缕。我相信，历史上许多钢铸铁浇般的政治家、军事家，最终悲怆辞世的时候，最痛恨的不是自己明确的政敌和对手，而是曾经给过自己很多腻耳的佳言和突变的脸色最终还说不清究竟是敌人还是朋友的那些人物。处于弥留之际的政治家和军事家死不瞑目，颤动的嘴唇艰难地吐出一个词——'小人'！"

与谁交朋友，是人生一个极其关键的选择。这与一个人的事业成败、生活幸福与否乃至寿命长短，都有着极其重要的关系。历史上和现实生活中，很多优秀人才"栽"在小人手里，教训异常惨痛。

远离"垃圾人"，避免为其所扰、所困、所害，在社会变革和人与人之间利益调整急速的当今，显得尤为重要。为此，首先要慎交朋友、慎出手帮人，"君子先择而后交"（隋末大儒王通语），宁可少些，但要好些，以防"交不忠兮怨长"（屈原语），"始交不慎，后必成仇"（近代著名学者申居郧语）。其次切忌以君子之心度小人之腹，随时警惕朋友圈里冒出的"垃圾人"，一旦发现就毫不犹豫清理出去，千万不可怜惜"食之无肉，弃之可惜"的"鸡肋"，重复犯同样的错误，以至养痈遗患。看人走眼交上"垃圾人"，这对任何人来讲都是不好避免的，关键是你能否及时、果断发现并且纠正错误。

2018 年 4 月 28 日

"精致个人主义者"

　　日前网上有人发文感叹："把孩子培训成不吃半点亏、不受半点委屈的精致个人主义者，是近些年一些家长的教育理念，也是当今学校教育的一大误区。这样搞下去，不仅妨碍孩子健康成长，而且对国家和民族发展极为不利。因此，先公后私、公而忘私、助人为乐、行善积德，乃是我们教育引导青少年之必修课，也是后代有出息、家族和国家兴盛的必经之路。"

　　上述见解，本人深以为然，而且觉着很有必要围绕"精致个人主义者"这个话题，谈点看法。

　　对于"精致个人主义者"这个词，目前还找不到权威解释。本人以为，人们常见的"精致个人主义者"，就是惯于精准趋利避害为个人谋取暂时最大利益的人。此类人一般都具有私心重、将个人利益置于他人利益和国家利益之上、精于算计、常常在交际中获得多于他人的利益等明显特点。

　　"精致个人主义者"难以交到真朋友。因为他们习惯于抢占他人利益，使与其打交道的人都从内心厌恶他们。有时人们出于种种原因对撇不开的"精致个人主义者"表现出的尊重，都是表面的、暂时的。

　　"精致个人主义者"难有大出息。他们总是因盘算、陶醉于眼前的小利益而失去大目标。即便他们想干成点大事，但由于没有众人尤其是好朋友真心助力，定然希望落空。

　　"精致个人主义者"断无高尚人格和气节。他们只想多得好处而不愿吃亏，一旦面临大是大非乃至大灾大难，定然明哲保身甚至助纣为虐、认贼作父，根本不可能牺牲包括性命在内的个人利益，去拯救民众乃至国家的命运。其人格、气节可想而知。

"精致个人主义者"会缺失幸福感。他们常常患得患失心情沉重，耗费精力，情绪压抑，不开心。与此同时，他们既无法体味到来自朋友的真诚关心、温馨帮助，更无法体验他人对自己感恩的美妙享受。这样的人生，断难有多少幸福可言。

……

一个人成了"精致个人主义者"，对自己、家庭、社会和国家并非幸事。他们因在谋取个人私利上耗费心智、精力、时间太多，一味抢占本应属于他人的利益，甚至为了争夺眼前利益步入歧途，于是上无天佑，下无人助，就不仅可能折寿短命，而且可能祸害家庭、单位乃至国家。当今违法受惩的贪官，很多人都是超级聪明、超级善于算计的"精致个人主义者"，他们的凄悲结局，已成为对"精致个人主义者"下场的生动诠释。

"吃亏是福"是时下一句时髦名言，但这个说法有片面性。因为"吃亏"和"得福"之间没有必然的因果联系。"吃亏"要转化成"得福"，需要一定的条件，有些时候吃了亏是没有好结果的，甚至会把吃亏者亏死。比如一个国家遭外敌入侵国破家亡甚至国家不复存在，这种吃亏能说是福吗？！

但是，吃亏在任何人的一生中都无法避免。想不吃亏光占便宜，从长远看，是谁都无法做到的。通常情况下，"吃亏"的确可以转化为"得福"。所以，一般意义上的"吃亏"，的确是应当推崇的美德。

西汉文帝刘恒的母亲薄姬，是刘邦平定反叛的魏王魏豹后俘获来的战利品。这个女人貌美心慧，目光非凡。她受到刘邦宠幸后，很快为其生下了刘恒。当时吕后主宰后宫，她如果对哪个妃子不满，这个妃子很快就要倒霉。为此，薄姬终日忧心忡忡，战战兢兢，如履薄冰。她看到庶出的刘恒已经7岁，就打算远离后宫，避开吕后。她说服刘邦，让其封刘恒为代王。当时的代地，包括现在的河北省西北部和山西省北部，属寒冷地带，是防御匈奴进犯的要冲。其他皇子嫌此地艰苦，都不愿去。满目苍凉的代地，使刘恒很伤感，整日唉声叹气。薄姬发现儿子思想有问题，就不厌其烦地开导他说："老子的'无为'和'不争'，是避免灾祸的处世法宝。你不要沮丧，要好好学习老子的智慧才是。"为让儿子走出自卑低谷，她运用"赏识教育法"，对刘恒的点滴进步都予以表扬，使儿子渐渐恢复了自信，并在治理属地和御敌固边斗争中，展示出了非凡德才。正是由于远离宫廷，薄姬母子才得以逃脱吕后的毒手。后来刘邦死去，汉惠帝刘盈继位做了皇帝，不久也死掉了。然后吕后临朝称制。吕后死去，刘邦的旧臣陈平、周勃诛灭了吕氏集团成员，并商议由谁继承皇位，取代此前吕后立的小皇帝刘弘。因为刘弘不是惠帝的后代，不应继承皇位。讨论的结果，大家选中了已展露出优良德才的代王刘恒。他后来成为一代明君，开启了"文景盛世"。

　　愿普天下家长和师长，在指导孩子做人做事时，多一些2000年前薄姬那样的远大目光，千万不要误导后代成为贻害自己、家庭、社会乃至国家的"精致个人主义者"。

2018 年 5 月 25 日

消除这道"病态风景"

　　"自古雄才多磨难,从来纨绔少伟男。"在中华史册上,宠溺而生的纨绔子弟不绝于代,他们小则败家辱姓,大则祸国殃民。

　　李承乾是唐太宗李世民最器重的儿子。他8岁时就被刚即位不久的太宗立为太子,10岁便开始代老爹处理朝中庶务。太宗诏令三品以上官员嫡子皆事东宫,以保证朝中重臣对太子的鼎力支持。然而,李承乾随着年岁渐长,不仅对太宗有诸多不满,而且任性大胆到一连几个月不上朝,但太宗仍然对其绝对信任。在父母的一味溺爱下,后来李承乾竟然张狂到纠结人谋反篡位,犯下弥天大罪。即便如此,唐太宗也不愿杀这个忤逆儿子,而是将其废为庶人发配了事。在立新太子时,太宗仍以"泰(魏王李泰——编者注)立,承乾、晋王皆不存;晋王立,泰共承乾可无恙"为由,果断立了性格懦弱的晋王李治为太子,结果可想而知。

　　唐中宗李显对女儿安乐公主百般宠溺,惯出一身坏毛病。史书记载,安乐公主经常拿着自己写好的诏书,遮住内容要李显签字同意,而李显每次都笑着答应,很多官员任免等军国大事,都这样视同儿戏般"钦定"了。后来,在太平公主和李隆基对韦太后母子发动的宫廷政变中,恶名昭著的安乐公主也被斩杀,年仅25岁。

　　房玄龄对唐朝开国和缔造"贞观之治"功勋卓著,被誉为一代良相。其次子房遗爱因自小受父母宠溺,任性乖张,不学无术。他凭父亲功劳,得以娶李世民最宠爱的高阳公主为妻。李世民和房玄龄去世后,高阳公主因为情夫辩机和尚被唐高宗李治腰斩而怀恨在心,便煽动房遗爱联络亲信打算发动政变废掉高宗。不料计划泄露，涉案者全部被杀。

时下中国家庭，把孩子摆在首位，全家生活以孩子为中心运转，倾举家之力供养"小宝贝"，这无论在富裕家庭还是普通人家，都极为普遍。于是"穷人家"的"富二代"应运而生。

人们宠溺孩子的做法及弊端，大致可归纳为：

其一，以孩子为中心会使其自私自利。孩子在家庭中的地位高于其他任何人，家中钱财有限首先满足孩子吃、喝、玩、用；有了好吃的让孩子"独享"；父母乃至爷爷奶奶、姥爷姥姥的生日可以不庆贺，但孩子的生日不能有半点马虎；孩子学习有点进步、受老师表扬几句或争得细微荣誉全家都要点赞，生气了、哭了、挨老师批评了大人都要哄其开心……如此一来，孩子便以为自己天生就是该被众人围着转的"小太阳"，心目中只有自己，极其自私，没有同情心，不愿也不会关心他人。

其二，有求必应导致孩子不知生活艰辛。很多家庭除了满足孩子生活和学习的一应需要，还给其很多零花钱，使他们很容易得到各种满足。这种在"蜜罐子"中长大的孩子，根本不知道生活的艰辛，以为得到世间任何东西都很容易，进而养成追求物质享受、不珍惜物品、浪费金钱、不体贴他人的坏性格，更无从谈忍贫耐苦精神。

其三，过分"避害"泯灭孩子敢想、敢闯的天性。正常孩子本来应该是"初生牛犊不怕虎"，不怕风雨，不怕日晒，不怕天黑，不怕摔跤，不怕疼痛……然而，很多家长过分担心孩子受到伤害，对其穿衣、吃饭、玩耍、接触外界、脱离家人视线等举动都严加管控，生怕出现丁点儿风险。这种过分"避害"行为，最终会使孩子形成没有自信、胆小怕事的懦弱性格和对他人的严重依赖心理，更无闯劲和创造性可言。

其四，放松管束导致孩子懒散放纵成习。孩子从上幼儿园、读小学开始，饮食起居、学习玩耍等就应遵守必要规矩，养成良好习惯。有些家庭放任其随心所欲，想怎样就怎样，课外学习朝三暮四，做家庭作业马虎应付，早上贪睡不起床，吃饭吊儿郎当，白天东游西荡，晚上看电视到深夜……这样的孩子，长大后必定缺乏上进心，做人得过且过，做事三心二意有始无终，行为任性放荡。

其五，包办代替使孩子缺乏起码的生活技能。很多家庭的孩子三四岁还不会穿衣，七八岁甚至十几岁还不会做任何家务，不懂得劳动的愉快和帮助父母减轻负担的责任。这样一来，绝对培养不出勤劳、善良和能够挑起生活担子的后代。

其六，攀比宠溺使孩子失去正确的奋斗目标。很多家长与他人攀比宠溺孩子，吃、穿、用别人家孩子有的我家孩子必须有，别人家孩子游玩了世界哪些国家，我的孩子绝不能落后。如此攀比，使孩子误以为人生的奋斗目标就是与别人比享受、比潇洒。

无限度宠溺孩子，已成为当今中国家庭令人担忧的"病态风景"。在这种环境里长大的孩子，定然是心态畸形，缺乏基本的生活和工作技能，到了任何单位都难以适应。最近澎湃新闻等媒体报道，华东某名牌大学一名女博士从上幼儿园到大学毕业都学习优秀，但她有个致命弱点：从小被众人惯得"心目中只有自己没有他人"，以至参加工作一年多先后换了3个单位，都与上下左右格格不入，最后悲哀地投江自杀。各家媒体报道此事时，用的标题都是"孩子若不懂与世界如何相处，所有的教育都是徒劳"。愿天下家长和师长好好审思自己的行为，切莫事与愿违将孩子推向苦难泥潭！

2018 年 10 月 31 日

叫停"天价娱乐"

腾讯娱乐日前报道："近日人气综艺《偶像练习生》总决赛落下帷幕。节目从开播至落幕，关注度与日俱增，粉丝为了一睹偶像风采，不惜花重金购买门票，总决赛当晚甚至出现了高达万元的'天价门票'。"该报道披露：

"2014年3月24日，《来自星星的你》的男主角金某在上海举行粉丝见面会，创下见面会票价之最：内场第一排原价1280元的座位叫价到上万元。美国某歌手一次在中国举行巡演，推出8888元的'天价门票'，不想竟被炒到几万元。"

"2016年某歌星的'幻乐一场'演唱会，门票更是被炒到天价。其'天后'名气加上售票方的'饥饿营销'，造成市面上流出的门票极少，很快形成'奇货可居'的局面，内场门票一度被炒到数十万元。"

读罢粉丝"天价追星"的新闻，不禁联想到娱乐明星的"天价薪酬"和"天价消费"。本人近年来多次见到新闻媒体披露：国内一些当红演艺明星常常登台唱两支歌酬金几万元、十几万元甚至更高；演一部电影或电视剧薪酬高达几千万元；做一档真人秀电视节目酬劳也达上千万元。高酬劳把有些演艺明星的胃口越吊越高，有的人圈得数十亿元之巨还嫌不够，还要违规去圈更多的钱，以致遭到监管部门处罚。至于演艺明星挥霍无度的例子，亦不时见诸媒体。有报刊披露某演艺明星结婚花掉上亿元，据说他对媒体和民众的质疑很不以为然，似乎由于钱是他的，他再怎么挥霍别人都无权过问。

近些年，与娱乐圈相关联的"天价薪酬""天价消费""天价追星"，是社会价值取向出现错位的一个典型表现：把娱乐消遣摆在了极不恰当的过高位置，由此带来一系列弊端甚至灾难。在娱乐消遣问题上，中国历史上有着惨痛教训，且举二例。

第一例：北宋后期是中国封建社会经济、文化发展的顶峰，其年产值相当于当时世界产值总量的35％左右（一说70％）；北宋都城开封则是当时世界最大的都市。北宋的文化事业空前繁荣，我国历史上很多文化名人都出自那时。在社会经济、文化大繁荣和边境暂时无大事的背景下，北宋君臣乃至老百姓都开始飘飘然，专注于娱乐消遣，全国城乡到处建有戏台，凡有水井的地方都有人唱词哼曲。北宋的文娱艺人地位更是高得惊人，就连会玩花式足球的市井混混高俅，都当上了东京太尉（京城卫戍司令）。而关乎国家存亡兴废的军事问题，却很难引起君臣及百姓的兴趣，国家连招募士兵都很困难。北宋官民过度娱乐消遣的结果，定然是"人无远虑必有近忧"：宋徽宗末年，仅3万多金兵南下伐宋，就把驻守河北、河南及都城开封的数十万宋军打得稀里哗啦，连宋徽宗、宋钦宗父子都当了俘虏，人类历史上鼎盛一时的北宋王朝就此灭亡。

第二例：清朝晚期，尽管国力日衰，内忧外患日甚，但皇家与王公大臣仍沉湎在文娱享乐之中。咸丰皇帝就是个大戏迷，他病重期间半月内还在承德避暑山庄看了14天戏，甚至看了最后一场戏就驾崩了。慈禧不仅爱戏、看戏、懂戏，而且能改戏、编戏。颐和园占地3900余平方米的德和园大戏楼，就是挪用北洋水师经费71万两白银修建，专供慈禧看戏的场所。自大戏楼建成至慈禧死亡，每逢过年、过节、过生日，慈禧都要安排听戏，有时兴致起来还和太监们一起上台表演。慈禧还让太监组成戏班（称"本家班"）随时给她演戏。"本家班"看腻了，就召京城梨园其他戏班（称"外班"）来献艺，当时的众多名角都曾作为"内廷供奉"多次应召为慈禧演出。慈禧还喜好很多千奇百怪的娱乐活动，耗费大量民脂民膏。在慈禧的带动下，朝廷上下文武官员纷纷寻找"乐子"，很少有人专注国家安危。没过多久，中日甲午战争和八国联军进攻北京之战相继爆发，并以中国惨败割地赔款告终。

纵观古今中外，大凡把娱乐行业和伶人捧抬得高于社会主业和主角的，都是不祥征兆，预示着国人专注点严重错位，孕育着国家的重大危机。

近些年我国出现的演艺界"天价薪酬""天价消费"，以及"天价追星"现象，都是一种不祥之兆。如果真让"戏子家事天下知，英雄坟前无人问"的状况继续存在下去甚至愈演愈烈，今后谁来埋头推进与民族兴衰密切关联的主业，谁来舍命保卫国家？！

娱乐圈乱象频发，主要责任在于教育和监管缺乏力度。为此，必须针对存在问题，尽快采取措施补短板，促使我们的娱乐产业，沿着健康轨迹发展，成为中华振兴的强力助推器。

2018 年 4 月 30 日

任人先窥心

汉朝初期国力不济难以抵御匈奴侵犯，皇帝只得采取"和亲"政策（让公主嫁给匈奴首领单于）以缓解边境危机。汉文帝（汉朝第五位皇帝）将女儿许配匈奴单于时，决定派他平时最为赏识的太监中行说护送公主到匈奴。中行说担心匈奴那边条件差去了会吃苦头，公然表示不愿意去。岂料文帝硬要派他去，中行说气愤不过说："必我也，为汉患者。"其意思是，你们非要我去，那汉朝一定会有祸患。果然，此人到了匈奴就叛变了。由于他是宦官，对汉朝的国情十分熟悉，很快就成了匈奴单于的心腹。在中行说的唆使下，匈奴多次派兵侵犯汉朝疆土，夺取物产、人口。汉文帝对其恨之入骨，却追悔莫及。

当时匈奴人称中行说为"汉监"，意思是从大汉来的太监。据传这个称呼传到中原后，汉朝人随口就将其演化成了"汉奸"这个蔑称。

在我国历史上，每当民族面临重大灾难乃至危亡之际，总有汉奸跳出来认贼作父，叛国求荣。

纵观中华几千年历史，我们不难看出，凡是历朝历代的奸臣佞贼、贪官污吏、卖国求荣者以及其他不择手段追名逐利之徒，都有一个共同特点：利欲熏心。他们在任何时间、任何地点，总把个人利益看得高于一切。一旦到了重大利益抉择关头，他们就会不惜牺牲国家、民族、集体、同事、朋友的利益换取自己的好处。历史上的赵高、田蚡、王莽、杨素、杨国忠、李林甫、蔡京、秦桧、严嵩、魏忠贤、吴三桂、和珅、汪精卫等祸国殃民之流，都是从个人私利出发干尽坏事，进而搞败甚至搞垮国家成为千古罪人的。只有像卫青、霍去病、李广、岳飞、文天祥、史可法、戚继光、袁崇焕、林则徐、杨靖宇、赵一曼等人那样心底无私、以身许国的人，才能在关键时刻挺身而出拯救国家和民族。

尤其是在战场上，要想打败敌人，官兵必须将生死置之度外。私心重的人绝不可能奋不顾身，冲锋在前，撤退在后，更不可能成为董存瑞、黄继光、邱少云那样的人民英雄。一支军队如果掌握在私心重的人手里，或者战斗成员中私心重的人多了，绝对打不了胜仗，绝对担负不起保卫国家和人民的历史责任。

现实生活中，我们的党政机关和工农商学兵各个系统，都或多或少会有私心重的人存在。他们总在悄无声息或者明目张胆拨拉个人的小算盘。他们干任何事情之前都要精心算计报酬，个人得不到好处或者好处少了，他们即便迫于形势干了，也是"出工不出力"装装样子掩人耳目而已。这些人满足私欲的种种不端行为一旦得不到节制，或者单位被他们左右了局面，那里定然歪风盛行，甚至好端端的单位会被他们搞瘫搞垮。

很多私心重的人还有一个特点：善于伪装和隐忍。正所谓"大奸似忠"，不到重大利益取舍的关键时刻，周围的人很难知道他们在想什么，很难看清其真面目，甚至还误认为他们"老实忠厚"，错误地加以信任和重用，直至其干出大至祸国殃民、小至搞乱搞垮单位以及坑朋害友的缺德事，这才恍然大悟，后悔不已。

无论当下还是未来，我们的国家、民族、社会、集体、家庭和个人，面临的考验都异常严峻、复杂，像新冠疫情一样的突然事件以及其他不可预料的威胁还会不断袭来。我们要在如此环境下生存和发展，要实现建设超一流强国的宏伟目标，需要众多以身许国、无私无畏、智慧超群的社会骨干和精英。很显然，那些私心重的人只能成为国家、民族、社会和集体的负资产、累赘、绊脚石，这样的人越少越好。

我们国家今后的发展前景如何，在很大程度上取决于能否教育引导全国人民增强公心和奉献意识，有效节制人们的私欲，提高社会的向心力、凝聚力、战斗力和创造力。与此同时，严把用人导向和考察关，尽可能减少用人失误，坚决阻断私心重、善于伪装之徒控制公权的通道。只有这样，才能防止社会私欲泛滥成灾，才能确保我们的党政军权力不被利欲熏心的人用来谋取私利，才能保证我们的国家和人民拥有美好未来。

2020 年 10 月 5 日

面对数十亿港币

2017 年 11 月至今，香港著名演员周润发裸捐 56 亿港币一事，不仅惊动了整个华人娱乐圈，而且全体中国人，乃至其他国家的人，都为其点赞。把亿万积蓄作为爱心公益全部捐赠出去，不仅在当今的中国演艺界，而且在世界华人圈各界富有人士中，亦属开风气者。

2017 年 11 月 10 日，发嫂陈荟莲就他们裸捐一事接受香港媒体采访时，爽快地告诉记者们："会百分之百捐出去，目前已经设立好慈善基金会了。"整个香港地区为此一片叫好！

周润发义无反顾把 56 亿港币全部捐赠给众多需要帮助的人，是他对人生价值、金钱拥有、物质享受等问题看得既透彻又与众不同，他在日常生活中的无数细节，都生动地证明了这一点。

近些年香港市民中流传着一个段子："想要遇见周润发，就到地铁、公交站和菜市场。"发哥虽然为著名演员，身家高达数十亿元，但他出门不坐名车、游艇，就喜欢挤巴士、地铁、渡船。一些香港市民调侃他是"贱骨头"，发哥说："我没有司机或者其他工作人员，我的理想就是做一个快乐的普通人。生命中真正难的不是赚多少钱有多成功，而是如何保持住一颗安宁的心。"

发哥买东西从来不去高级商场，只去平价商场和便利店。几十元一件的 T 恤、十几元一双的拖鞋……

在央视一档谈话节目中，主持人问他："你会买哪些名牌衣服？"发哥笑着回答："不需要，我的衣服都穿了十几年了。"发哥还说："我觉得衣服不是穿给别人看的，只要自己觉得舒服就行。所以我不会买很贵的衣服。"

2015年5月18日，是发哥的60岁生日，即便如此，其生日依然过得极其低调：在一家很不起眼的餐馆里，只有发嫂和他两人就餐，还有发嫂送的一个小蛋糕。有个网友把发哥庆生的照片发到网上，换来一片疑问："怎么这么寒酸呢？！""怎么这么凄凉呢？！"但发哥自己却说："人间最有味的，就是这清淡的欢愉。"

发哥结婚30多年来，从未有过一丝绯闻，连娱记都懒得编他的桃色新闻，因为没有人会相信。

有人问发哥："你觉得爱情是什么？"他说："感恩与陪伴。"还有人问发哥："你那么有钱，为什么还要不断拍电影？"发哥回答："我拍片不是为了赚钱，也不是为了追求名声，我就是喜欢而已。"很多人为什么一辈子过得都不快乐呢，发哥的回答是："就是没有找到自己喜欢做的事情。人的能力虽有大小，但有一点是共同的，就是找到了自己喜欢做的事，才会活得有意思有滋味。"

这几年，发哥几乎每周都会抽出时间，去爬香港大大小小的山。他曾经通过半年的爬山，使体重减去27斤。有记者问他为什么喜欢爬山，发哥回答："我的人生座右铭，就是开心和快乐。但是开心和快乐，都必须以健康为基础，有好的身体才可以享受好的人生。以前我拍电影透支了好多，后来我渐渐懂得了：人生最大的错误，就是用健康换取身外之物。所以我现在要补回来。"

有记者采访发哥后发出如下感慨：人活着，有三个层次。第一个层次：活着。就是追求生存和温饱。第二个层次：体面地活着。就是要活得体面。别人有房了，我也要有房。别人有车了，我也要有车。别人当了处长、局长，我也不能比他低半截。就是追求一定的"名、权、利"，以求活得跟别人一样体面，或者活得比别人更加体面。我们大部分人，都活在这个层次里。第三个层次：明白地活着。就是知道自己内心真正想要什么，生活删繁就简，砍掉外在多余的东西，去追求内心的自在和丰盈。人活到极致，一定是素与简。发哥就活到了第三个层次。他把生活中多余的东西，都毫不犹豫地砍掉了，然后活出了"素与简"：陪伴一个懂我的爱人，专注一件喜欢的事业，寻觅一个悦心的癖好，交往几个如水的朋友，锻炼一个健康的身体。人生之大幸福，就藏在这素简的平淡里。

曾有人问发哥："你赚那么多钱，给谁花呢？"发哥笑笑说："这些钱不是我的，我只是暂时保管而已。"

所以说，发哥裸捐56亿港币的经济价值固然不可低估，但更加巨大的价值，还在于为中华所有明星富豪，尤其是娱乐圈人士，树起了一座值得永久景仰的道德丰碑，树立了一个百世可奉的行为楷模。

2018年4月21日

迎着危机前行

本人素来喜爱读报和存报。在近几年阅读和留存的报纸中，有一个方面的内容读来尤为令人心情沉重：这就是世界各国专家关于可能毁灭人类的各种灾难的预警和告诫。

据俄罗斯《观点报》网站、英国《每日快报》网站、美国《一周》周刊等世界媒体参考若干数据列出的清单，可能毁灭地球生命的六大灾难为：其一，全球变暖。到 2055 年全球气温将比工业化前高出 2 摄氏度。英国雷丁大学气候科学教授理查德·艾伦说："现在的全球海洋表面温度与 12.5 万年前那次冰河期的海洋表面温度不相上下，这一结论非常令人担忧，因为那时海平面比现在高出 6~9 米。如果地球继续以现在这样的速度升温，2136 年之后全球气温将升至 44 摄氏度，这对人类而言是临界值。届时大部分陆地将被淹没，并且海啸频发。"其二，流行病大暴发。结核病、疟疾、埃博拉出血热、中东呼吸综合征、拉沙热、鼠疫、霍乱以及其他尚不知名、危害剧烈的流行病，将对人类生存和人类文明构成严重威胁。新出现的疾病涉及未知的病原体，没有现成的疫苗和特效药品可用。此外，人类还面临遭受特意设计出来的病原体伤害的风险。英国广播公司网站于 2016 年 5 月 19 日报道："到 2050 年，估计超级病毒细菌每 3 秒杀死 1 人，全球每年会有 1000 万人死于耐药细菌感染。"另据媒体数据，仅 2017 年全球就有 1000 万人感染肺结核，200 万人因此丧命。受致命疾病威胁的地球人口至少有一半生活在中国、印度、印度尼西亚和亚太其他国家以及非洲国家。其三，核灾难。从 20 世纪下半叶开始，人类就生活在美苏与美俄核大战的阴影之中。尤其是拥有核武器的国家越来越多，以及世界强国之间的政治、经济、科技、军事竞争空前激烈，爆发核战争的概率大大增加。俄罗斯有关专家推测，如果发生第三次世界大战，前3周就有大约5亿人死于核打击。战后"核冬天"的死亡人数，更是无法预测。其四，太空威胁。美国国家航空和航天局认为，虽然地球与大型天体相撞的可能性极小，但有的小行星与地球相撞的可能性并不排除，仅被他们命名为"佛罗伦萨"的近地小行星一旦撞上地球，就会导致12亿人丧生。此外，"外星人"对地球人类的威胁也不容忽视，当代最伟大的物理学家斯蒂芬·霍金生前一再告诫人们别去招惹"外星人"，一旦对方比我们的科技手段先进或者把传染性、伤害力极强的病毒带到地球，人类就可能被毁灭。其五，人工智能发展失控。英国《每日快报》网站于2017年12月14日载文指出："人工智能开始改变社会，从照料孩子到自动驾驶汽车。但是，包括斯蒂芬·霍金教授在内的许多科学家都认为，它获得意识并且消灭人类只是时间问题。霍金教授说：'人工智能的全面开发可能预示着人类的终结。'机器人很快就会被武器化……这种武器可能会在几年，而不是几十年内研发出来。"鉴于生存危险因素不断增加，霍金告诫人类："必须在100年内逃离地球。"其六，过度向大自然索取。美国《一周》周刊于2019年2月17日刊文指出："随着全球人口增加到75亿，人类在地球上留下的巨大足迹对哺乳动物、鸟类、爬行动物、昆虫和海洋生物造成了毁灭性影响。由于我们侵占了动物的栖息地，过度捕猎和捕捞，把新物种引入新的生态系统，带来有毒污染和导致气候明显变化……在过去的40年里，全球野生动物呈指数式锐减50％，1970年以来脊椎动物数量下降了60％。"可以摧毁人类的灾难也许还不止这6类，它们有的或许在不久的将来才会突然或者逐渐显露出来。

上述令人揪心的灾难，绝大部分是人类在向大自然索取和对新技术开发中过于贪婪所致。扭转危局的根本出路在于：人类首先要了解面临生存危机的严重程度及成因，搞明白并制止自己的愚蠢、罪恶行径已刻不容缓。其次，全球对怎样消除生存威胁达成共识，并且尽快采用统一行动，全力解决相关理论和实践问题，务必在局势不可逆转之前取得决定性成功，以延缓或者阻止厄运的到来。除此之外，人类还必须做逃离地球的最坏打算，加速对地外星系的探测乃至开发，为自己另辟生息之所，以备不时之需。

"人无远虑，必有近忧。"今天的人类，真该好好领会这句成语的深刻含义了。

2020 年 11 月 17 日

第三辑

记者的正气

新闻职业的特殊性，要求新闻记者，尤其是以全心全意为人民服务为宗旨的中国新闻记者，必须具有强烈的正义感，随时随地为维护人民群众的利益挺身而出，以一身正气战胜社会上的歪风邪气。请看资深记者老储的故事。

老储于1968年参军，从1978年起相继任职新华社、《人民日报》、中央人民广播电台和军区报社记者，为民众维权、解忧从未懈怠。

当年的小储，刚担任新华社军事记者不久，便开始了为民众维权的历程。1984年3月的一天上午，小储到北京市石景山区一个副食品商场买东西时，见一个十几岁的女孩在一个角落里哭泣。他上前询问，得知女孩是从河北邯郸乡下来给叔叔料理家务的。当天中午叔叔要在家中招待客人，让她上街买熟食。她在这家商场一个熟食摊位买了块酱牛肉，摊主说重一斤二两。她交完钱后拿到商场公平秤上称只有九两五钱重，不料回去找摊主时，对方竟说女孩的酱牛肉不是他卖出的。女孩怕买回的东西缺秤被叔叔责怪，以致伤心落泪。小储问明缘由，立即领着女孩找到商场的一位管理人员，向她表明了自己的新闻记者身份，让对方知道此事如果商场不严肃解决，就可能被报道在报纸上。于是，商场管理人员再次复秤之后，责令那个摊主按规定先给女孩补上所缺的二两五钱肉，然后"缺一罚十"，并做了检讨，直到那个姑娘和小储点头为止。随后，商场还组织全体经营人员开展学习、整顿，强化了"诚信"意识。

小储帮民众维权碰到的对手，往往都很狡猾、难缠，一般人根本玩不转他们，而小储却从未失过手，缘于其有高超的策略。1983年春天，小储原部队的一位老领导从太原来北京办事时，顺便在前门外大街一家服装店给老伴儿买了件半长呢子外套。不料拿回去老伴儿仔细检查发现：衣领背面由13块布料拼接成，其他地方还有缝合等问题。小储听说有购货发票，断定可以退货。但衣服从山西捎来时已过去两个多月，小储忙于单位值班又耽搁了一个多月，等他去退货时，离购货时间已过去四个多月。老店主一看发票便要赖说："你是好几个月前买的衣服，在这儿卖货的人已经换了好几拨儿，我们刚来……"眼看事情成了无头案，要是一般人只有自认倒霉，而小储却没那么好糊弄，他掏出新华社记者证对老店主说："我就是专门为百姓维权的记者！你不给退货，我就去找宣武区（今属西城区）工商局！"老店主顿时被镇住了，大声对另一个柜台的一个年轻男店员说："小王你快过来看看这发票，我看像你开的！"年轻人走过来看完发票说："是我开的，但那批货早就卖完结账了！"老店主命令他："什么也别说了，赶紧给人家退货！"货款两清后，小储还开导他俩："商家务必以诚信为本，商品质量千万掺不得'假'！"那老少俩一再检讨，表示今后绝不卖质量不合格的货物。

1986年2月上旬，一位转业到新华社工作的女军官回四川探亲在绵阳下火车出站后，坐一个六十来岁老头儿的三轮车往长途汽车站赶。她坐上三轮车，车夫就提醒说："女同志，看好你的东西哟，绵阳小偷多！"三轮车沿着街道下行不足百米，那位女同志猛然发现前面一个男青年蹬的三轮车上那个新包像是自己的。她急忙转过身子，果然发现放在自己座位后面那个装满衣物的大包不见了！这时，蹬三轮车的老头儿先是埋怨她粗心看不住自己的包，接着便假意帮她追前面的三轮车。由于他不真使劲车子根本跑不快，眼睁睁看着行窃的三轮车司机拐进胡同溜掉了。随后，正好也在四川探亲的小储，受那位熟识女同志之邀，专门一道去绵阳火车站派出所报案。不料，蹬三轮车的老头儿大呼"冤枉"，说他既提醒了女客人当地小偷多要注意看好东西，又帮其使劲追了盗贼。至于没有追上，那是由于自己年老力衰，没有办法。派出所所长也认为蹬三轮车的老头儿没有过错，并且说既然盗贼没有踪迹，这事他们就没法管。小储认为，既然事情发生在中国土地上，就总有人管得了。他仔细思考后，托人打听到当时绵阳地委分管公检法系统的副书记姓名，并以失窃女干部的名义给其写了封信，讲明在绵阳火车站失窃经过，并说明自己本来可以将绵阳火车站乱象写成"内参"向中央反映或者报道到报纸上去的，但考虑到绵阳是四川的重要窗口，自己老家也在绵阳地区，因而不忍心"败坏家乡名誉"，所以请书记帮忙妥善处理东西丢失事件。由于主管副书记过问，很快便查出是蹬三轮车的老头儿伙同其亲戚串通作案，除了依法严惩，还将其三轮车卖了800元钱寄给失主作为赔偿。

在老储几十年为民众维权中，生动展现出新闻记者的英勇无畏。2004年2月中旬的一天，老储探亲返京路过成都时，碰到一桩离奇事：他和另外多名互不相识的中老年男女，分别坐三轮车从梁家巷子出发赶往成都北站上火车。出发前三轮车主都向他们讲明拉到火车站每人付费5元。岂料，到达成都北站后，有个年轻、高大的三轮车主突然对其他同行说："哥们儿，今天气温低启动三轮车费劲，咱们应该加收3元启动费！"其他车主异口同声道："要得！"于是，事前讲好的5元一下变成了8元，少交1元车主都不让走。见此情形，老储厉声对带头发难的小伙子讲："做人要讲诚信，你年纪轻轻更应遵守规矩，不能胡搅蛮缠，讲好的价钱不能改变！"谁知对方寸步不让，还威胁老储说："不给8元就揍你一顿！"老储毫不怯场，掏出记者证大声说："我是记者！你们今天要敢多收大家一分钱，我豁着火车票作废，也要去找成都市公安局、交通局，让你们干不成这一行！"双方足足僵持了四五分钟，那个挑头儿生事的青年见拧不过老储，只好改变口气说："算你记者狠，我认栽！不给你们加价了！"险些挨宰的群众，对老储报以热烈掌声。

年届七旬的老储，早把优秀职业军人和新闻记者的强烈正义感和勇往直前的精神融入血液，化为关爱民众的痴情。他虽然已退休10余年，但"路见不平就要管，人民有难就要帮"的习惯却始终没有改变。2019年4月8日，老储去成都会朋友住在新华宾馆。那时，当地气温已达二十八九摄氏度，宾馆的中央空调却尚未向客房送冷气，加之床上仍是冬季的厚被褥，老储热得整宿没有睡好。第二天早上，老储打听到隔壁房间的客人也热得睡不着，便毫不犹豫给宾馆服务台打电话反映了晚上房间太热的问题。不到9点钟，宾馆空调管理人员便把所有客房的冷气都开通了，并且逐一做了调试。其实，老储当天中午11点一过就要搬到别的宾馆去住，他完全可以不管这里的事。但老储却认为："让谁晚上睡不好都不应该，事情总得有人管……"

　　老储40余年为民众维权的故事远远不止这些，而且有些不便讲得更为生动。对于他坚持这样做的原因，以往很少听其讲起过。2019年3月下旬，老储在和首都某报社部分年轻记者交谈中，袒露了自己的心声："新闻记者是时代的哨兵，是社会良知和正义的重要代表，是捍卫人民利益的先锋和勇士。见到不合理的事情，记者一定要敢于挺身而出，只有这样，才配得上自己的身份！"他还勉励大家说："马克思能成就辉煌人生，与他曾经是优秀新闻记者有很大关系。马克思在《青年在选择职业时的考虑》一文中明确宣示：'如果我们选择了最能为人类而工作的职业，那么，重担就不能把我们压倒，因为这是为大家做出的牺牲，我们的幸福将属于千百万人。'你们要想成为优秀新闻记者，要想有所作为，就需要具备一点马克思那样的胸怀和气概！"

2019 年 5 月 11 日

回家的路……

对于离家在外生活的人们而言，走回家的路虽则辛苦，却饶有兴味，乐此不疲。本人年复一年走回家的路，已有半个多世纪。在这条路上，我倾注了大量情感，品味了无数艰辛，留下了众多美好回忆。

我的老家四川省遂宁市射洪市，地处川中北丘陵地区。我从小居住的瞿河乡龙凤村，是一条纵深约 3 公里的山沟。山沟宽 300～400 米，周围三面是三五百米高的山峦，上面长满竹、树。进出沟的唯一通道，是沟中央那条两米左右宽的黏土路。由于常年雨水多，特别是春、夏、秋三季阴雨天，沟里的土路经常被人和牲畜（耕牛）踩成烂泥潭，穿布鞋、皮鞋、浅筒水胶鞋都会被泥浆淹没，穿深筒水胶鞋不仅容易被烂泥粘住，而且走路特别费劲。故而，一年四季人们进出山沟几乎都打赤脚。雨天路烂大人无急事可以少出门，但孩子们必须风雨无阻打赤脚去上学，数九寒冬亦如此。一旦天晴，路上的烂泥又被太阳晒成凸凹不平、纵横交错的坚硬土坎、土坑，走路稍不留神就会摔伤，我母亲和我本人，都曾在这条路上摔断过脚骨头，全沟男女老少摔伤过的人不在少数。这条路成为全沟百姓心中的难、心中的忧、心中的急，不知始于何年何月和延续了多少代人。

1955 年秋天我开始上小学后，几乎每天（周日除外）都要打赤脚在沟中的泥土路上走两个来回（中午放学回家吃了午饭再去学校），一年四季如此。我小学毕业考上初中开始住校，每周六（那时只周日休息）下午背着背篼回家背下一周的口粮。周日上午帮家里放牛、捡柴、打猪草等，下午背着三四十斤红苕、玉米糁、大米（为数不多的细粮）之类的粮食，先走沟头 3 里多泥路，再走 8 里多碎石公路，赶回学校上晚自习。初中毕业考上高中到县城上学，回家的碎石公路变成了 24 里，我仍然坚持住校并且每周回家背粮。一个身体瘦弱的十几岁学生，负重三四十斤且赤脚（为了对付沟中的烂泥路并且省鞋）走 20 多里碎石公路，脚底经常被坚硬的石子硌得生疼，但从未觉得苦和难。从小经受的这些艰难困苦，对于我的坚韧品格和奋斗意识的形成，起了重要作用。

1968 年春天我应征到石家庄当兵，十个月后被调到军部机关当宣传报道员，又两年后被破格提拔为军部新闻宣传干部，1978 年又奉调进京在新华社、《人民日报》、北京军区宣传部、战友报社等单位任职，长期从事军事新闻宣传工作，一直干到退休。由于家中有长寿母亲（她老人家活了 105 岁，2014 年过世），我虽然长期生活在离家 3000 多里的北方，仍旧不厌其烦地回乡探亲。老家沟中那条烂泥路，我参军后仍然走了 30 多年。雨天穿鞋行走既不顶事又特费劲；在县城叫车来接送车又开不进沟；打赤脚行走又怕丢颜面。有时实在怵走沟中的烂泥路，就从家背后的山梁上绕出沟去，但这样要先上山后下山，途中山路也不好走，常常累得满身是汗。尽管如此，我依旧尽可能多回去看望母亲。

改革开放以来，村里干部群众强烈希望把路修好，开了若干次会讨论，最后都卡在了"无钱"上。2000 年春天我回家探亲时，突然想到去找高中同班同学、时任遂宁市委书记邓新民，请他帮忙解决我们村的修路难题。我和老邓是多年至交，介绍实际情况后，他答应出面协调解决。此后，我多次打电话或当面催促老邓落实给我们村修路的事。老邓为此做了不少协调工作，甚至还让我通知村干部专门把申请修路的经费预算等资料送到市里供审批立项。4 年之后，县交通局按市里规划出资把我们村的土路改修成了可以通行大小汽车的水泥路。从此，全村百姓的生产、生活大改观。我们的村子还成了远近闻名的水果生产基地，产品甚至远销到河北保定等地。家乡干部群众对我很是感激，村干部多次要感谢我，还要到家里慰问我母亲，都被我婉言谢绝了。乡长在全乡干部会上动情地说："我们都应该向老军人涂国之同志学习，人家老涂给村里办了那么大的好事，没有喝老百姓一口酒、抽老百姓一支烟，相反自己连电话费都贴了不少……"

出于人民子弟兵和新闻记者的崇高责任感，我还在几十年的回家路上，留下不少扶正斗邪为老百姓维权护利的故事。

2007年8月下旬的一天，我回老家探亲路过四川省三台县地界时，所乘大巴在一段较窄的公路上被前面的车堵了半个多小时还无动静。我忍耐不住了，便托一位乘客帮忙看着包，只身穿着迷彩服赶到前面看个究竟。原来，前面一座公路桥宽度只能通过一辆大卡车，而迎面对开的两辆大卡车都想抢先过桥，并且都快行驶到了桥中央，虽然两车尚未相撞，但谁倒回去给对方让路都很费劲。于是，现实版"山羊过河"精彩上演：两个司机互不相让竟至大打出手，双方都被打得鼻青脸肿瘫坐在地上同对方比耐心。更稀奇的是，现场的一个胖交警面对此情景竟然无动于衷。我询问现场群众得知，当地交警必须有人交了钱才肯疏通交通，而两个卡车司机谁都不肯掏钱……面对当地交警的胡来，我怒上心头，冲着那个胖警察大吼："你过来！"对方顿时被我的吼声镇住，走过来问："你是干啥子的？！"我火气更冲："我是北京来的新闻记者，专门报道全国胡作非为事情的！我走南闯北还从没有听说过交警疏通道路要先收钱！要多少钱我给，只要你敢收！！"胖警察诺诺："桥两头都堵了，我一个人也弄不动呀！"我怒斥对方："你身上的对讲机是用来吃干饭的？还不赶快叫人来帮忙？！"没过多久，又赶来几名交警一起把道路疏通了。被堵乘客纷纷感叹自己运气好，"碰上了北京来的新闻记者"。

参军50多年来，我一直坚持在回家路上为民众维权。成都火车站敲诈旅客的地痞流氓、绵阳火车站盗窃乘客包裹的犯罪团伙等，我都一一斗败他们保护了群众的利益。直到2019年4月，我回老家路过成都时，还在那里的新华宾馆挺身而出解决了店家为省电费不给房间送冷气，热得旅客夜里睡不着的问题。

斗转星移，日月如梭。转眼我已离家"远游"半个多世纪，如今家乡村子里的人我认识的已经不多，但全村男女老少几乎无人不知我的名字和故事。这不仅因为我给村子里解决了祖祖辈辈忧心伤神的走路难题，而且由于乡亲们通过我几十年回乡的言谈举止，感受到我是一个深切同情并且热忱扶助他们的好同志。能够把极其平常的回家路走成励志路、爱民路、彰显正气之路，这是我此生的一大慰藉。

2019年8月1日

军人荣耀的背后

对于军人，尤其是和平时期的军人，人们往往只看到他们荣耀的一面，而看不到其荣耀背后承载的惊人风险和巨大付出（甚至包括牺牲生命）。请听一位年近古稀军人的倾诉和见解。

我是 1968 年 3 月穿上军装的，在部队一直干到退休。作为从业 30 多年的军事新闻记者，我了解部队无数官兵竭诚为国家和人民奉献牺牲的动人故事。这里先给大家讲两件我自己经历的事情吧。

1977 年春天，团里派我和政治处秘书李和平到山西阳曲采访，并派了一辆军用三轮摩托给我们做交通工具。

一天下午两点多钟，我们 3 人（含摩托车驾驶员小侯）赶往采访地点，行至一座大山的盘山公路上，迎面开来一辆绿色北京牌吉普车。它本应从公路左侧通过（因为我们一直沿着右侧山根前行）。不料，对方司机也许被鬼迷了心窍，他不走自己那边，竟然直冲我们的摩托而来。眼看就要相撞，摩托车司机小侯眼疾手快，一把猛打方向盘，给迎面冲来的吉普车闪开了道，从它的左侧崖边冲了过去。摩托给吉普车让道时，左侧轮子及上面的挎斗和坐在挎斗内的我都是在崖边悬着冲过去的，下面是悬崖峭壁，跌落下去无疑是车毁人亡。这件事情虽然已经过去 40 多年，但我至今也没有想明白：那摩托为何没有失去平衡跌下悬崖？

这样的侥幸死里逃生，我经历过不止一回。1991 年 6 月初，我去采写某军直属工兵团副团长李忠诚廉洁奉公的模范事迹。1973 年参军的李忠诚，入伍 18 年先后获得二级劳动英雄勋章一枚、荣立二等功 2 次、三等功 8 次，一直是昆明、济南和北京军区（他先后在这三大军区工作过）后勤战线的模范干部。为了宣传好李忠诚的事迹，我先到军部听取了相关情况介绍，并在那里住了一宿，打算第二天早上赶到百余里外的工兵团吃早餐，然后展开采访。次日早晨 6 点过，我们一行 4 人（我、该军宣传处长吕孝寅和新闻干事王卫东、工兵团报道员史照栋）乘坐军电影组的一台绿色北京牌吉普车，从军部大院出发往工兵团赶。向来对交通安全警惕性很高的我，平时乘小车都坐后排，这次考虑到后排人较多，便在大家的劝说下勉强坐上了驾驶员旁边的"首长席"。小车启动前，我还专门叮嘱司机："不要着急，开慢点，安全第一！"听到我提醒司机，吕处长急忙安慰我说："放心吧，我们小王是老司机，车况也不错，再说刚 6 点过路上车不多！"我接着吕处长的话茬儿再次提醒司机说："正是由于路上车少，司机们都放松了警惕开快车，一旦出了意外情况就反应不过来！"你说巧不巧，我说完这话没过一刻钟，我们的车还没有跑出承德市，严重险情就发生了：行驶在我们小车前面二三十米远的一辆大货车不知何故，突然来了个急刹车，而我们的司机根本来不及减速躲闪，就在我们的小车即将冲进大卡车底部的瞬间，司机小王猛地一把将方向盘打向左边，小车疾速左拐躲开了前面的大车。但我们的车拐到道路左边挡住了迎面而来的一辆大卡车的前进通道，眼看两车就要相撞，幸亏头发花白的大卡车司机反应快紧急刹住了车。由于双方的车在相隔不足两米远处都刹住了，才避免了一场惨烈车祸。如果那位老司机反应不及让大卡车冲过来，我们的小车不知要被撞出多远，车上的人肯定非死即残。尽管受到巨大惊骇，我们还是计划不变，赶到团里做了深入的采访，并以《为了"共产党员"这个崇高称号》为题，在《人民日报》和北京军区《战友报》刊登出了反映李忠诚模范事迹的长篇通讯，受到各方好评。

我在部队上班 40 年里，执行公务所坐的小汽车和摩托车先后 6 次遇到险情，其中有两次按常理说"必死无疑"，我现在回想起来头发根子还往上立。

"一不怕苦，二不怕死"是中国人民解放军的基本要求和军队生活的真实写照，亦即"苦"和"死"对军人来说应视为常态。我入伍后长期在军队机关工作，若论吃苦、受累和历险，可能还远不及基层官兵多。这还是平时，一旦到了战场上，无论男女老少，早把生死置之度外。谁当一辈子兵没有遇上打仗，或者上了战场能够活着回来，这只能说他幸运。无论平时还是战时，军人的职业都要求其具有承担包括牺牲生命在内的风险的思想准备和具体行动，这就是军人荣耀背后的真实、深刻内涵，古今中外都如此。

2021 年 9 月 2 日

名将治军

古今中外，大凡有名气的将军在治军和作战中都善解难题，几乎没有任何事情能难住他们，其传奇和荣誉即由此而来。

第二次世界大战期间，最初美国空军降落伞的合格率只有99.9％。这就意味着从概率上讲，每1000个跳伞官兵中就有一人因降落伞不合格而被摔死。军方要求生产厂家必须使降落伞100％合格，但厂家说他们已经竭尽全力，99.9％的合格率已经是极限，除非出现奇迹。一开始，军方也觉得让谁来做到100％合格都不好办，于是一时束手无策。后来，军方相关人员一起深入讨论这个问题时，名将巴顿提议改变验收方法，每次交货前从众多降落伞中抽出几顶，让工厂负责人亲自跳。从此，奇迹真的出现了：成千上万顶降落伞中，再也没有质量不合格的了。

20世纪七八十年代，本人有幸亲历我国华北地区多位名将抓治军和战备的实践，甚是令人开眼界。陆军原某军军长王根成是一位1942年参军的老八路，担任过从班到军的各级一把手，对部队情况十分熟悉。他抓工作最大的特点是点子多、招法绝、效果好。20世纪70年代初有段时间，该军用于接待所属各单位和兄弟单位来军里办事官兵的大招待所，床上被子、床单、枕头经常是又脏又难闻。该所管理人员的解释是，所里人手少自己拆洗忙不过来，拿到外面洗又缺钱（当时部队招待所住宿不收费），于是问题延续下来一直没法解决。时为该军副军长的王根成听说此事后，一天晚上专门到那个招待所查看，发现的确是客人房间的被子、床单、枕头又脏又有刺鼻的怪味，而两名接待员房间的被子则洁白无味。他不动声色地对接待员说:"你们是代表军里接待客人的,干净东西应该先给客人用。你们马上和客人调换床上用品,客人没有用上干净用品之前,你们不许搞特殊,我专门派人盯着这件事!"当晚,王根成真的让警卫员住在招待所,盯着两名接待员体验使用脏被子、脏床单、脏枕头的滋味。没出10天,客人房间全都换上了干净用品。后来,王根成果真亲自或派人前去悄悄查看过多次,直到问题没有"回潮"为止。

王根成当军长时,有天晚上穿便装到军部大院外遛弯儿。当他从正门返回院内时,发现两名卫兵一个帽子没有戴正,两人还耷拉着肩。他没有直接去批评卫兵,而是回到办公室立即打电话把军部警卫连的连长、指导员叫来,让其汇报连里执行干部带班制度(战士站岗放哨时必须有干部不定时到岗哨位置及其警戒区查处放哨不认真等问题)的情况。该连两名主官不知就里,竟然说他们每天都严格执行了干部带班制度,而且很多时候还是他俩亲自带班。王根成是什么人,他岂能轻易被属下的假话蒙骗?他不动声色地让对方汇报最近一个月内连里干部带班时都发现了什么问题、怎么处理的,警卫连的连长、指导员面对军长的尖锐提问和锐利目光,感觉到编假话无法搪塞过去,只得硬着头皮做检讨:连队干部带班制度坚持得不好,他们二人更是很少亲自带班,没法说出哪天带班遇到过什么情况和怎样处理的,请求军长批评、处分,今后一定汲取教训踏实工作。直到这时,王根成才告诉他们自己刚才所见大门卫兵存在的问题,并告诫他们自己还要随时去检查。从此,该军警卫连执行干部带班制度再不敢马虎,使王军长多次"扑空"。

20世纪80年代末,本人在北京军区宣传部担任新闻处长,多次陪同时任军区司令员周衣冰下部队进行调查研究和军事考核,还多次参加周司令主持的全区师以上干部战役集训,对周司令特别爱思考部队建设和战备中的问题,印象特别深刻。有一次他考核某军通信团的训练情况时，只向具体组织考核的军区齐副司令员问了一句："他们的电台车能发动起来吗？"得到肯定回答之后，对一个团的军事训练考核就宣告结束。随后，周司令完全出乎大家意料，考核该团战士的读书看报情况。结果发现一名入伍9年的老班长支吾半天连国家主席、军区政委是谁都答不上来，在场的各级大小干部见此情景无不面面相觑。周司令考核某团"钢八连"官兵的射击技能时，对其现场打靶成绩一句都没有过问（他知道是专门挑选尖子表演给大家看的，不用问成绩肯定差不了），而是把刚打完靶的二十几名干部战士叫过来站成一排，让他们撩起上衣检查裤腰带是从哪个方向穿进去的，结果从左从右穿入的都有。周司令对在场的各级干部说："尽管部队管理条例没有规定裤腰带从哪个方向穿进去，但各单位还是应该有个统一要求，各行其是打乱仗会影响部队行动速度。"在场的各级领导干部和机关人员，除了对周司令的见解表示赞同、钦佩，还显露一脸尴尬、懊悔，因为他们也都称得上"部队管理专家"，但先前谁也没有去想过裤腰带从哪个方向穿入的问题。在军区组织的战役集训班上，周司令先后提出了军区所辖的华北地区（北京、天津、河北、山西、内蒙古五省、市、区）战时能够动员多少民众参军、驻大同部队若奉命赶来参与守卫北京都有哪几条道路可走、打仗时天安门广场能停放多少架某某型号的军用直升机等有关指挥员和职能部门人员从未或者很少思考过的问题。尽管常常弄得被提问者因答不上来在众目睽睽之下十分难堪，却极大地启发了各级指挥员和职能部门人员开动脑筋思考打仗问题，切实把战备工作引向了深入。在那个时候的北京军区，几乎各个部队的官兵都知道，凡是周司令要下来检查，你根本别去费尽心思掩盖问题，因为他总是"不按常规出牌"，你根本无法使他"入套"，唯一的办法就是让他把你"翻个底朝天"，然后你老老实实"亡羊补牢"，推进部队建设。大凡周司令所到之处，情况概莫能外。

唐朝大文学家韩愈断言："行成于思，毁于随。"古今中外的名将都深谙此道，在他们面前"办法总比困难多"，所以他们能成功、成名，能成大事。世间干任何事情，都和名将治事是一个道理：在"多想"中寻找解决问题的办法，在"多想"中克服困难走向成功。

2020 年 11 月 11 日

圆梦人生有"宝典"

　　《军旅写作成才实录》这部书收录的130多篇文章，我在"战友报缘"公众号里几乎都读过。这次书稿付梓之前，主编任东升老友希望我写点读后感。"领命"之后，我又拜读了一遍文稿。这100多篇内容高度浓缩、精彩纷呈、充满激情和人生智慧的文章，读来如同步入奇珍馆，令人眼界大开，感觉恰似翻阅一部"人生成功宝典"。

　　这是一部感恩的书。卢梭说："没有感恩就没有真正的美德。"雨果认为："卑鄙小人总是忘恩负义的，忘恩负义原本就是卑鄙的一部分。"感恩是每个社会成员赖以立身和成事的必备条件。任何人如若不懂得并且不注重感恩，他定然难以交到真朋友，进而难以获助致远，古今概莫能外。十分可喜的是，本书的作者们，笔端都充盈着对帮助乃至救助过自己的《战友报》和其同人浓烈的感恩之情。尽管那家报社已不复存在，但大家谈起当年的《战友报》和其同人，仍旧那么亲切、那么由衷地将该报称为自己"出发的起点""成长的摇篮""指路的明灯""跨越的桥梁""攀登的天梯"等。为良心和感情所驱使的作者们，纷纷敞开心扉，披露了自己受助于《战友报》的种种鲜为人知的感人情节。纵观全书，完全可以看出每个作者对《战友报》的感恩戴德都是真诚和久远的。还可以看出，那些受助于《战友报》的众多新闻人才，正是带着美好的感恩之情，书写出精彩人生的。

　　这是一部励志的书。搞新闻报道是一项难度极大的工作，人们平常所见到的生活、工作和自然界现象，一百个、一千个里头也许没有一个是新闻素材，而"海底捞针抓新闻"，却是"新闻人"的看家本领。抓住了新闻能否写出精彩报道，这也很考验功夫。若论先天条件，部队一百个官兵中难有一个适合搞新闻报道的。然而，我们的众多战友却依靠发挥人民军队强大的政治优势，经过艰苦磨砺，硬是把自己锻造成了优秀的新闻人才，无论在部队还是到了地方，都干得有声有色。我可以毫不夸张地说，这本浓缩了130多位军队优秀新闻骨干奋斗历史的书，无论男女老少，读了都会受到巨大激励，助推人生成功。

这是一部授业的书。书稿的上百位作者，几乎都是从不懂"新闻五个W"干起的。他们一路披荆斩棘冲杀过来，成了新闻宣传的行家里手，在军队和地方书写出华丽篇章，有些人还成为业界名流。这些"真刀真枪杀出来"的"新闻人"，在回忆文章中披露了大量抓新闻、写新闻乃至组织领导新闻宣传工作的技能。通信员后起之秀吕枫在文章中提出的"10个问号""8条建议"，就是"抓新闻"可操作性极强的经验。"久经沙场的战士最懂得战斗"。凡是有志于新闻事业的人们，读了这部书都极可能收到类似"熟读唐诗三百首"的效果。

这是一部传承优良传统的书。书中资料讲明了《战友报》与《人民日报》同源及其发展历程，从中可以领略我党我军新闻工作的好传统。上百位作者的文章，生动记录了北京军区部队几十年的精神风貌和建设、战斗经验，生动展示出了我党我军传统作风的巨大威力。这些对军、地两者承前启后推进事业前进，具有极其宝贵的借鉴作用。

篇幅所限，不能一一列析此书的特色和价值。但我要负责任地对朋友们说：这是上百位军队精英奋斗史的总结，是一部可读性和可操作性极强的好书。认真读它，你就知道什么是军人素质，明白军人为什么能够一往无前和无往不胜，这对你的人生成功大有裨益。

作为曾经的北京军区新闻处长和在《战友报》工作过多年的老同志，在这里我还想和全军区知道我老涂的新闻骨干们说几句"题外话"，与诸君共勉。通过一年来在"战友报缘"微信群里和大家接触，我发现许多同志不仅仅满足于只会搞新闻宣传，而且已经或者正在华丽转身圆文学梦，这完全正确，可喜可贺。但搞文学创作有两点大家务必谨记。首先是，切忌把追求作品数量摆在首位。古今中外，没有一个文学名家是靠作品数量支撑的。近些年国内有机构多次选评中华文明史上最佳诗词，无论选10首、20首、30首、40首，古代写诗数量位列三甲的乾隆（存诗4.3万多首）、杨万里（作诗2.5万多首）、陆游（存诗9000多首）都榜上无名，而写诗数量有限、存诗不足200首的陈子昂、马致远、岳飞却很难被落下，选20首他们肯定入围。存诗数量几近整部《全唐诗》（4.8万多首）的乾隆，竟无一首、一句传世的，沦为诗坛千古笑柄。当今的文学创作者，如果已经有了一定名望（比如拥有了省部级以上单位相关机构认证的头衔），还专注于拿"注水肉"作品数量刷存在感，搞自我陶醉，无疑是犯傻，因为你除了自毁形象，还白白浪费了国家有限的资源、挤占弱势文学中青年的生存和发展空间。其次是多读书、多思考。近些年来，我国文学创作"缺少高峰"，根本原因就在于众多作者读书少和缺乏对描写对象的深入思考，写出的东西既无文学美感，又无新意和深度，读着索然无味，读后所获了了。愿有志于文学创作的战友们及其他朋友，认真汲取古人和今人之经验教训，砥砺打造出佳作，成为真正的名家。

2021年8月31日

壮美阴山

在中华大地不计其数的崇山峻岭中，能像阴山那样与民族、国家的兴衰存废息息相关者，屈指可数。故而，远在北部边陲的阴山，历来在国人心目中具有极高的地位。今日国人大凡念过小学者，几乎都学过并且会背诵"敕勒川，阴山下……"（南北朝·《敕勒歌》）和"但使龙城飞将在，不教胡马度阴山"（唐·王昌龄《出塞》）等有关阴山的古诗。

2014年10月和2019年7月，本人累计用一个多月时间，游览了阴山中、南段的昭君墓（青冢）、武当召（汉名广觉寺）、美岱召、百灵庙、岱海旅游度假区、二龙什台国家森林公园、贺龙革命活动旧址、辉腾锡勒草原黄花沟旅游景区、集宁战役纪念馆等名胜景观，并且查阅了有关阴山的资料，进而从历史与现实的高度和深度上，加深了对阴山山脉非凡意义的了解。

（一）

阴山山脉横亘在内蒙古自治区中部及河北省最北部，属东西走向古老断块山，西起阿拉善高原的狼山、乌拉山，中为大青山、灰腾梁山，南为凉城山、桦山，东为锡林郭勒盟的大马群山，长约1000公里（一说1200公里），平均海拔高度在1500～2300米，集宁以东到沽源、张家口一带山势降低到海拔1000～1500米，主峰为内蒙古自治区西北部巴彦淖尔市境内海拔2364米的呼和巴什格。阴山南界在河套平原北侧的大断层崖至大同、阳高、张家口一带盆地、谷地北侧的坝缘山地，北界与内蒙古高原相连；山脉南北宽 50～100 公里，南坡山势陡峭，北坡较为平缓。

　　阴山山脉是中国北部的重要地理、生态分界线。它仿佛一座巨大的天然屏障，同时阻挡了北上的暖湿气流与南下的寒流，使山南山北气候差异显著，是半湿润区与半干旱区、季风区与非季风区、林地与草地、农业区与牧业区的天然分界线。山南山北年降水量相差 70～100 毫米；山南风小而少，年均风速小于 2 米／秒；山北风大而多，年均风速 4～6 米／秒；山南年均温度 5.6～7.9 摄氏度，无霜期 130～160 天；山北年均温度仅 0～4 摄氏度，无霜期 95～110 天。因而，山南为农业区，有耕地、城市、林地，人口相对稠密，是农耕文明在塞北地区的延伸，主要农作物有水稻、小麦、玉米、糜子、谷、莜麦、马铃薯等，尤其东西 500 里长的河套平原为举世闻名的天然粮仓；山北为牧区，遍布草原、荒漠、戈壁，人口稀疏，历来是游牧文化的重要发祥地。山区为农、牧、林交错地区，西段和中段分布着大小不等的山地草场，中部有柞、榆、桦等树种，东段阴坡有森林，生长着白桦、山杨、杜松、侧柏、油松、山柳等树种。条件较好的山间盆地里种植着春小麦、莜麦、马铃薯等作物。有些山间盆地中心积水成湖，较大的有岱海、黄旗海、安固里淖、察汗淖尔等，如镶嵌在地球上的蓝宝石，异常美观。阴山山脉矿产资源丰富，大青山的煤矿、白云鄂博的铁矿和稀土矿，都以品质高、储量大享誉中外。

　　阴山地区历史文化遗产和旅游资源丰富。这里人类活动的历史非常悠久，是内地汉族与北方游牧民族交往的重要场所。早在公元 5 世纪，阴山上的岩画就被北魏地理学家郦道元发现。他在著名的《水经注》中做了详细的记述。我国对阴山岩画的全面考察，是从 20 世纪 80 年代开始的。此后，每年都有许多专家、学者和游人来考察和参观，先后共发现岩画 1 万多幅，最大的面积达 400 平方米。经深入考察发现，阴山岩画在我国已发现的岩画中分布最为广泛、内容最为多样、艺术最为精湛，不仅是中国最大的岩画宝库，同时也是世界上发现最早、最丰富的岩画之一。阴山现存岩画的绝大部分，分布在巴彦淖尔市境内，它们真实、生动地记录了古代北方匈奴、敕勒、柔然、鲜卑、蒙古等游牧民族的生产、生活历史。岩画中数量最大、凿刻最精致的是动物图像，其中有山羊、绵羊、盘羊、羚羊、岩羊、大角鹿、白唇鹿、赤鹿、麋鹿、驼鹿（堪达犴）、狍子、马、骡、驴、驼、牛、野牛、羚牛、狗、龟、野猪、兔、狐狸、蛇、狼、虎、豹等。其中狩猎画面数量可观，是整个岩画中最绚丽的部分。狩猎图表现了各种各样的猎手、武器及狩猎方式，无论独猎或众猎，还是引弓射猎或围捕野兽的场面，都再现了猎手获得猎物的强烈愿望和高超的捕猎技能，也反映出原始人类的文化艺术来源于人类同大自然斗争这一规律。除动物画和狩猎画，放牧画也占有不小比例。它们产生于青铜器时代晚期，并一直延续到元、明、清三代。其内容大体相近，如出牧图、倒场图、一条鞭式和满天星式牧羊图、牧马图等，这些放牧方式，今天在内蒙古草原上仍然比较流行。此外，人物舞蹈、车辆及出行骑士、骑士队列、征战图、穹庐毡帐、人面形、人手足印、兽禽足印、原始数码、图画文字、星图，以及反映原始宗教的神灵图像，在岩画中也占有一定的比例，它们均反映了原始民族和部落的淳朴思想意识和社会生活。除了岩画，阴山上还有为数众多的古迹、草地、湖泊、森林等，都是上佳旅游景观。根据本人的切身体验，延绵千里的阴山腹地和北麓，还是理想的避暑胜地。

阴山历来是我国北方农耕文明与游牧文明进行生死搏击的战场，数千年间烽烟不绝，秦汉与匈奴、隋唐与突厥、北魏与敕勒以及明与蒙古，都曾经在这里长期激烈交锋。古人对阴山的描述，多充满了肃杀气氛，例如"但使龙城飞将在，不教胡马度阴山"，"驱马陟阴山，山高马不前"（晋·陆机《饮马长城窟行》），"单于每近沙场猎，南望阴山哭始回"（唐·李益《拂云堆》），"汉家旌帜满阴山，不遣胡儿匹马还"（唐·戴叔伦《塞上曲》，"少年有胆气，独猎阴山下"（唐·李益《城傍少年》），等等。历史上，为阻止北方游牧民族的侵入，春秋战国时期的赵国，以及后来的秦、汉、北魏，相继在阴山上修筑过 4 道长城。尤其不易的是，春秋时期的赵国虽然国力极其有限，却率先在 2500 多年前筑起了延绵千里的阴山赵长城。与此同时，历朝历代在阴山无数南北走向的谷地通道上，纷纷设置了用于纵深防御的关隘，并且发挥了重要作用。

这些都充分展现出华夏民族维护领土和尊严的坚强意志和磅礴气概。塞内农耕文明与塞外游牧文明在阴山发生激烈碰撞，主要原因是塞北游牧民族频繁南进摄取牧场、粮食、牲畜、木材、盐铁等生活、生产和军事资源引起的争斗。此种情况尤其在蒙古高原气候寒冷、干旱时期草场枯萎，牛羊数量急剧减少，人畜食物短缺，游牧民族必须采取迁徙、掠夺等方式获得生存时，最容易发生。近现代史上，阴山还在中华民族与日寇等外敌的抗争中，显示出巨大的军事战略价值。

涉猎阴山山脉的山山水水和每处人文景观，都使人产生震撼：这道在蒙古高原雨雪风霜中屹立了千百万年的天然屏障和天然宝库，对我国始终起着巨大到无法估量的荫庇和滋养作用。

（二）

我们这次在阴山中游览的每一处景观，都独具特色，堪称名胜。这里且说说岱海、二龙什台国家森林公园和辉腾锡勒草原黄花沟旅游景区的情形。

乌兰察布市凉城县境内的岱海，最早形成于距今约 3000 万年第三纪的地球造山运动，属于典型的内陆咸水构造湖。湖泊呈长椭圆形，处在一个狭长的陷落盆地之中，南有马头山、北有蛮汉山拱卫，东西长约 25

公里，南北宽约 20 公里，湖岸线长度为 61 公里，常用湖泊面积约为 160 平方公里，平均水深 9 米，最大深度 18 米，容积为 9.89 亿立方米，系内蒙古高原上的第三大内陆湖（仅次于呼伦湖、达里诺尔湖）。其水源由周围 20 多条河流和湖内地下水汇聚而成。岱海古称天池，也叫大海，俗称葫芦海（形状像葫芦）。与此同时，它的称呼汉代叫诸闻泽，北魏叫盐池（也称旋鸿池，因鸟得名），宋代叫鸳鸯湖，辽代称奄遏下水，金代叫昂遏下水，元代叫下水，明代复用奄遏下水，清初叫岱嘎淖尔（二岁神马驹）、代哈泊，光绪初年才正式称为岱海。史书记载，岱海四周原为水草丰盛的游牧之地，每到春、夏、秋季，湖岸绿草如茵，牛羊遍地，湖面上鸳鸯戏水，鸿雁成群，堪称塞外明珠，是 4A 级景区的综合性旅游度假区。

岱海的生物由浮游生物、底栖生物、水生维管束植物及鱼、蟹、虾等组成。水生维管束植物有芦苇、荆三棱、蒲草、水葱、菹草、藜草、杏草、睡莲等。在 1954 年未开发利用前岱海仅有几种条鳅，1954 年人工放养了鲤、鲫、鲢、鳙等鱼种，此后又移殖北方的瓦氏雅罗鱼，1970 年至 1979 年间鱼类增加到 27 种，主要鱼类有青鱼、草鱼、鲤鱼、鲢鱼、鲫鱼、银鱼、池沼公鱼、泥鳅，另外还有螃蟹、虾、河蟹等。近些年岱海良种鱼苗繁育基地试养乌鱼、鳜鱼、武昌鱼、青虾等又获得了成功。岱海湖滨，栖息着海鸥、天鹅、鸿雁等珍稀鸟类。

2004 年，北京能源投资（集团）有限公司入驻岱海，先后投资建成岱海温泉酒店、京能岱海旅游度假区、岱海温泉城、岱海文化苑、岱海人家别墅区、岱海滑雪场等旅游接待设施。旅游区水上项目有豪华游艇、敞篷式快艇、摩托艇以及手划船等，乘船徜徉于湖面之上，甚是惬意；陆上项目有草地摩托、真人 CS、骑马等，还有位于岱海湖畔的高尔夫练习场以及拓展训练场，更能让人体验体育休闲的妙处；娱乐宫中有歌舞厅、KTV、健身房、台球厅、射箭馆、棋牌室、游艺厅等设施。

近年来，习近平主席曾先后 3 次做指示要求切实抓好内蒙古呼伦湖、乌梁素海、岱海的生态治理。通过各级积极贯彻落实习近平主席的指示，岱海前几年出现的水量减少、水质变差等问题已经得到有效遏制，生态恢复形势喜人。

2019年盛夏7月，我和老伴儿在岱海旅游度假区逗留10天之久，饱览了那里的绮丽风光。举目望去，湖水碧绿，无边无际，宛若银蛇舞动的河流，又似弧形围筑的水库。平静时宛如一面偌大的镜子，倒映着山色天光。微风吹拂时，碧波荡漾宛如丝龙薄纱轻轻飘动；风声大作时，浪高丈余，仿佛珠光四射的喷泉；遇到强烈的日光，还会出现海市蜃楼！湖外芦苇丛生，杨柳茂密，花团锦簇，绿草如茵。湖内鱼儿畅游，飞鸟掠波，帆船点点，汽艇嘟嘟，机船隆隆，犹如技艺超群的丹青手用浓墨重彩描绘的绝妙风景图。

特别值得一提的是，岱海除了景致好，还是理想的避暑胜地。7月中旬正是全国很多地方闷热难熬的时候，我们住在岱海白天黑夜都非常凉爽，没有丝毫"桑拿天"的感觉，而且部分宾馆标准间每天房费才100多元（从7月下旬开始全国大批家长带学生出发旅游后，会涨到每天二三百元人民币）。

二龙什台国家森林公园位于乌兰察布市凉城县西北部的蛮汉山，距呼和浩特市60余公里。其前身是国有蛮汉山林场，1993年国家林业局批准成立国家森林公园，面积达4万多亩（约27平方公里）。

这里是树的海洋、药的宝库、动物的乐园。山林里生长着云杉、樟子松、油松、落叶松、黄波罗、华山松、白桦、侧柏、黄榆、河柳、五角枫、刺玫、沙棘、胡枝子、绣线菊、山丹丹、芍药、马兰、柴胡等珍贵树种和草本植物，成片的白桦林、山杨树点缀在层层松林中。在原始森林的各个角落里还生长着山杏、山榆、山樱桃、山楂、沙棘等野生果树，以及50多种灌木，层峦叠翠，花繁叶茂，错落有致。举目环视，崇山峻岭翁郁苍翠，碧入云端。这4万亩的原始和天然次生林对于保持水土、涵养水源、调节气候起到了独特作用，具有重要的生态价值。这里是内蒙古地区的药用植物王国，甘草、地龙、黄芪、芍药、秦艽、黄连、远志、狼毒、百部、青风藤、追风草、金莲花等草药，随处可见。这儿还是野生动物生息繁衍的乐土，狍、獾、狐狸、刺猬、野兔、野鸡、石鸡、鹌鹑、猫头鹰、老鹰等出没在林间。

二龙什台有金鸡峰、神女峰、骆驼峰、宝剑锋、洞阳坡、佛爷洞（万年冰窖）、大窑文化遗址、老虎山遗址（原始社会龙山文化早期重要遗迹）、义和团红灯照活动遗址、蛮汉山抗日游击区遗址、贺龙革命活动旧址等著名景观，可使游客大饱眼福。

2019年7月19日，我们沿着景区盘山公路向上攀行，先后游览了曲径通幽、龙溪潭、佛爷洞、神女峰、骆驼峰等景观，每一处都令人称奇叫绝，眼界大开。尤为甚者，举目四眺，天蓝地碧，林海茫茫，远黛近翠，树奇花异，鹰腾燕舞，鸟唱蝉鸣，凉风习习，林涛沙沙，气清尘绝……临境仙胜，恋不忍归。

内蒙古自治区中部阴山北麓、大青山东段的辉腾锡勒草原，面积达600平方公里，平均海拔在2000米，系第四纪冰川的典型地质遗存，地质构造复杂多元，山林间遍布的火山岩距今已有上亿年历史，属于典型的高山草甸型草原。草原土地肥沃，降雨充沛，夏秋季节水草丰盛，鲜花遍野，牛羊游动，牧歌萦回。这里环境独特，年平均气温7摄氏度，是不可多得的旅游避暑胜地，辉腾锡勒草原连同它腹地的黄花沟，成为中外知名的国家4A级旅游景区。

辉腾锡勒草原上有一处天然历史名胜——高居于阴山之巅的"九十九泉"，当地人称为"草原天镜"。"九十九泉"自古"草木茂盛多禽兽"，历史上屡有北方民族据此而争雄。当能歌善舞的敕勒人赶着高轮大车，从遥远的贝加尔湖迁徙到这一带游牧后，便留下了"敕勒川，阴山下，天似穹庐，笼盖四野。天苍苍，野茫茫，风吹草低见牛羊"的千古绝唱。

"九十九泉"所在地古称"武要北原"，即西汉设置的武要县（县址在今卓资县西北）北边的草原，也叫灰腾梁。"灰腾"是蒙古语寒冷之意，因这里冬季高寒、夏季凉爽而得名。古代北方民族的多位皇帝，都把这里当成他们避暑消夏的好地方。据传，第一个到这里观光的皇帝是北魏开国元勋拓跋珪，最后一个到这里避暑消夏的是一代天骄成吉思汗的三儿子窝阔台，史称元太宗。如今，这里昔日帝王的离宫别墅，成了平民百姓的游览胜地。每逢盛夏，各地的游人纷至沓来，人们沿着通往"九十九泉"的道路上到灰腾梁，驻足于纤尘不染的云海之间，触摸着一望无际的碧野繁花，俯瞰着闪亮如镜的泉池，仿佛是置身仙境之中。

　　从灰腾梁上下来，便是举世闻名的黄花沟风景区。黄花沟是一道蜿蜒的山谷，长达10多公里，深约300米，沟两侧山势险峻，奇峰突兀，曲径通幽。夏秋时节，沟内遍地的黄花与淡蓝的胡麻、洁白的百合、嫩粉色的五彩石竹、黄灿灿的金莲花、红艳艳的野生山丹丹花等上百种鲜花争奇斗艳。沟谷两侧山上，遍布葱郁苍翠的柽柳林、白桦林等5000余亩（3.4平方公里）茂密珍稀森林。林间富有弹性的绿色草坪上，白蘑菇、黄花、百合花点缀其间。遍地奇花异草、漫山葱郁丛林，以及草原村落的成片油菜田、向日葵海，一同构成了塞外"神奇百花园"黄花沟。

　　黄花沟的景观除了满地是"百花园"，还有两侧山上的"神葱岭""双驼峰""卧龙峰""佛手山""神龟岭""挂瀑崖""仙人洞""三叠泉""一镜天""木鱼台"等天然景观，让游客在惊叹大自然的鬼斧神工之余，还能聆听到有关它们的一个个动人心弦的故事。

　　辉腾锡勒草原不仅海拔高，而且是阴山的主要风口之一，风力资源非常丰富。这里自1996年开始建风电厂，如今已具备相当规模，装机容量远期规划100万千瓦，将成为亚洲最大的风力发电厂。

　　辉腾锡勒黄花沟生态公园自20世纪80年代开办旅游业以来，每年中外游客络绎不绝，仅近年来就接待过30多个国家和地区的游客达100

万人次。

盛夏7月，我们一行6人或坐区间小火车，或乘索道缆车，或乘驼拉马车，或步行，相继游览了辉腾锡勒草原、灰腾梁山脉和黄花沟的核心景观，所到之处绿草如茵，流水潺潺，鹰翔燕舞，鸟语花香。我们拍摄了大量美丽的图片，接受了蒙古族服务员赠送的哈达，还享用了手扒肉等美食。徜徉神奇草原，领略旖旎风光，体味真朴情愫，令人甚是心旷神怡，感慨万端。

（三）

几千年来，华夏子孙前赴后继殊死搏击，"不教胡马度阴山""不教洋马度阴山"，演绎出了一幕幕威武雄壮的活剧。

唐朝初年消灭东突厥的阴山之战，其故事至今读来仍然动人心魄。突厥在历史上活跃于蒙古高原和中亚地区，是中国西北与北方草原地区继匈奴、鲜卑、柔然之后又一个强大的游牧民族。北齐后主天统三年（567年），突厥汗国在隋文帝杨坚的策动下分裂成东突厥、西突厥两部，东、西突厥大体上以金山（今阿尔泰山脉）为界，划分汗国原来的疆域。此后随着两国势力的消长，所辖范围时有伸缩。东突厥汗国强盛时期，势力范围囊括阿尔泰山到大兴安岭之间的整个蒙古高原及贝加尔湖地区，面积达300余万平方公里。雄踞欧亚大草原的东突厥汗国，趁隋末民变不断威胁中原，甚至迫使刚刚建立的唐朝向其称臣纳贡，并在626年险些攻入唐都长安。后唐太宗亲临前线周旋，与其结"渭水之盟"，方解长安之危。就在"渭水之盟"发生的第二年（627年），突厥北方的薛延陀人独立建国，一举占据了几乎整个漠北地区，东突厥遇到了前所未有的危机。唐朝伺机终止向突厥纳贡，并发动了第二次唐朝—突厥战争。突厥颉利可汗率兵在定襄和白道（今内蒙古呼和浩特市西北，为古代穿越阴山南北的主要通道之一）阻止唐朝北进失败后，决定采用缓兵之计，假装向唐朝求和，准备恢复实力之后东山再起。唐朝接受了突厥的请求，并派遣使者唐俭前去和谈。但是，正在扼守阴山白道的唐朝大将李靖认为，突厥颉利可汗的军队依然很庞大，如果不趁前两次战役胜利之势将其彻底消灭，势必放虎归山，待其北归养精蓄锐之后，胜负就很难预料了。因而，即使遭到副将张公谨强烈反对，李靖依然决定出兵。随即，这场决定唐朝是否能够真正称霸天下的世纪决战，就此拉开序幕。

李靖亲率 1 万名精锐骑兵，只带 20 天的粮草，趁着夜色出发，向颉利可汗所在的阴山营地（今包头市白云鄂博）进军。另派部将李勣向戈壁沙漠进军，以堵截突厥退路。李靖率部到达阴山后，首先遇到突厥的 1000 多顶帐篷，迅速将其摧毁并俘获里面的全部人员。随后，他命骁将苏定方率领 200 骑兵为前锋，趁雾色向颉利可汗的牙帐前进。颉利可汗因唐朝已派遣使者前来谈判，放松了警惕。苏定方他们奔袭到距颉利可汗大帐只有 7 里远时，才被突厥军队发现。此时，颉利可汗已经没有时间组织军队抵抗，苏定方大获全胜。李靖率领大军随后赶到，突厥溃不成军，唐俭获救生还。颉利可汗率万余残兵向北方逃窜，被李勣军队堵截；他转而向吐谷浑汗国方向西逃，剩余残兵皆被李勣俘虏。李靖获得阴山之战决定性胜利后一个多月，西逃的颉利可汗在灵州北部被唐将张宝相俘虏，押解到长安。是役突厥军队 1 万多人被杀、十几万人和数十万牲畜被俘获。此后，剩余的突厥东部部落皆向唐朝投降，并尊唐太宗李世民为"天可汗"。不可一世的东突厥就此消亡，漠南地区就此纳入大唐版图。也是在这一年（630 年），原臣服于突厥的伊吾归顺唐朝，北方的契丹、奚、霫和室韦等国纷纷向唐朝进贡示好，日本也第一次遣使入唐。657 年，唐朝趁西突厥严重内乱，派大将苏定方等征讨西域，俘获西突厥可汗阿史那贺鲁，西突厥遂告灭亡。部分西突厥部落因不服唐朝管制，举族西迁，尔后他们及其后裔继续活跃于西亚历史舞台上。

抗日战争时期，国共两党的军队都曾依托阴山作战歼敌，国民党军名将马占山就曾与日寇血战阴山。八路军的大青山抗日游击队，更是驰名中外，功垂青史。大青山东西绵延300多公里，南北宽50多公里，平绥铁路从其南麓通过，连接归绥（今呼和浩特）、包头、集宁3个重镇，是日军侵华的重要交通枢纽。大青山还是通往大西北和陕甘宁边区的北部门户，又靠近晋西北抗日根据地，地位甚为重要。1938年夏天，第120师贺龙、关向应等领导同志，根据毛泽东致电关于"在平绥路以北沿大青山建立游击根据地甚关重要请你们迅即考虑此事"的指示，以及八路军领导人朱德、彭德怀的提议，决定组建大青山抗日游击支队，任命该师第358旅副旅长李井泉为支队司令员兼政委、第358旅参谋长姚喆为支队参谋长，支队主要武装是王尚荣、朱辉照率领的第358旅第715团和师直属的一个骑兵连。1938年9月下旬，李井泉率领第120师大青山支队共2300余人，由晋北进入绥远，在凉城地区留下一个营依托蛮汉山建立绥南根据地，以保障晋西北与大青山区的联系，主力则跨越平绥路抵达归绥、武川、陶林、集宁地域，开辟绥中根据地。

为了便于在崎岖山地和辽阔草原机动作战，1938年11月根据党中央指示，在通过缴获、募捐等方式获得大批战马后，快速组建了大青山骑兵支队，李井泉任司令员，姚喆任副司令员。随后整个大青山支队全部改为骑兵部队。

挺进大青山地区一年，大青山支队共进行大小战斗百余次，粉碎敌人15次大规模"扫荡"和围攻，消灭日军1000多人，缴获各种枪支500多支，成功地把敌人挤了出去，开辟了大青山抗日根据地，以铁的事实粉碎了日军不可战胜的神话。

1940年1月，在大青山根据地形势相对稳定后，李井泉奉调回晋西北工作，姚喆接任骑兵支队司令员。阎锡山发动"晋西事变"，国民党绥远"民众抗日自卫军"也同日寇勾结，在大青山频频制造事端，枪杀中共地方工作人员。为了反击顽固派的摩擦，姚喆集中兵力，一举歼灭了"民众抗日自卫军"总部及其主力，俘敌 2000 余名，缴枪 1000 余支。接着，又在绥中和绥西粉碎了顽军的反扑，消灭、俘虏了一部。由此，大青山抗日根据地得到进一步巩固，骑兵支队也从 3 个营发展为 3 个骑兵团。1940 年 8 月，根据上级指示，姚喆在武川县西梁村主持召开了绥远各族各界各抗日民主党派的代表会议，成立了"绥察行政办事处"，制定了《绥察行政公署施政纲领》，成立了绥西、绥中、绥南 3 个专署，建立了 9 个县的抗日民主政权，并派出一批干部组团到绥东开展工作。从1941 年春到 1943 年夏，日寇对大青山根据地进行了规模更大的"扫荡"。姚喆领导大青山军民进行了上百次战斗，给敌人以沉重打击，有效地配合了中国军民在华北、西北抗日战场的行动。

新中国成立后，我军奋力续写着扼守阴山巩固国防新篇章。集宁地处阴山北麓，不仅地势高（有"内蒙古高地"之称），还是阴山的一个大风口，当时那里冬季气温常在零下三四十摄氏度，而且几乎天天都刮四五级以上的"白毛风"（人呼出的热气遇到寒风使眉毛结霜变白），割脸刺骨。驻守此地的官兵，即便在如此艰苦的条件下，也昼夜不停地在集宁西边脑包山一带开山凿洞，赶修阴山防御工事。由于山上冻土层厚达数米，加之岩石坚硬，官兵施工时常常是使劲一镐挖下去地上只起个白点，每个人手都被冻伤、虎口都被震裂，但谁都不叫苦叫难。前指就我一个人进行新闻报道，为了宣传紧急战备中官兵们的英雄事迹，我大多数时间都蹲在集宁西边群山中官兵施工的坑道、炕头进行采访和赶写稿件，晚上常常和师、团机关人员同睡一铺炕。我在内蒙古前指的工作是头年 9 月底去第二年 3 月结束，正赶上那里最寒冷的时候。那几个月中，我虽然经常顶着风雪下部队甚至转山头去采访，但从未害怕过苦和累，而且完成任务出色，受到领导和部队官兵的热情称赞。1978 年八一建军节前我被上调到新华社北京军区分社当军事记者（兼任《人民日报》

驻北京军区军事记者），第一次下部队采访，就去了驻集宁西边群山中的陆军某部一炮连。该连在被称为"无花只有寒"的阴山上用塑料大棚种植蔬菜取得成功，实现了全年蔬菜自给有余，为我国"三北"（东北、华北、西北）地区部队解决吃菜大难题蹚出了路子，成为北京军区和全军后勤战线的一面旗帜。我在一炮连整整待了8天，和连里官兵同吃同住同下地栽菜苗，八一建军节都是在连里过的。由于连队事迹过硬，加之我采访深入细致，很快就和名记者闫吾老前辈合作写出长篇通讯《报春花开笑阴山》，被《人民日报》等报刊登载后，受到广泛好评。这是我在新华社、《人民日报》军事记者生涯中采写的第一篇稿件，竟然"一炮打响"，很值得庆幸。后来，我又多次到达阴山各地军营，采写了多篇消息、通讯和"内参"，反映守军将士戍边功绩和精神风貌，为守卫阴山、强边固防，尽了一名军事新闻记者的神圣职责。

※　　　※

掐指算来，2019年正值本人接触阴山的第50个年头。在过往的50年里，我为宣传守护阴山的军民没少跑腿儿，没惜过力，按说面对阴山我可以心安理得了。然而，这次比较深入地接触阴山，尤其是撰写本文时，我的内心却产生了一种强烈的负疚感：阴山山脉的每一座山、每一处水、每一条深沟大谷、每一片森林草地，都有着充满传奇的前世今生，都是我们的先辈、先烈们洒血拼命争得并守住的，阴山是我们中华民族和国家的一条重要生命线、发达线，而我们过去对其了解、宣传乃至保护却很不够。我甚至无数次地遐想：如果让我年轻十几二十岁，重新回到新闻记者岗位，我一定要不惜代价把阴山古往今来方方面面的情况摸透，然后写一本厚厚的书，馈赠今人后世，让子孙后代永远记住并珍爱阴山，让他们记住无论遇到任何情况，都绝不可把维系我们民族和国家兴亡的阴山弄丢了！

2019年9月1日

"铁军"征战记

1968 年春天,本人高中毕业后有幸从巴蜀大地来到河北石家庄,成为英雄 63 军的一员。此后在长达 10 年的时间里,我一直在 63 军生活、工作和锻炼成长。后来上调北京军区机关担任新华社、《人民日报》、中央人民广播电台军事记者和军区新闻处长等职,其间我仍旧随时关注 63 军的历史和现状。在长达半个多世纪的时间里,我无数遍翻阅《63 军军史》,无数次采访曾经或者正在 63 军各级岗位工作的老红军、老八路、老解放、入朝参战官兵和后来参军的指战员。在长时间近距离的接触中,63 军给我的印象极为深刻:其官兵特别聪明能干,特别能吃苦耐劳,特别能打硬仗恶仗,部队历史异常光彩夺目。

之一:冀中铁血摇篮

63 军诞生在抗日烽火中的冀中平原。在那别具一格的铁血摇篮里成长起来的这支野战军,铸就了特色鲜明的战斗品格。

冀中平原位于河北省中部,域内及周围有平津、平汉、津浦、石德 4 条铁路和北平、天津、石家庄、保定等中心城市。这里人口稠密,土地肥沃,盛产粮棉,素有"华北粮仓"之称,日寇早已对其垂涎三尺。1937 年 7 月 7 日卢沟桥事变发生之后,日寇的侵略铁蹄迅速踏向辽阔的冀中大地,企图把那里变为"大东亚战争的基地""后方中的后方"。基于冀中平原的重要战略地位,党中央决定派遣得力干部前去开辟抗日根据地。毛泽东亲自挑选红军团长、抗大学员孟庆山带人回冀中（孟庆山是冀中蠡县人）领导民众抗日。

1937 年 8 月，孟庆山他们辗转来到保定（当时河北省省府所在地），向党的河北省委和保定特委领导同志传达了党中央关于建立冀中抗日根据地的指示，并被委任为省委军事委员会主席。当年 12 月，孟庆山等人领导的河北抗日游击军就发展到了 3 个师、12 个路、1 个独立团、3 个直属团，共计 6.7 万人。

1938 年 4 月，为适应抗战形势的需要，孟庆山领导的河北抗日游击军与吕正操领导的人民自卫军［奉命南撤的东北军 691 团在冀中晋县（今河北省晋州市）脱离国民党领导所建立的抗日武装］合编为八路军第 3 纵队（后来的陆军第 63 军）兼冀中军区，吕正操任司令员，王平任政治委员，孟庆山任副司令员。

在平原地区打游击，最大的难题是不能像山区那样有地形优势可以利用。如此一来，我军的劣势暴露无遗，解决"藏"和"打"的问题异常困难。尤其是冬天，没了"青纱帐"，四野光秃秃，加之四处鬼子碉堡林立、巡逻和运输通道纵横交错，并且不断搞"铁壁合围""梳篦清剿"，抗日人员很难找到地方消灭敌人和保存自己，而敌人兵力和武器装备上的优势，在这种环境条件下却容易得到发挥。有人说："当年冀中抗日军民所处的环境条件，艰苦程度仅次于东北抗联！"此话一点不假。然而，中国共产党领导的冀中抗日军民，凭着惊天地泣鬼神的坚强意志和无穷智慧，硬是在日本法西斯的铁蹄下创造了生存、抗争和由弱变强获取最后胜利的奇迹。当年的八路军第 3 纵队兼冀中军区和当地党组织带领冀中民众所创造的地道战、地雷战、破袭战、麻雀战等奇妙战法，以及麾下的平原游击队、敌后武工队、水上雁翎队、回民支队等抗日队伍，都书写出了充满智慧、名扬青史的光辉篇章。

当年威震敌胆的地道战，主要开创者为八路军第 3 纵队兼冀中军区、冀中党组织与民众。他们受在野外挖洞藏身的启发，起初在院里挖洞藏东西，后来发展到藏人。所挖地道一般宽 2 米、高 1.5 米，顶部土厚 2 米以上。为使敌人不易发现地道洞口，除对群众进行必要的保密教育外，还用墙壁、锅台、水井、土炕等做掩护把洞口巧妙地隐蔽起来；为使敌人不敢进入洞内，在洞口修筑陷阱，埋设地雷，插上尖刀，或者在洞内挖掘纵横交错的"棋盘路"；为了防止敌人用水、火、毒破坏地道，在洞内设有卡口、活动翻板和防毒、防水门，或者将地道挖得忽高忽低、忽粗忽细，并且设有直通村外的突围通道；地道内还有瞭望孔、射击孔、通气孔、指路牌、水井、储粮室等一应避险、生活和作战设施。地道构造经过不断改进和完善，不仅实现了户户相通、村村相连，而且成了既能隐蔽、生活、转移、防火、防水、防毒等，又便于依托作战的地下网络，成为长期坚持冀中平原抗日斗争的进可攻、防可守、退可走的坚强堡垒。1945 年春天，盟军观察员艾斯·杜伦上尉从延安来到冀中考察中国抗日情况，他对当地抗日军民用于作战的地道兴趣极大，多次提出要到 9 分区的地道里体验一番。八路军第 3 纵队司令员兼冀中军区司令员杨成武考虑到 9 分区靠近平汉线，敌人据点多，怕不安全，劝他别去。但杜伦坚持要去，还说："美国人从祖宗开始就喜欢冒险，我是美军军官更应该勇敢！"于是，1 月 15 日杜伦在冀中军区作战科干部及两位警卫员的护送下，来到了 9 分区新驻地——任丘县（今任丘市）边关村。负责接待杜伦的，是 9 分区司令员魏洪亮（兼第 3 纵队 8 旅旅长）等官员。日军很快获取了盟军观察员到达 9 分区的情报，2000 多人突然奔袭 9 分区司令部驻地边关村。分区机关全体人员趁夜色转移到附近的皮里村。次日拂晓，六七百日军把皮里村团团围住，附近一些据点的敌人也陆续赶来助阵。天大亮后，邻县任丘、高阳的鬼子也赶来了，一共 2000 多敌人把皮里村围得水泄不通。鬼子的骑兵反复围着村子打转，步兵占据了街中心，激烈的战斗首先在一些院子的房顶上打响，不断有鬼子连人带枪从房上滚下来。魏司令员让分区一位参谋把杜伦带到多处瞭望孔前（人在村里纵横交错的地道里可以自由走动），观看村里村外的日本鬼子被八路军和老百姓采用各种巧妙办法消灭的精彩场景。杜伦兴奋地大叫："太好了！太好了！" 2000多日军在皮里村折腾了一整天，自己伤亡大几百，却没有见到美国人和八路军的影子，最终在八路军和附近几个县游击队的痛击下，只有一小股残敌逃回了据点。而八路军和群众只伤亡一老一小（村民卢大娘被打伤、魏司令员的小儿子被憋死）。美军上尉杜伦亲眼见证了这场举世罕见的战斗，他惊呼："冀中的地道是万能的！中国胜利是没有疑问的！"据当时统计，到1944年冬，冀中共挖地道1.25万公里，分布范围北起北平南郊，西到河北省保定中部偏南，东到沧州以西廊坊偏南，南至石家庄北部及衡水中北部地区，覆盖以保定中东部为中心方圆直径130公里（面积1.6万多平方公里）范围内的8000多个村庄，为当年冀中军民的生存和坚持抗日并且取得最后胜利做出了不可磨灭的贡献，也创造了世界军事史上的一个奇迹。

在华北平原上，有一条由西端的白洋淀、中部的大清河及其东端的文安洼、东淀苇塘一线贯穿的水上交通动脉。战时谁控制了这条天津至保定的交通大动脉，谁就在很大程度上掌握了辽阔冀中平原的经济命脉和军事主动权。日寇侵略铁蹄自踏入冀中平原开始，就拼命争夺这条水上交通干线：抢占沿河沿湖县城，建立据点，组织伪政权和水上包运警备队，并对白洋淀、大清河两岸、文安洼、东淀苇塘进行频繁"扫荡"，出动兵力有时多达上万。1938年夏天，八路军第3纵队兼冀中军区与中共安新县党组织动员白洋淀一带水区猎户组织起来，用打大雁和野鸭子的大型猎枪——"大抬杆"等武器抗击日寇。猎人孙革、姜秃、赵保亮、邓如意等近30人带着火枪参军，成立了水上游击队，被单独编成第3区小队的1个班。这些战士为了防止猎枪膛内的火药受潮，经常在火眼上插1支雁翎，于是该班就被称为"雁翎班"。后来"雁翎班"从区小队分

出，单独成立了"雁翎队"。"雁翎队"最后发展到近 200 人，拥有 1 只
4 舱船、28 只排子船，武器仍以"大抬杆"为主。当时，"雁翎队"的成
员时而化装成渔民，巧端敌人岗楼；时而出没在淀内运航线上，截获敌
人的军火物资；时而深入敌人的心脏，除掉通敌的汉奸；时而头顶荷叶，
嘴衔苇管，隐蔽在芦苇丛中，伏击敌人的包运船。有资料显示，"雁翎队"
建立后的 6 年内，先后与日、伪军交战 70 多次，歼敌近 1000 人，自己
只牺牲了 8 人。"雁翎队"的战斗，为冀中抗日根据地的建立和巩固、为
保护人民群众的生命财产和夺取抗日战争的胜利做出了宝贵贡献。"雁翎
队"的出色表现，受到毛泽东、朱德、聂荣臻等党和军队领导人的赞扬。
"雁翎队"的众多成员，后来都是 63 军的战斗骨干，在抗日、解放和朝
鲜战场上大显身手。

在当年的八路军第 3 纵队兼冀中军区中，有一个战功卓著的回民支
队。毛泽东称其为"百战百胜的回民支队"。八路军冀中军区誉其为"无
攻不克，无坚不摧，打不垮，拖不烂的铁军"。民族英雄马本斋，就是这
支队伍的创建者，担任司令员。1901 年，马本斋出生于河北省沧州献县
的一个回族农民家庭。他早年投身奉军，逐级升至团长。1931 年九一八
事变后，他因不满蒋介石的不抵抗政策，毅然弃官返乡。全面抗战爆发
后，马本斋在家乡组织回民义勇队，奋起抗日。1938 年他率队参加八路
军第 3 纵队兼冀中军区，所部成为其回民教导总队，马本斋任总队长。
次年，教导总队改称回民支队，共有 2000 余人，马本斋任司令员。这支
回民抗日队伍自组建以来，在马本斋的率领下纵横驰骋华北平原，上演
了一幕幕威武雄壮的活剧。1940 年夏季，马本斋为配合第 3 纵队开展反
"封锁"战斗，奉命率领支队人马赴深县（今河北省深州市）南部地区活
动。他们在衡水和安家村两个日军据点之间的康庄"引蛇出洞，围点打
援"，一举击毙包括 1 名中队长在内的 60 多名日军，俘获 20 多名伪军，
缴获平射炮 1 门、重机枪 1 挺、轻机枪 3 挺、步枪 60 多支、炮弹 150

发、子弹8000多发，我方无伤亡。没过几天，马本斋又利用康庄作战中缴获的日军军服等标志品，让40多名部下装扮成1队鬼子官兵，赶到深县榆科伪军据点，趁伪军列队欢迎时开枪猛烈扫射，击毙20多人，俘获30多人，缴获步枪50多支，自己无损失。康庄战斗的胜利，受到晋察冀军区司令员聂荣臻的高度赞扬，军区赠送回民支队一面书有"能征善战的回民支队"9个大字的锦旗。不久，毛泽东又题写了"百战百胜的回民支队"。抗日军政大学还把康庄战例编为教材。马本斋作战勇猛，身先士卒，在回民支队和广大群众中有很高威望。1938年10月，他光荣地加入了中国共产党。由于长期的艰苦作战，马本斋身体病弱，于1944年2月7日在山东莘县病逝，享年43岁。延安各界为马本斋举行了追悼大会，毛泽东、朱德、周恩来、叶剑英、林伯渠、李富春等题写挽词。毛泽东的挽词："马本斋同志不死。"朱德的挽词："壮志难移回汉各族模范，大节不死母子两代英雄。"从1937年至1944年，马本斋率部经历大小战斗870余次，歼灭日、伪军3.6万余人，打得敌人闻风丧胆，是中国抗日战场上的一杆高高飘扬的英雄旗帜。

在绝对无险可依的上万平方公里大平原上，冀中军民运用自己创造的平原游击战、地道战等别具一格的战法抗击优势敌人，与其相持六七年之久，最终取得胜利。这在古今中外，恐怕都是独一无二的创举和奇迹。他们创造的这些在大平原上有效保存自己、消灭侵略者的妙招儿，无疑是世界宝贵的历史文化和军事遗产。

之二：驰骋华北西北

1945年8月15日日本宣布投降后，欢庆胜利的锣鼓还在人们耳边回响，神州大地又传来国民党反动集团挑起内战的隆隆炮声。蒋介石迫不及待地把大批国民党军从西南、西北、华中、华南调往华北、东北等战场，疯狂抢占地盘。

面对山雨欲来风满楼的严峻局势，1945年9月中共中央发出了"将我军大部迅速集中，脱离游击状态，组织超越地方性的正规兵团"的指示，八路军第3纵队兼冀中军区奉命改编成野战纵队，先后在杨成武、李志民、郑维山、胡耀邦等率领下驰骋华北、西北解放战场，所向无敌，无坚不摧。

1947年11月初，全国解放战场的首例大城市攻坚战，在石家庄打响。晋察冀野战军第3纵队为主攻之一。石家庄又称石门，位于石德（石家庄—德州）、平汉（北平—汉口）、正太（正定—太原）三条铁路线交会处，是华北战略要地。国民党军在原侵华日军构筑的工事基础上，经连年加修，至1947年冬已构成完备的环形防御体系。大小6000多个碉堡分布在主要街道和路口；从市郊到市中心，3道防线俨然3道城墙。第一道宽为8米、深6米的外市沟，其周长30公里，沟外沿有铁丝网和地雷区，沟内沿有碉堡1000多个，还有电网。第二道为宽和深均5米的内市沟，其周长18公里，沟内布满尖木桩，沟外有铁丝网、挂雷，沟沿有比外市沟更稠密的高碉、低碉、伏碉和野战工事。第三道防线是依托市区中心的大石桥、火车站、正太饭店、发电站等主要建筑物构筑的核心工事。内、外市沟间的环形铁路有6辆铁甲车日夜巡逻，并配有1个坦克连，可以随时机动作战；内、外市沟之间各村庄也修有坚固工事，成为作战支撑点。市东北有制高点云盘山做依托；西北有军用飞机场便于空中支援。石家庄守军为国民党第3军第32师及2个保安团和附近19个县的保安大队，总兵力2.4万余人。守军司令为国民党军第32师师长刘英。战前刘英向蒋介石吹牛说："凭借石家庄的工事，国军可以坚守3年……"针对守敌布防特点，战前我各部队有针对性地训练了破敌战法。6日拂晓，我军向敌发起全线攻击。担任主攻的晋察冀野战军第3、第4纵队分别由西南和东北方向朝市内对打。为突破敌人的坚固防线，第3

纵队官兵同守敌展开了意志和智慧大比拼并取得完胜。全线攻击战打响当日，他们就拔掉了敌西郊、南郊外围据点。为突破通往市中心的敌人3道"钢铁防线"，他们在成千上万民兵、工兵的支援下，利用夜暗在开阔的攻击前进地带挖满纵横交错的交通壕，每个团都挖了不下3条直抵敌人"鼻子底下"的壕沟，把我军的人员和武器弹药全部藏入其中，进攻时隐蔽接敌，使敌军的飞机和大炮威力大减；为突破敌两道"市沟"防线，他们除用大炮轰，还通过抵近的交通壕埋炸药爆破。攻"内市沟"防线时，有个炸点埋药2000公斤，引爆响声震天撼地，数十米宽的防线瞬间被夷为平地，吓得敌守军魂飞魄散，我尖刀部队趁势突向敌纵深。我进攻部队从敌人手中夺得每一寸阵地，都要经过血腥战斗。第3纵队8旅23团（后来的63军188师563团）4连在连长张鸿（老"雁翎队"队员）的带领下突破"内市沟"防线后，遭到守敌猛烈反扑，阵地几易其手才得以巩固，连队120多人拼到只剩30余人。两道"市沟"防线被突破后，残敌躲进市中心区的众多建筑物和防御工事负隅顽抗，我第3纵队官兵纷纷在清歼残敌的街巷战中大显身手。23团2连班长梁振江带领几名战士机智和敌人周旋，先后俘获500多人，还缴获大炮4门、坦克4辆、汽车28辆、机枪11挺、步枪400多支、手枪4支。以鲜艳的红旗高高飘扬在守军指挥部所在的正太饭店楼顶为标志，激战6天6夜的石门战役以我军全歼国民党军2.4万余人宣告结束。在此次战役中，晋察冀野战军第3纵队表现异常突出，受到聂荣臻等首长及野战军领导的高度赞扬。

山西省会太原位于晋中平原北部。东依罕山，西靠汾河，南为平川，北面地形起伏。军阀阎锡山在这里统治了40年之久。经他与日寇的长期经营，太原城防工事坚固性全国首屈一指。太原城防以市区为中心，以城郊的双塔寺、卧虎山、剪子湾、钢铁厂等"要塞"为主要支撑点，环城筑有5000多个碉堡，并辅以铁丝网、地雷、鹿寨等障碍物，形成了多侧面、大纵深、鳞次交织的集团防御体系。阎锡山还叫喊："要把每一个阵地修筑成能经得起一万发炮弹的永久性工事！"太原守军被编为"铁血师""神勇师""忠贞师"等；全城男女老少按年龄编为甲级参战队、乙级参战队、老年助战队、少年助战队、儿童助战队。阎锡山还发出手令："以城复省，以省复国。战场倡议投降者杀、无命令退却者杀、主动放弃阵地者杀！"以两名日军战犯为首的千余日军，也被列入守城部队序列。守城国民党军达6个军17个师，加上保安团、民卫军，总兵力近10万人。1949年4月20日，由徐向前、周士第、杨得志、罗瑞卿、杨成武、李天焕、陈漫远、胡耀邦组成太原前线总前委（后彭德怀前来协助指挥）率领华北军区第18、19、20兵团和第一野战军第7军等40万人马，向太原外围发起总攻，打响了解放华北的最后一仗。参战的华北野战军第19兵团第3纵队于1949年1月31日奉命改称为第63军，所属7、8、9旅改为187、188、189师（仍属第19兵团建制）。

太原的双塔寺，因寺院中有两座高耸的古塔而得名，是城东南的主要防御屏障。院中设有敌东南防区指挥部，古塔内设有敌炮兵观察所。守敌以双塔寺为核心，在四周数百米纵深地域内以林立碉堡为支撑点构筑了堑壕，辅以地雷、铁丝网、鹿寨等构成三道防御工事，还配有4个炮兵阵地。守敌为43军军部和3个团共计4400余人，总指挥为43军中将军长刘效曾。攻占双塔寺的任务，由63军承担。冲锋号吹响后，187师559团引爆事先埋在敌阵地前沿的炸药包，率先从东南角攻入；560团用迫击炮送出炸药包摧毁敌梅花碉堡，随后与559团冲向敌核心阵地。187师在双塔寺东、西方向的攻击吸引敌人火力，189师乘机攻占了塔西、南两面的敌阵地。而后，该师565团、566团猛插敌纵深，一路冲杀直至捣毁敌指挥部。63军攻克双塔寺要塞，毙敌575人、俘敌军长以下官兵3900余人，在太原战役中立了头功。

太原城垣南偏东的首义门，由3座城门组成，中为首义门，东为复兴门，西为胜利门，三门紧依，门两旁有 6 个大碉堡，正面城墙有 8 个突出部，筑有近百个堡垒。高 12 米、宽 8 米的城墙，上下设有 7 层工事，各种火力点、射孔 150 余处，守敌配有机关炮、重型迫击炮和火焰喷射器。1949 年 4 月 24 日凌晨解放太原城区总攻开始。63 军 188 师奉命向首义门发起攻击。所属 563 团突击 1 连在我军炮火烟幕中抬着 180 公斤重的云梯，直奔首义门。战斗组长刘庚武高举红旗，冒着弹雨从首义门以西被我军炮火摧塌的城墙缺口，像猛虎一般蹿了上去，将红旗插上了城头。与此同时，右侧的 562 团尖刀 6 连机枪手李清云，也借助云梯上的人梯跃上城墙垛口，把红旗插上了城头。两个尖刀连登上城墙后，迅速扩大、巩固战果。尖刀 1 连英勇抗击，打退敌人 14 次疯狂反扑，巩固了突破口。63 军主力全部登城，攻占敌掩体和暗堡百余处，占领首义门后又迅速向敌纵深的复兴门、胜利门……插去。63 军占领首义门后，兄弟部队也从城东、城西、城北攻入城内。63 军一马当先，各路大军猛打猛冲直逼伪省府。太原守备司令王靖国命令护府的 3 辆坦克冲出去做最后的挣扎，但被冲在最前面的 63 军 563 团 3 连俘虏后掉转炮口直捣伪省府。敌坦克插上我军红旗开足马力撞开伪省府大门，63 军官兵蜂拥而入。号称"固若金汤"的太原城，在解放军发起总攻后 4 个小时就土崩瓦解。太原战役中，63 军独立歼敌 1.3 万余人，涌现了"攻克要塞开路先锋连""立功太原连""猛夺首义门连""猛虎连"等一大批英雄集体和个人，受到战役指挥员彭德怀、徐向前、杨得志等人的高度赞扬。

太原战役结束后，63 军又奉命开赴千里之外的解放大西北战场，充当攻城拔寨先锋。甘肃省会兰州是西北第二大城市，也是国民党西北军政长官公署所在地，为西北政治、军事、文化中心，还是扼制青海、宁夏及河西走廊的咽喉，历来为兵家必争之地。该城北临黄河，南靠群山，地势险要，易守难攻；南山环抱城垣，并有多年修筑的永备工事，通向城内的环山公路与各主要阵地相连接，构成了完备的防御体系。马步芳鉴于兰州决战的胜负是其存亡的关键，遂以国民党军秦陇兵团第82、第129军和2个骑兵师、3个保安团等约5万人防守兰州。

兰州城东门外的窦家山，海拔2000多米，山势陡峭，易守难攻。抗日战争时期，国民党军在那里修筑了大量永久性防御工事。解放战争开始后，敌人在加固原有工事的同时，又在山前修了两道外壕，将山腰斜坡削成两道8米高的垂直峭壁。外壕与峭壁之间以及纵深各制高点之间，布满碉堡、地堡、地雷、铁丝网和掩盖式交通壕，还埋有随时可以引爆的重磅炸弹。守军则是马步芳的两个"王牌团"，其官兵经过长期邪教思想灌输号称"刀枪不入"。在敌兰州城整个防线中，窦家山最难突破。彭德怀总司令指令第19兵团，把攻占兰州东大门窦家山的艰巨任务，交给了善于打硬仗、恶仗的63军。63军根据彭总和兵团首长的建议，由189师担任主攻。在野司统一号令下解放兰州总攻开始后，我炮兵以红旗为标志为进攻尖刀连——189师566团红1连开路，仅用15分钟就从守敌两个团之间的接合部突入其1号阵地，随即一阵猛冲攻下敌3个碉堡。敌防线被打开突破口之后，紧跟在红1连后面的我1营另外两个连队也快速突入。我3个连并肩冲杀，巩固了1号阵地，并迅速向敌2号阵地发起进攻。与此同时，担任后右翼突破任务的189师565团尖刀连7连，在炮火的掩护下奋勇爬过了300米长的50度陡坡，并且登上了令人生畏的峭壁。他们一路冲锋，用仇恨的子弹击溃顽敌，用手雷炸掉敌人的碉堡，终于占领了3号阵地。马匪军岂能甘心失败？我军每前进一步都会遭到疯狂抵抗和反扑，都会付出巨大代价。我军占领1、2、3号阵地之后，敌人先后发起6次大的集团反冲击和无数次小反扑，我军100多人的7连拼到还剩二十几人，但官兵没有1个孬包，连长贾树清始终冲在队伍最前面，有的战士短兵相接1人刺死3个强悍马匪。敌人的十几号主阵地接连丢失后，反扑更加疯狂，有时向我军发起反冲击的光膀子大刀队亡命徒人数多达1个团。在各级首长的英明指挥下，经过6小时血战，我军的鲜艳红旗终于高高飘扬在了窦家山山顶。63 军的第 187、188 师，在兰州战役中同样表现神勇。东郊的战略高地十里山是前者攻占的，守敌的逃跑大通道黄河大铁桥是后者夺取的。在各部队共同努力下，我军历史上又一例大城市攻坚战宣告胜利。敌我激战过程中，彭德怀总司令不时举起望远镜观看战场情形，一再称赞："63 军打得好！立大功了！"

在短短几年的解放战争中，63 军纵横华北，驰骋西北，转战数千里，先后参加了大同、张家口、青沧、保北、清风店、察南、冀东阻击、出击平汉线、进击正太线、解放石家庄、会攻太原、攻打扶眉、陇东追击、攻占兰州、解放宁夏等 24 个著名战役，为中华人民共和国的诞生建立了不朽功勋。

之三：扬威朝鲜战场

1951 年 5 月下旬至 6 月初的十几天里，中国人民志愿军司令部的人们经常看到彭德怀元帅举着望远镜，向近百里外的铁原战场方向眺望：在那里，我志愿军正在和以美国为首的联合国军队，进行殊死较量。彭总屡屡一站就是好几个小时不肯离去。望着铁原那边被战火染红的半边天，他的眼泪簌簌流下。因为这场交战情况实在太特殊了，身经百战的他都无法判定其结局。他更是十分担心我参战将士——志愿军第 19 兵团所属 63 军两万多名官兵的存亡。

原来，作战经历丰富的美国陆军名将李奇微担任联合国军总司令后，他很快发现志愿军的薄弱之处在于物资补充困难，补给周期仅有 7 天，战斗持续能力弱，而他指挥的军队凭借先进的机械化装备，在后勤补给方面与志愿军相比占据极大优势。于是，在朝鲜战争第五次战役中，他命令联合国军尽可能避开志愿军主力，在志愿军发动进攻时整体撤退 35 英里（约 56 公里），拖延战斗时间，利用坦克、火炮和空中优势消耗志愿军部队，等待后期对方补给中断时再发动猛攻。

1951 年 5 月 15 日，志愿军拿下北汉江上的清平川大桥之后，汉城已被中朝军队三面包围。但在暂时胜利形势之下，我方也出现了将士疲惫、远离后方基地补给日益困难等问题。同时，美军从国内增援的两个师已经到达日本。政治上高度敏感的彭德怀元帅，很快察觉到了我军处境危险，毅然于 5 月 21 日下令前线各军迅速撤退至"三八线"一带进行防御。但几乎在同一时间，李奇微和美国第 8 集团军司令范弗利特也察觉到他们的有利时机来临，下令对我军进行猛烈反攻、追击。敌我双方迅速向北移动，铁原成了必经通道和必争之地。

该地区铁路纵横，是通往"三八线"最便捷的交通枢纽，也是志愿军的后方补给基地。从汉城前线撤下来的众多中朝部队，靠两条腿行军缓慢，并携带了大量伤员，他们需要在铁原得到补给之后，建立新的战略防线，挡住敌军向北推进的路线。但联合国军来势迅猛，一旦让其越过铁原追上我后撤的大部队甚至对其形成迂回包抄，后果异常严重。另外，铁原以山区和丘陵为主而且紧挨"三八线"，再往北就是一马平川，无险可拒，联合国军有可能向北推进攻占平壤乃至更大范围。这些都意味着，铁原成为志愿军必须守住的最后防线。

鉴于情势危急，彭德怀元帅必须就近寻找到一支战斗力强的部队，立即在铁原布防。使命最终落到了距离铁原较近的 63 军肩上。听说有 63 军救驾，彭总不禁长舒了一口气，因为他深知习惯于打险恶之仗的 63 军，是我解放军屈指可数的铁军队伍之一。但要拿压箱底的宝贝去冒险，彭总内心万分不舍。但出于无奈他只能横下心打电话给第 19 兵团司令杨得志下死命令："即使把 63 军打光了，你们也必须在铁原顶住敌人 15 至 20 天！"

当时，美、加（拿大）、韩军队相当于 4 个师共 4.7 万多人，携带 1300 多门火炮、180 多辆坦克，在飞机的支援下，由李奇微和范弗利特亲自指挥，向我正面25公里、纵深20公里的铁原防御阵地发起持续不断的猛攻，意图突破我军的战略防线。而守卫铁原防线的我63军，则已经是在第五次战役中连续作战30多天，所剩不足2.5万人，作战人员仅有1.27万多人，大小火炮仅有240余门，没有坦克、飞机。即便将机关勤杂人员补入作战连队，要在正面25公里、纵深20公里防御阵地上坚守15天以上，这对于饥疲交加的63军来说，从理论上讲几乎是绝无可能的。

面对战场异常严峻的形势，足智多谋的老红军、63军军长傅崇碧，采取纵深梯次配备的战法，将该军3个师按"品"字形展开：189师和187师摆在一线，188师在后方担任预备队。这样少摆兵、多屯兵，以减少敌人密集火力对我军的杀伤。在战术上，采取正面抗击与侧翼反击相结合的方法，并在深夜派出小部队袭扰敌人。他给各师、团下了死命令："无军部命令，不准撤退。坚决完成志愿军总部赋予的任务！"

铁原阻击战打得异常惨烈。美军经常是以大群坦克部队开路，像城墙一样压向63军阵地。协助进攻的敌机，有时一个小时投向63军阵地的炸弹就达上千吨，敌人的火海战术，使用的弹药量是美军规定限额的5倍以上。由于缺乏反坦克火器，63军官兵只好以血肉之躯与武装到牙齿的敌人搏斗。尽管白天黑夜美军炮火打得山呼海啸，63军阵地时常变成一片火海，但官兵们无不英勇顽强，在拼死搏杀中大显身手。

5月29日夜里铁原阻击战正式打响后，敌人把进攻的主要矛头指向了187师防守的涟川山口，企图夺取涟川两侧的有利地形，从中间突破，直插铁原。防守在这里的561团3营，与著名的美军王牌骑兵一师交锋，抵抗住了数倍于己的美军十多次进攻，坚守阵地四天三夜，毙伤敌1300余人，全体荣立集体二等功，被授予"守如泰山"称号。

拥有厚实红军底子的189师，其师长蔡长元是一名红军儒将，长征、抗日战争、解放战争、抗美援朝，他从未缺席。敌我几番交手之后，蔡长元发现，美军每次撤退，必须是一条完整的战线一起行动，这就意味着李奇微不敢把自己的后面和侧翼暴露给对方，他的队伍每到一处，必须把志愿军的阵地完全占领才敢继续前进。于是，蔡长元发明了一种奇特的"钉子战术"，即将189师分成200多个单位，分别坚守200多个要点，像是在阵地上插满了"钉子"。敌人进入其中，就会受到各个"钉子"来自四面八方的进攻。只要有一个"钉子"不拔除，敌军整个大部队就不会前进一步，从而大大延缓了攻击前进步伐，正中我军下怀。这一战术有效地分散了敌军火力，迟滞了敌人的进攻速度。但由于战力过于悬殊，我军伤亡惨重，不少连队全体牺牲，阵地常常反复易手，两军尸体堆积成山。蔡长元凭借多年的作战经验，对最终结果早有预料。拼剩下的全体官兵也都做好了破釜沉舟、与阵地共存亡的思想准备。6月3日上午，美军王牌劲旅骑兵一师，配合加拿大第25旅和韩军第9师，向189师把守的种子山发起猛攻，坚守阵地的566团几乎全部阵亡。但也正是种子山的死守，使得蔡长元能集中兵力歼敌，确保整个防线不被击溃。当天晚上，我军又利用夜战，出其不意夺回了种子山。6月4日，同样是身经百战的老红军188师师长张英辉，带领该师接防189师阵地。188师这支部队有着丰富的坑道作战经验，他们夜间冒雨进入阵地后，很快将原有的战壕、防炮洞改造成了沟壑纵横的堑壕防御网，藏兵于堑壕之内，抵挡住了敌人飞机、大炮的猛攻。同时，利用反装甲武器击毁了敌人上百辆坦克和装甲车。在战斗中，该师563团8连连长郭恩志创造了一种新战术：首先用迫击炮在敌群的前后左右各打一炮，将敌人赶到中间，然后用重机枪对聚集的敌人猛烈开火迫使敌向两侧分散，最后派两个排分别从左右两侧包抄到敌军后方，加上正面出击的一个排，把敌人包围歼灭。郭恩志的这个"战术"效果显著，该连以伤亡16人的代价打退敌军15次进攻，毙伤美军800余人，荣立集体一等功，被授予"钢铁八连"称号。郭恩志个人，则荣获特等功并被授予"一级战斗英雄"称号。

铁原阻击战的第3阶段，188师564团在傅崇碧的命令下，首先炸开铁原南侧水库，使道路泥泞以迟滞消耗敌人。全团各营则组织突击队，趁机向敌实施反击，打退了敌人的一次次进攻，有力地支援了前沿部队坚守阵地。

　　随着战斗的延续，张英辉的188师也伤亡巨大。此时，187师变成了防御的核心。但该师的实际兵力也只剩下一个团了，因为之前随着188师、189师与敌战斗的不断升级，187师被抽走了大部去救援。面对日益艰难的阵地防守，187师师长徐信头脑中产生了一个大胆想法：集中63军所有炮火向美军主动进攻，以震慑其后退。傅崇碧支持徐信的想法，决定赌上一把，下令把该军所剩各类火炮全部交给了徐信。6月10日夜间，我出击的炮兵部队一线配置迫击炮、二线配置喀秋莎火箭炮，在步兵的掩护下，悄无声息地进入了美军对面的我方阵地。美军为了抵挡志愿军的夜袭，早已布下了将坦克、装甲车摆在外围的"龟壳阵"。由于志愿军很久没有进行大规模炮火反击，美军误以为志愿军已经没有炮火力量，所以只对志愿军步兵袭击做了防范。当晚，随着一枚黄磷燃烧弹发射升空，63军的炮兵从数十个点上一齐向美军阵地轰击。在20多分钟内，上百门火炮共向敌军头顶上倾泻了数千发炮弹，美军上百辆坦克围成的营地顿时化作一片火海。我军战斗英雄唐满洋后来回忆当时的战场情形说道："美国人阵地上那不是一般的爆炸，是整个一片在燃烧……那是一种红、黄、白掺杂的火，是铁在烧。此时的美军想要还击，但问题是他们根本无法分辨志愿军的炮兵阵地在哪里。"当美军的储备弹药被志愿军的火箭弹点燃后，剧烈的爆炸声将志愿军这场阵地防御战推向了最高潮。在炮兵攻击之后，187师的突击队趁着美军混乱之际，对其营地发动突袭并将其重创，还缴获了不少战利品。美军完全被打蒙了，他们想不明白：人数和装备都处于明显劣势的63军，为什么还能发起如此猛烈的反攻？他们对志愿军的夜袭战术感到了恐惧，甚至发出了"太阳是我们的，而月亮则是中国人的"感叹。异常惊恐的美军，已无力发动反击，果如徐信所料向后撤退了一大段距离，我军的阵地终于守住了。

6月12日，志愿军的战略转移和设置新防线战略任务已经完成，按照志愿军司令部的命令，63军撤出了阵地。历时13天、堪称世界军事史上阵地防御教科书战例的铁原阻击战，也就此落下了帷幕。

面对不可思议的战局，李奇微哀叹道："敌人再次以空间换取时间，并且在大批部队和补给完好无损的情况下得以安然逃脱。"于是，他只得下令联合国军停止向北推进，就地组织防御，以防止志愿军的战略反攻。抗美援朝第五次战役，也随之宣告结束。志愿军和联合国军，重新在"三八线"附近形成对峙局面。

正是63军这场令敌人永远胆寒的铁原阻击战，彻底打碎了李奇微先前曾想挥师攻到鸭绿江边乃至打过鸭绿江的美梦，使其更加明白：他的联合国军要想打败志愿军占领朝鲜半岛北部乃至染指中国东北地区，是完全不可能的。从此，李奇微先前的雄心壮志全无。他接下来能做的，就是不要让联合国军在战场上输得太惨，尽可能给自己和美利坚合众国保留点颜面。

63军官兵刚刚撤下阵地，十几天来时刻心系这支部队伤亡的彭德怀元帅，就不顾自身安危（往返途中可能遭到敌机和敌特工袭击）急忙赶去看望，动情地对他们说："祖国感谢你们，我彭德怀感谢你们。我要向祖国，向党中央，向毛主席汇报，你们是真正的铁军！"彭总关切地询问作战负伤刚刚抢救过的63军军长傅崇碧："你有什么要求？"傅崇碧只回答了3个字："我要兵！"彭德怀说："我给你补两万。"很快，从许多部队选调的战斗骨干和新兵总计两万就补到了63军，使其人数同入朝时大致相当。

彭总称赞63军"是真正的铁军"，并且说他"要向党中央，向毛主席汇报"。这绝非一时兴起，而是此番话里面具有深刻内涵。是啊，彭总曾任八路军副总司令，他深知 63 军能在敌人占领的冀中平原上诞生和坚持过来是多么的不容易！彭总同样深知，解放战争中，63 军"啃"了多少"硬骨头"，打了多少硬仗、恶仗啊！至于 63 军在朝鲜战场上的表现，彭总更是打心眼里满意甚至佩服。

　　1951 年 2 月 15 日，63 军奉命作为第二批部队入朝作战，其时的军长是开国少将傅崇碧。在空前激烈的第五次战役中，63 军归西线杨得志第 19 兵团指挥。面对联合国军设防坚固的临津江防线，傅崇碧突出奇兵，冒着被美国空军轰炸的风险，大白天派部队多路隐蔽接近江边潜伏。战斗打响后，63 军仅用十几分钟就突破了敌临津江防线，插入纵深 15 公里，割裂了美 3 师和英 29 旅的联系。面对 63 军的凶猛攻势，当时美第 1 军急命其他部队撤到第二道防线组织防御，而英 29 旅却只能原地固守。63 军顺着撕开的防线向前冲击，先是击溃了土耳其旅，接着打垮了菲律宾营，而后对英 29 旅形成包围。英 29 旅先是把比利时营顶上去挨打，接着集中全旅炮火掩护拼命逃跑，总算是大部得脱，但其格洛斯特营却被 63 军包围于雪马里地区。这个营历史悠久，是英军中的功勋部队，被特许在军帽上佩戴两颗帽徽。志愿军乘夜发起猛攻，经顽强血战，从四面渗透进该营防线。英 29 旅派一支坦克部队去解围，却被中国军队击退。又求助于美军，可美军自顾不暇，竟拒绝救援。挨至天亮，格洛斯特营终成溃散之势。63 军官兵漫山遍野抓俘虏，战士刘光子竟然一人俘虏了 63 名英军，被授予"孤胆英雄"称号。1000 多人的格洛斯特营最终只逃出 39 人，营长卡恩也被俘虏。63 军一直攻过了北汉江，逼近汉城。为了不陷入消耗战，第 19 兵团没有对汉城进行攻击。打到此时的中朝军队，粮弹即将耗尽。彭德怀见好就收，命令我方部队迅速全线北撤休整。联合国军趁机发起迅猛反攻，使中朝军队一时陷于被动。此时已经断粮的 63 军，还面临背水作战的不利态势。傅崇碧当机立断，决定将人马撤过北汉江。他们赶到江边，发现美军也到了。情急之下，傅崇碧命部队戴上缴获的敌军钢盔，大摇大摆地徒涉过江。美军以为 63 军是韩国部队，竟然轻易将他们放了过去。人困马乏的 63 军刚到江北，就被彭德怀"抓"去堵塞志愿军防线缺口，铁原阻击战随即打响。据志愿军统计，战斗中 63 军共毙伤俘美、英、南朝鲜军 1.5 万多人，而自己也伤亡过万，其 188 师 563 团入朝时兵员为 2700 人，打完铁原阻击战后只剩266 人。第五次战役中，63 军共歼敌 2.1 万余名，创造了该次战役东西两线参战各军中的最高杀伤敌人纪录。

彭总高度赞扬 63 军，还由于这个部队的官兵善于开动脑筋想点子，抗日战争以来他们的"发明创造"为全军解决了许多难题。63 军虽然入朝参战较晚，但他们的"战场发明"却十分引人注目。为了建立绝对空中优势，1950 年 10 月志愿军入朝时，敌人已在朝鲜战场投入各型号飞机1100 多架，次年 7 月更是多达 1600 多架，动用了美军 80% 的飞机。他们计划在 3 个月内全部摧毁朝鲜北部的铁路及其公路系统，瘫痪中朝全部运输线，进而使中朝部队的生活物资和武器弹药供应全部中断。狂妄至极的敌机经常围着山顶飞，绕着我军官兵头顶转，昼夜盘旋，轮番轰炸，对我军指战员造成严重威胁。1951 年 4 月的一天，敌人 8 架野马式飞机向 63 军 188 师 563 团 3 连隐蔽阵地飞来，机身上的英文字母都能看得一清二楚。3 连 7 班战士唐登平气愤至极，举起机枪对准敌机射出一梭子愤怒的子弹，那洋玩意儿顿时拖着长长的浓烟一头栽了下来，其中尉飞行员也成了我军的俘虏。唐登平首创用步兵武器击落敌机的范例，受到志愿军总部的通报表彰。随即，一场轰轰烈烈的用步兵武器打飞机运动，在志愿军中普遍开展。563 团曾在一天内击落 7 架敌机；188 师在抗美援朝两年多的时间内共击落敌机 152 架，创造了世界军事史上的奇迹。由于我军普遍使用步兵武器打飞机并且取得显著成效，迫使敌机再也不敢轻易低空、超低空飞行，大大减轻了对我军人员、财物的威胁。

抗美援朝战争开始后，联合国军企图通过"地雷阵"扩大自己的地面优势，阻挡中朝军队进攻。一时间，美国雷、法国雷、英国雷、加拿大雷，方形雷、圆饼雷、碗形雷、瓦形雷，防步兵雷、防坦克雷……成为敌人的"护身符"，与此同时对我军造成了严重威胁，志愿军总部号召全军攻克这一难题。1952年1月的一天，63军189师566团5连8班班长姚显儒带领4名战士到敌阵地前沿侦察情况。他们到达目的地后，走在前面的姚显儒踩到了敌人埋在杂草丛中的地雷。他立即收住脚，趴下身子细心地观察了一会儿，随后先用牙齿把细铁丝咬断，而后小心翼翼地将地雷引信卸下来，使敌人漂洋过海运来的杀人利器报废了。姚显儒带领战友正要起身离去，他忽然想起中国的一句老话："以其人之道，还治其人之身。"于是，他又把取出的地雷重新装好并且埋到了敌人经常出没的隐蔽地方。第二天中午，随着一声巨响，几个美国佬就化为"天女散花"。从此，姚显儒这个步兵班长成了远近闻名的"起雷专家"。姚显儒让"地雷搬家"的经验，很快在志愿军各部队推广，成为打击敌人的有力武器。为了表彰姚显儒的重大贡献，第19兵团给他记了一等功，志愿军总部授予他"二级起雷英雄"称号，朝鲜人民共和国授予他"二级战士荣誉勋章"。

1952年8月28日至31日，63军召开了抗美援朝英模大会，总结入朝一年多来的对敌作战经验，表彰宣扬英模。148名英雄模范、415个立功单位和8068名功臣光荣出席大会。志愿军总司令彭德怀和第19兵团司令韩先楚等志愿军司令部、兵团首长悉数致电热烈祝贺。著名作家巴金、魏巍出席了会议，随后以长篇散文、报告文学、电影剧本、长篇小说等形式，热情歌颂了63军在朝鲜战场上建立的丰功伟绩和涌现出的郭恩志、刘光子、张渭良、蔡金同、李吉武、姚显儒等著名志愿军英雄的感人事迹。

这篇文章搁笔的时候，正值中国人民志愿军入朝作战（1950年10月25日）71周年纪念日即将来临。近段时间草拟拙作，反复重温70年前中国人民志愿军抗美援朝的历史，尤其是 63 军的朝战历史，屡屡心潮澎湃，两眼发湿。多亏那些志愿军先辈用血汗和生命，换来了那场立国之战的胜利，新中国才有长达 70 多年的和平建设和发展，才有重新列入世界强国之林的机遇，我们华夏子孙今天和今后才能昂首挺胸平视世界。还要衷心感谢杰出的开国元勋、民族英雄、德高望重的彭德怀元帅，是他给予了 63 军"真正铁军"的客观、崇高评价，使我等 63 军后辈感到格外自豪。为了纪念我志愿军入朝作战 71 周年，特赋古风三首于后：

其一

一战立国壮族魂，

毛公智魄史无伦。

师败政毁幻梦灭，

遗恨九泉杜鲁门。

其二

弱冠匮食更衣单，

炒面无水拌雪咽。

飞机坦克步枪挡，

攻若猛虎守如山。

其三

朝战烟消七十年，

至今犹令敌胆寒。

强虏再敢点战火，

叫他纸虎躯体残！

2021 年 11 月 15 日

第四辑

助贫者早日致富

借力 40 年改革开放的东风，当今中国产生了众多亿万富豪。依照改革开放之初党中央的设想：允许一部分人先富起来，然后由他们带动、帮助其他人共同走上富裕之路，从而使国家在 50 年至 100 年内实现小康和发达目标。不料，许多先富起来的人，帮扶其他人共同富裕的表现不佳，甚至一些富豪连做点起码的社会公益、慈善活动都不热心。

比尔·盖茨说：中国的富人购买了很多西方国家"富翁品位"的东西，如艺术品、"湾流"私人飞机、DRC 葡萄酒和爱马仕手袋，但还没有真心接受一个最重要的东西，那就是慈善。比尔·盖茨呼吁中国富人不但要为救灾慷慨解囊，还应当有系统性、常态化的慈善行为，例如向卫生事业捐款，捐款给大学做研究，以及为残疾人捐款等。

在当今的西方国家，有的富人拿出相当比例的资产投入慈善，已发展成为一种社会文化范式。2010 年沃伦·巴菲特和比尔·盖茨夫妇发起"捐赠誓言"活动，迄今已有 14 个国家和地区的 137 位亿万富翁做出承诺，至少捐出一半的财富用于慈善事业。比尔·盖茨夫妇决定将财产全数捐给其名下的比尔和梅琳达·盖茨基金会。巴菲特承诺将其全部资产捐献给慈善机构，其中 85% 将交由盖茨夫妇的基金会来运用。

综合国内外媒体观点，中国有些富人对做慈善缺乏热情，出手小气，主要原因是：其一，致富颇为不易，富人们格外看重财富的"私有"属性。而某些"一夜暴富"的人，对自己的财富更是缺乏安全感，担心稍有不慎财富就没有了，因此不肯轻易散财，所以对慈善公益的投入往往过于"抠门儿"。其二，热衷于"炫耀性消费""报复性消费"。近些年中国富人连年创下买走全球奢侈品的纪录，一直稳居世界"奢侈品消费第一大户"之位。在中国一些富人那里，奢侈品消费已经异化成"炫耀性消费"和"报复性消费"。财富没有让他们变得更加文明优雅，反而让他们感到空虚和不安，于是他们就把大量财富用于奢侈品消费，以弥补过去的"苦日子"，见证自己今天的"成功与荣耀"。其三，对财富的属性、价值及其支配权利缺乏正确、全面的认识。他们不明白当个人财富积累到一定程度时，尽管在所有权上属于"私有"，但其价值已经具有高度的"社会"属性，它们不以拥有者的意志为转移，最终会回归社会所有。其四，中国富人多为第一、二代，他们真正富有的时间最长不过三四十年甚至更短，因而很多人富了之后不知道该怎样当富人。如果按照"培养一个贵族需要三代人"的规律推算，中国富豪普遍成熟尚需一段时间。其五，国家对于富人的教育引导和监管力度不够。

因此，我们不能坐等，必须采取有效措施引导富人尽快成熟起来，助力社会共同富裕，这是党和国家的当务之急。具体办法，无非两招。

首先，"劝富济贫"。通过宣传教育、读书培训等途径，使富人们切实明白社会主义、共产主义的本质就是实现全社会人与人之间在政治、经济上的平等。如果允许经济上严重不平等长期存在甚至愈演愈烈，就无法建成社会主义、实现共产主义。还应引导富人们树立正确的人生观、财富观以及普世观，激发其乐善好施、造福天下的责任感、积极性。

其次，"逼富济贫"。对宣传教育不能解决问题的人，必须毫不犹豫地采用批评、分摊、征税等强制手段，逼其向社会"吐财"，并且尽力扶助他人共同致富。

美国钢铁巨头安德鲁·卡内基说："在巨富中死去是一种耻辱。"西方众多富人通过明智的举措，使自己的财富避免了"耻辱结局"。中国一些不热心慈善的富人，确实应该好好认真省思自己的行为了。

2018 年 11 月 4 日

引导农民科学养生

近些年在城里人养生热潮的影响下，农村人养生也时髦起来。中国大部分人口住在农村，农民注重养生本来是一举多得的好事，是农民生活水平提高、健康意识增强和社会进步的重要标志。然而，由于农村人普遍文化水平不高，加之缺乏及时、有效的正确引领，一些人违背科学常识瞎折腾，把养生搞成了伤生。

以本人老家四川省一些农村为例，让人啼笑皆非的事情屡见不鲜：一些人患了轻微高血压就连鸡鸭鱼肉蛋乃至猪油、植物油等日常食品都不敢吃，担心吃了这些东西会加重病情；一些人听说肉和油吃多了容易升高血脂堵塞血管，就干脆吃素；一些人听说菜籽油含有不利健康的芥酸，就再也不敢把自产的优质菜籽拿到乡间作坊榨油吃了（其实那点芥酸无关紧要，全国农民祖祖辈辈吃的多是未去除芥酸的菜籽油），转而到城乡小超市买廉价的调和油、转基因大豆油吃（嫌花生油、无芥酸菜籽油贵不愿买）；有的人为避免"病从口入"，外出无论到哪里都带着碗筷；有的人即便去给岳父岳母祝寿，也不敢在那里吃饭，并且连自己喝的开水或者矿泉水都从家里带过去……这些人本以为"忌口"越严、越"讲卫生"越能健康长寿，岂料结果恰恰相反，他们由于这也怕吃那也怕沾，身体严重缺乏营养，免疫功能低下，能活到70岁的都不多，很是悲哀。

显然，前面讲的那些人之所以酿成悲剧，根本原因就在于自己不懂起码的营养、健康、保健、医疗常识。如果患了轻微高血压就连鸡鸭鱼肉蛋都不敢吃，身体所需的基本营养没有保证，活命都困难，何来健康长寿？鄙人于 1996 年因缺乏营养知识一顿吃了 3 根人参补出了高血压，这些年来除了胆固醇含量高的动物内脏吃得比较少，其他肉禽蛋油等都没有刻意去限制食用量，至今不仅血压控制得不错，而且没有出现什么并发症。至于在外面吃饭、喝水怕传染上病菌，这在很大程度上属于杞人忧天，因为人体杀菌功能极强，在外面和他人一起吃顿饭，一般情况下都不可能受到细菌侵害，否则世界上就很难有健康的人了。

一些农民在养生认识和行为上出现偏差，根本原因是缺乏教育引导。近些年各级单位对衣食无忧之后的农民如何提高生活品质、增进健康长寿，关注和指导显然不够，有些地方甚至根本无人过问此事。如此一来，很多农民便只能依据网络信息等，以及凭自己的想当然去"养生"，效果可想而知。各级主管农村工作的领导、职能部门人员以及其他相关人士，需要多到农村进行调查，在切实摸清情况的基础上，对广大农民的养生活动，有针对性地加强教育引导，把农民群众容易搞不明白从而导致非科学合理养生的常见问题，逐一讲解明白乃至加以规范。只有如此，数亿农民的养生活动，才能沿着正确的轨道健康、有效地开展。

中国农民几千年来缺吃少穿，生活艰辛。当今的农村人赶上了千年不遇的好时代，他们在衣食无忧之后追求生活、生命质量提高，以期延年益寿，这不仅是完全正当的行为，而且是党和国家所期盼、提倡、扶助的举动。农民的养生活动开展好了，对促进社会主义新农村建设和实现全民奔小康，有着极为重要、深远的意义。因此，党和国家各级职能部门以及全社会，都应悉心办好指导、扶助农民科学养生这个功在当代、利在千秋的大事业。

2019 年 12 月 8 日

让民间"高手"才尽其用

近两年里，包括央视在内的众多电视台，争相邀请被人们誉为"反串歌王"的民间女歌手李某登台献艺。只要李某一亮天籁之音，观众无不为之倾倒。就连国内一些顶级歌手和著名音乐评论人士，也对李某的演唱赞许有加，甚至感到有些不可思议。

李某来自安徽农村，30岁出头，是两个孩子的母亲，平时和家人一道在镇上卖牛肉汤。她从小就显露出非凡的演唱天赋，却因家里贫穷无法接受专业培训。其成年之后凭借天生好嗓音和苦练，学会了大量新老歌曲，而且无论用男声还是女声演唱，都不输国内一流歌手。

除了李某，还有若干本人说不出姓名的"民间歌唱高手"，他们都是没有机会接受声乐科班训练的农民、工人以及其他普通百姓，却可以用真正的"天籁之音"演唱近些年国内大部分顶级歌手的代表作，而且常常是挥洒自如地反串演唱，令人耳目一新、拍手称奇，比欣赏有些老牌歌手的表演享受得多。

民间优秀歌手受大众追捧，起码说明以下几个问题：其一，广大老百姓是"识货"的。他们或许不懂得多少高深的音乐知识，但谁唱得好与不好一听便知，民众是歌咏当之无愧的裁判员。好多歌手朝思暮想"走红"却总难如愿，根本缘由不是"天下无知音"，而是自己功力不济，甚至天生就不是唱歌的料却硬在那里哼唧。其二，民间的确有"高手"。从古至今，民间都有不少在文艺等方面天赋异禀的人才，他们由于家庭贫寒等原因，没有机会接受专门训练，缺少在大范围内展示才华的机会，或者才华被终生埋没。若不采取有效办法及时把他们的才智挖掘出来为社会服务，定然会造成巨大的人才浪费。其三，我们的文艺创作、欣赏和鉴赏，必须以广大民众的评价为质量评判标准，不被大众认可，或在民众中受欢迎程度不高的作品，大多很难称得上"优秀"或"佳作"。文学和艺术的源泉和根本出路，在广大民众之中。推进文学和艺术的发展，必须以满足广大民众的需求为根本目标。

说到这里，让人不禁联想到包括"春晚"在内的一些大型文艺演出和整个文艺事业。文艺演出年复一年"老生常谈"，尽管全国数以亿计的观众望眼欲穿，也很难盼到让人情不自禁为之鼓掌的节目和演员出现。至于平时目不暇接的演出，缺乏新意和吸引力更是家常便饭。新中国成立后，尤其是近些年来，由于多种原因，文艺创作相对滞后于社会发展，"有高原无高峰"的评价非常中肯。近代以来中华民族救亡图存和奋发图强建设新国家的斗争波澜壮阔、艰苦卓绝，可谓在世界上独一无二，没有产生与之相匹配的伟大作家和伟大作品，实在令人遗憾。

文艺创作止步不前甚至滑坡，根本原因是作家、演员等相关人士心情浮躁，静不下心来修身养性、钻研业务和搞创作，创作出的东西触动不了人类的共同心理，因而难以"走出国门"。还有一个原因是不少专业人员思想僵化，落后于社会发展，陷入人类审美心理的固有模式中跳不出来，成为"套中人"。他们对新东西视而不见，甚至反感、扼杀。全国成千上万专业音乐院校毕业生和专业演艺人员中，才能不及民间高手者大有人在，原因恐怕都在"套中人"那里。

从古至今，大凡出色的文艺作品和演艺人士，都具备"新"和"真"两大特色。所谓"新"，即与众不同，别具特色，之前没有过。纵观历史，凡是在现实生活中能"火"起来并且能传世的东西，都是特色鲜明的"新奇"之物，文艺作品和演员也不例外。另一个特色是"真"，即绝非"注水肉"，是真正的好东西。说到作家、演员，那就是有真本事。那些"民间高手"受追捧，正是由于他们具备了这两方面的特色。

我们的时代波澜壮阔。复兴中华的伟大事业如火如荼，万众创业气壮山河，国家的面貌日新月异。文艺滞后社会发展，这是无论如何都没法向当代亿万人民和子孙后辈交代的。想要改变这种状况，还是那句老话：办法和希望在人民大众之中。及时把"民间高手"挖掘出来，使他们才尽其用，不失为一个良策。

2020 年 11 月 1 日

趁早规划人生

前段应友人邀请去赴宴，由此引起我对规划人生的认真思考。

席间，大家希望我讲点人生感悟。对此，我事先没有准备。略作思考之后，针对在座的大都是四五十岁的中年人，我就给大家讲了宜趁早做好三个规划的感想。其一，规划仕途。如果你吃上了"官饭"，就应该好好规划一下仕途，通过正当途径尽可能把职务待遇解决得好一点，尤其是有些地方的处级以下和局级以上官员，因职级不同医疗保健本颜色都不一样，进而待遇各异。其二，规划退休生活。如今国人大多数退休后还要活二三十年甚至更长，这期间如果没点事干，失去存在价值感和成就感，晚年很难快乐安康。所以，最好是在职时就规划好退休生活，提前做点相应准备。有些人退休后才去考虑干点什么，一晃几年过去了还没有想出个头绪，实非明智之举。其三，规划养老。除去要考虑养老的经费保障，还必然考虑出现行动不便、生活不能自理、生病住院等状况时谁来照料的问题，规划好后者尤为重要。现在绝大多数老年人都是只有一个孩子而且子女很忙碌，他们没有多少时间侍奉老人。所以，在职人员最好未雨绸缪，在不违反党纪国法的前提下，尽可能把养老用人问题考虑周到一点，切莫怕麻烦、嫌累赘。

以上三条感想，第一条是关于一些老干部的；第二、三条是我本人和许多老干部共同的。我们之所以在这些方面没有做好，根本原因是"人无远虑"，坐失良机。我压根儿没想到，随口而出的这三条，竟然引起在座人们的强烈共鸣，大家不约而同起立给我热烈鼓掌、碰杯。

此后几天，我围绕"规划人生"问题做了进一步思考，有了更多感受。这些年里，我除了听从组织安排，自己很少做过人生规划，未能把两者辩证统一起来，坐失了不少宝贵机会，造成终生遗憾。比如，我从青少年起就爱好文史，上中学时便挤时间阅读了《中国通史》《中国文学史》以及其他不少文史书籍、刊物，参军后也曾创作过诗文，后来因忙于干好主业——新闻记者和新闻处长工作，就放弃了业余爱好。如果当时能够统筹规划安排，在干好工作的同时不丢掉文学创作或者史学研究，很有可能早已是入流的作家或者史学家了。

　　无数事实说明，一个人成事只有先想到然后才能干到，只有先干到然后才能得到。及早动手对人生的重要方面做出切合实际的规划，对任何人毕生的发展结局，都极为重要。我本人曾经在事业规划上做过尝试，并且很快达到了预期目标。比如1984年我在新华社担任军事记者时，见有的同事因采写一篇"内参"反映的问题受到胡耀邦总书记批示肯定而获得殊荣，年终总结时我当众发誓：本人也要挣一个胡总书记批示。随后，我只争朝夕搜集过硬素材并且精心写作。第二年5月下旬，我采写的"内参"《北京军区给水工程团在内蒙古北部地区找到丰富地下水资源》一文，就得到了胡总书记的长篇批示肯定，这在新华社军事新闻采写史上可谓奇迹（敢当众夸下海口并且能在短短半年实现的人，也许至今在新华社军事记者中绝无仅有）。古今中外的许多名人，都是通过周密规划实现宏伟人生目标的。阿诺德·施瓦辛格自小生长在贫民窟，身体非常瘦弱。10多岁时他立志长大后要做美国总统。为了实现这个抱负，他经过几天几夜的思索，拟定了如下连锁目标：做美国总统首先要做美国州长—要竞选美国州长必须得到雄厚的财力支持—要获得财团的支持就一定得融入财团—要融入财团就需要娶一位豪门千金—要娶豪门千金必须成为名人—成为名人的快速方法就是做电影明星—做男电影明星必须具备阳刚之气。围绕实现人生规划，他首先苦练了几年健美，随后凭着发达的肌肉和健壮的体格成为世界健美先生。他 22 岁时进入美国好莱坞，花了 10 年时间利用独特的身体条件，精心塑造了坚强不屈、百折不挠的硬汉形象，竟至被赫赫有名的肯尼迪总统的侄女相中，两人相恋 9 年后，他这个"黑脸庄稼人"终于被接纳了。2003 年，57 岁的施瓦辛格告别影坛转身从政，竞选成为美国加利福尼亚州州长。如今，已经 60 多岁的施瓦辛格，仍在为其人生规划的最高目标奋斗。

"凡事预则立，不预则废"（《礼记·中庸》），"机遇只偏爱那种有准备的头脑"（19 世纪法国微生物学家路易斯·巴斯德语）。在通常情况下，人的思想有多远，他就能走多远。愿诸君成为勤于思想、善于思想的智者，适时规划好自己的读书、事业、仕途、婚姻、家庭、健康、养老、子孙培养等事情，使自己的人生光彩耀眼，美梦成真。

2019 年 11 月 30 日

择偶标准宜具体

时下，中国青年人婚姻状况存在的一个突出问题，就是离婚率偏高。有媒体数据显示，近五年中国的离婚率已经达到 31%，而且还呈现不断上升的趋势。导致离婚率居高不下的一个主要原因，就是不少青年人择偶时思路不清晰，不明白自己"想要什么"，亦即对想找个什么样的另一半没有具体标准，等到懵懵懂懂结了婚，才发觉对方这儿不好，那儿也欠缺，甚至"一无是处"。进而是夫妻双方谁也不服谁，谁也改变不了对方，婚姻很快变成"维持会"，一旦维持不下去了，就只有离婚一条路。当今全国不少人的婚姻，都处于"维持"状态。

鄙人以为，要避免婚姻"先天不足"最终走向失败，在择偶时男女双方务必明白希望对方具备哪些条件，如果最主要的或者多数条件达不到要求，最好趁早打住，千万糊涂不得、犹豫不得、勉强不得，因为婚姻乃人生大事，务须"质量第一"。

具体说来，择偶宜找"七种人"：第一是好人，即人品优良者。这一条最为关键，但最难判别，靠双方在交往中去"品"。第二是美人（或帅哥）。相貌极为重要，先天缺陷后天难以弥补，整容造出的"帅哥靓女"无法代替"天生丽质"，而且很快会在后代身上"现形"。所以，"硬件"好是美满婚姻极为重要的基础。第三是能人。尤其是男人的"主外"能力和女人的"主内"能力最为重要，有一方能力弱了，另一方就苦不堪言。第四是富人。个人和家庭经济条件好的肯定比差的强，有些青年择偶宁可双方年龄悬殊一些，也要找经济条件好的人，这不无道理。第五是健康人。当今青年人普遍忙、累，容易生这样那样的疾病，有的甚至还有不好医治的隐形疾病，所以找个健康人对于婚姻幸福至关重要。第六是有文化的人。通常出现爱吵架、闹离婚、同邻居处不好关系、子女缺少教养等问题的夫妻，大多是一方甚至双方文化素质低所致。可见，找个文化程度尽可能高一点的另一半，是择偶不可忽视的一条。第七是有发展潜质的人。大多数青年人谈婚论嫁时事业刚起步或者尚未进入黄金期，尚难据此判定其有多大德、能，此类事例古今中外比比皆是，王宝钏与薛平贵、燕妮与马克思等邂逅都属此类范例。故而，择偶时务必把目光放长远些，善于从对方的优良品德、非凡智商、渊博学识等方面窥见其可观的发展前景，力争抓住一只"潜力股"。尽管择偶标准还可以列出若干，但有前面这七条就相对全面和足够了，谁要能找到七条都具备的配偶，那他（她）肯定非常幸运。

这里需要说明的是，鄙人提醒青年人择偶必须首先搞明白"自己想要什么"，在脑子里树起明确标准，而且冒昧列出了七条之多，并非要大家谈对象时盲目抬高眼光苛求对方，而是希望大家处理终身大事时少打糊涂仗少走弯路，切忌稀里糊涂谈半天还不明白究竟想找个什么样的人，甚至耗了好几年时间或者结了婚才发现对方身上存在自己无法容忍的缺陷，却悔之晚矣。其实对于一般人而言，前面七条都具备的配偶不容易找。普通人的另一半能占上七个条件中的两三条主要的再加上其他一两条次要的就很不错了，能多占两条锦上添花当然更好。否则，这个婚姻就不仅悲哀而且维持起来困难重重了。

愿天下求偶者都能"慧眼识珠"，获得美满婚配。

2019 年 5 月 28 日

"起跑线"输赢之我见

时下的中国，几乎每个有小孩儿的家庭，都有一种巨大压力：担心自己的孩子"输在起跑线"上。为此，几乎每家每户都不计代价，不遗余力，男女老少齐上，忙得晕头转向，精疲力竭。应当如何对待孩子"起跑线"输赢问题？我的老战友老屠的儿子及其他一些中外名人的经历，颇能给人启示。

老屠的儿子小飞自幼干什么都比同龄别的孩子慢，而且显得有点"笨"。自上幼儿园起，他爹妈便开始替其向老师做检讨，并且一做就是十几年，直到初中毕业。小飞所犯的"过错"，无非是老师讲话他爱插嘴、听课不专心、爱逗其他孩子玩、做作业马虎、学习成绩中不溜儿老无起色、违反细小园规校规之类。初中一位班主任老师曾对老屠说："你这儿子在全班智商最高，可惜就是不专心学习，谁都拿他没办法！"

离中考还有 3 个月时，小飞在学校摸底考试中成绩排在全年级 70 多个学生的第 50 多名。填报中考志愿时，起初老屠给儿子报了一所区重点高中作为第一志愿（不敢报市重点），第二志愿是儿子喜欢的北京市行政管理学校，第三志愿是儿子的母校。不料，当爷儿俩兴冲冲去交志愿书时，半路碰到小飞年级主任某老师，她刚听老屠讲完所报的前 3 个志愿，就毫不客气地对他说："别开玩笑了，你这儿子能考上区重点高中？我劝你赶紧去把行政管理学校改成第一志愿，将我们学校改为第二志愿，如果人家不要他我们母校兜底……"被说蒙了的爷儿俩，只好按年级主任的要求重新填报了志愿。谁知，小飞经过最后 3 个月的努力，中考成绩排名班里第五、年级第十三，完全有资格上区重点高中。这个天分极高的"慢"孩子，就这样失去了上重点高中和第一学历读大学的机会。

小飞上中专后一直表现良好，毕业时被老师力荐到北京市某区人事局上班。后来辞职去某大公司当了人事经理，25岁就管理上千人。因表现不俗，两年后又被调到一网游公司"救火"，担任运营主管，负责改变公司业绩不佳状况。小飞上阵一年多，就使公司业绩在全国260多个同类企业中排名第一。老总高兴之余，奖励他30万元换了小车。小飞刚30岁出头就成为令人羡慕的"大款"，娶上了漂亮媳妇，住上了大房子。

当年面对明显"输在起跑线"的儿子，老屠的态度是，"尽管老师们都替我儿子着急，我却并不怎么急，因为我知道自己的儿子不笨，品行和健康也没有问题，相信他的优势迟早会显示出来"。

我以为，老屠对孩子"起跑线"输赢的见解是正确、有远见、富于智慧的。古今中外有大作为的人物，靠"赢在起跑线"成大事者并不在多数。相反，很多人都是"输在起跑线"的大器晚成者。唐朝诗人陈子昂"年十八未知书"，此后突然省悟闭门谢客攻书，24岁便中了进士；唐宋八大家之一的北宋苏洵，27岁才开始发愤攻书，年近40岁才学有所成；吴承恩前半生碌碌无为，50岁开始写《西游记》，80岁方大功告成；华罗庚初中数学考试曾不及格，后来成为世界著名数学家；爱因斯坦上中小学时被老师们视为"无可救药的笨蛋"，没人愿教（没办法只好由他舅舅来教），后来成为20世纪人类科学泰斗；近40年来个个"赢在起跑线"的国内某名校数千名"少年天才"，毕业走向社会之后，鲜有科技、商贸、金融、文学等领域的领军人才；德国儿童很少接受学前培训，而德国获诺贝尔奖人数始终在世界三甲之列；世界田径赛场众多起跑快的选手往往输在中后程，牙买加"黑色闪电"博尔特经常是先慢在"起跑线"后快在中场线、终点线……古今中外不胜枚举的事例生动说明：漫漫人生数十年乃至上百年，如果孩子有志做某件事，没有必要刻意督促他去赢什么"起跑线",中程、后程发力冲刺完全不晚;否则起跑冲得再快,最终还是会落伍。时下家长们一窝蜂地带孩子冲"起跑线",这对孩子、家庭和国家,都弊多利少。

我还想寄语天下家长:如若真希望你的孩子将来成大才、立大业,不妨横下心试一把:少逼他们去"赢在起跑线",让其自然成长、成熟,这样做也许真能天遂人愿。

2018 年 10 月 5 日

为孩子"烧钱"难如愿

2020 年 11 月 2 日,《北京晚报》以两个整版的篇幅,披露了孩子课外班的种种乱象:有的孩子同时上 9 个班,一年花费 20 万元;以往玩着就会的跳绳也成了"专门课",每一节课收费 400 元;课外班的"学习效果不好说"(《北京晚报》肩题中的一句),往往只是对家长的一种心理安慰;孩子的时间几乎全被占去,致使孩子没有了梦幻天真的童年。

其实,课外班收费乱象并非今日才有,早在 2015 年 12 月 14 日,《北京晚报》就在《幼有所教》专版中披露:"学玩:一年 5 万元;涂鸦:一节课 300 元;学跳舞:一节课 500 元;早期培训试听班:一年 2 万多元……"2019 年 5 月 31 日的《北京晚报》,以《万元情商班,不如父母多陪我》为专版标题,刊登了记者的调查报告,披露"幼童情商培训"的种种黑幕,从中不难看出所谓"情商培训",实则是"骗人钱财,误人子女"的勾当。

中国家长这种不惜代价、近乎孤注一掷和天方夜谭般的望子成龙举动,引起外国人关注。2016 年 8 月 28 日,英国《每日电讯报》网站报道:由于心急的中国父母一心要让子女取得相对同龄人的优势,最小仅 3 岁的孩子就报名上了"总裁班"。开设这种未来领袖课程的一家儿童教育机构表示,上过这样的培训班之后,这些连路都走不稳的孩子能够分辨"真假友情",并学会处理朋友间冲突的技巧。通过每月两节课、历时两年的学习,这些年龄在 3 至 6 岁的"小领袖"将学会如何让梦想成真。学费是每年 3 万元人民币。

在广州市，一些家长每年花 5 万元人民币，让孩子上"总裁班"。一家培训机构的网站宣称，每周两次的课程，会让年龄在 3 到 6 岁的孩子具备"领导才能"和"竞争力"。

赵毫（音）是北京一名信息技术从业者，他今年 6 月给 3 岁女儿报了一个"领导才能培训班"，每周两次 40 分钟的课程，打折后的学费是 1.2 万元。赵毫说："其实我并不确定他们在课堂上教的是什么。不过他们承诺培训结束后，我女儿会变得更加自信，而且可以轻松在朋友中成为大家关注的焦点。"

他还说："实际上我们没有从她身上看到任何改变的迹象。我怀疑，这个课程是否真的能够教会孩子成为未来领袖，因为他们太小了，我女儿甚至还不知道怎么穿鞋。"

很显然，英国记者是在怀疑和嘲讽的心态下报道中国儿童上"总裁班"的。大凡思维正常且稍微有点生活常识的人，恐怕没有谁看不出通过培训使三五岁孩童"具备总裁素质"完全是在扯淡。而偏偏许多望子成龙"走火入魔"的中国父母对此趋之若鹜、不惜血本。这不能不说是一大悲哀。

行家怎样看待课外培训班？北京师范大学心理学教授、博士生导师刘翔平说："正常孩子不需要特殊的感觉动作训练和智力发展训练，只需要顺其自然发展就可以了，许多能力到时候自然就会形成。有些幼儿园教小学才应该教的识字，结果一、二年级这些孩子就不爱学语文了，因为全都学过了。但是到了三年级以后，这些孩子落后了，因为他们对语文这门学科不感兴趣了。"刘翔平还认为："孩子有健康的人格尤为重要。父母必须腾出大量的时间陪伴孩子，不可推给培训班老师了事。作为孩子的家长，在这个节骨眼儿上一旦图省事、偷了懒，给孩子和家庭造成的负面影响将是无法弥补、追悔莫及的。"

家长为孩子"烧钱"的种种乱象，折射出我国幼儿培育存在着严重误区和管理指导缺失。岂不闻"从来纨绔少伟男"，古今中外从未有过靠"烧钱"培养孩子如愿以偿的，而"烧钱"毁掉孩子的例子却比比皆是。消除为孩子"烧钱"的乱象，关键要靠有关领导和职能部门，包括对"课外班"的监管和对孩子家长的开导等工作，都主要由他们去做。只要他们思想认识和工作做到了位，问题是完全可以解决的。

2020 年 11 月 14 日

认真补上这一课

据 2018 年 4 月 4 日的《华商报》报道：4 月 2 日，陕西省安康市中级人民法院少年家事法庭不公开审理了一起令人匪夷所思的未成年人故意杀人案，被告人小 C（女）案发时 14 周岁，系初中在读学生，而其杀死的却是自己年仅 11 周岁的亲弟弟。

事情的起因和经过是这样的：

小 C 的爸爸常年在外打工，母亲带着她和妹妹小 D、弟弟小 E 租住在镇里，母亲一边照顾姐弟三人上学，一边在超市和宾馆兼职打两份工。

2017 年 9 月 19 日夜晚，母亲在宾馆值班，小 C 和弟弟、妹妹在家睡觉。不料当天深夜弟弟突然不知去向，家里发动亲属四处寻找均不见踪迹，随后就报了警。一时间，关于小 E 失踪的流言蜚语四起，警方为此还处理了一个造谣者。

深夜男孩从家里离奇失踪，这让警方颇为疑惑。警方知情人说，虽然男孩深夜失踪疑点很多，但大家还是觉得男孩子调皮淘气，可能藏到哪里玩去了，谁也没有往不祥的地方去想。

9 月 22 日，失踪男孩小 E 的尸体被人从河滩的泥沙里发现。警方勘验完尸体后发现，已经死亡的小 E 头部和身上还有刀砍伤痕，随即展开了详细的刑事调查。

警方从小 C 家的菜刀上及家里检查到了死者小 E 的血样，同铺而眠的妹妹也证实，事发当夜姐姐还与弟弟小 E 打过架。此外，还有一些别的证据也均指向小 C。

锁定杀害 11 岁弟弟的凶手就是 14 岁的姐姐时，警方也颇为吃惊，因为据学校老师及邻居反映，小 C 平时是个文静的乖女孩儿，从不惹是生非。

随后的侦查问讯，令警方感到异常震惊。

事情起因是：9 月 19 日凌晨 1 时许，小 C 在被窝里拿着从同学处借来的手机玩游戏，不料被醒来的弟弟发现了。她担心弟弟向父母告她深夜玩手机，自己会被责备，于是竟然起了杀心。

凌晨 3 时许，小 C 趁弟弟小 E 熟睡后，先用双手扼其颈部想将他掐死，但响动有些大惊醒了同床的妹妹，于是小 C 暂时停了手，假装继续睡觉。过了一会儿等弟弟妹妹又睡着后，小 C 开始了与她的年龄极不相符的狂暴举动。她先从厨房找来菜刀，砍弟弟的头部数刀，又抓住弟弟头部撞墙，弟弟被撞晕后，小 C 本来想将其丢入粪坑溺死，但此时已醒来的弟弟感到大事不妙，衣服和鞋子也顾不得穿就拼命往屋外跑，小 C 提刀紧追。她一直追到 200 米外镇卫生院附近的一座石桥上，终于将受伤的小 E 追上，拦腰抱起他从石桥上扔了下去。随后，她又走到桥下，将弟弟拖到河滩，确认没有呼吸死亡后，就地用泥沙将尸体掩埋。她做完这些后从容回到家中，又将案发现场的血迹擦掉，伪装成弟弟去上学了的假象。经鉴定，小 E 系高坠所致重型颅脑损伤死亡。

第二天，杀害了亲弟弟的小 C，与往常一样平静地吃饭、上学、睡觉，好像什么事都没发生似的，直至发现小 E 的尸体，警方做进一步调查后才揭开了事件真相。

4 月 2 日，安康中院少年家事法庭以不公开的形式，开庭审理了这起未成年人故意杀人案。

小 C 的所作所为与其 14 岁的年龄极不相符。为了挽救她，法院在开庭前，专门邀请了两位心理咨询师，对其进行心理疏导。

庭审中小C神情很平静，没有一丝惊慌，语气缓慢且清晰地回答了法官的所有询问。小C告诉法官，杀死弟弟的原因是自己深夜不睡觉玩手机，担心他向父母告状。另外，她对父母给弟弟买了手机，而她和妹妹没有手机一事很有意见，觉得父母做事不公，不喜欢她。

小C对自己杀害亲弟弟一事并不隐瞒，也意识到自己的犯罪行为给社会、家里带来的巨大伤害，她非常后悔。

公诉机关指控小C犯故意杀人罪，事实清楚，证据确凿，请法院考虑其系未成年人，公正判决。辩护律师认为，小C能如实供述自己的犯罪行为，确有悔罪表现，且事发时小C只有14周岁，希望法院从轻判决，给其一个重新做人的机会。

一审庭审完毕，法官宣布该案择期宣判。随后，法官与公诉人、人大代表、心理咨询师及小C家属一起对其进行了感化教育，小C表示一定好好改造，做一个有益于家庭和社会的人。

读了这条令人匪夷所思的新闻，我除了心碎，还陷入了严肃的思考：这没有万分之一理由发生的姐弟相残命案，竟然就在人们毫不经意间发生了。责任该谁来负，小C吗？不对，她还是个仅有14岁的懵懂孩子呀！她明白杀了人对于对方、自己、家庭和社会意味着什么吗？我敢断定她不明白！之前学校和家长给她讲过无论遇到什么情况都万万不可杀人害命的道理吗？我敢断定这方面做得远远不够！缺少对属于祖国未来的青少年一代，进行不可缺失的尊重人权、珍惜生命的教育，对我们的社会和家庭教育而言，是多么大的缺陷、多么严重的失误！

只要到网上搜索一下，就会发现近年来部分青少年由于漠视生命，因各类鸡毛蒜皮的小事寻短见和行凶杀人者屡见不鲜，其中除了尚处在懵懂阶段的中小学生，大部分是高学历的大学生、研究生甚至博士生。为他们的行为感到费解、悲惜之余，还需要很好地深思对策。

"生命是唯一的财富。"（20世纪欧洲重要思想家拉斯基语）人如果失去了生命，其他皆无从谈起。正是由于珍惜生命、尊重生命教育的严重缺失，才使许多本不该轻视生命的青少年陷入了误区，"一失足成千古恨"。可见，教育引导广大青少年善待生命，实乃当今全社会和所有家庭的一件要务，万万懈怠不得。

2018 年 4 月 12 日

懈怠生命的悲哀

据香港凤凰网披露，2020年1月16日，中央电视台著名主持人赵某因患癌症，在他78岁生日这天去世。赵某2019年12月因腿部不适前往北京世纪坛医院就医，医院诊断发现他患有鳞状细胞癌，并已扩散。又据《新京报》报道：3年前赵某有过一个肿瘤，当时他去医院检查并且做了穿刺，结果是良性。之后，赵某因为觉得穿刺不舒服，结果又是良性，所以后来他连续3年都拒绝体检。从去年开始赵某突然消瘦，然后腿也肿了。去医院检查发现，癌细胞已经扩散到五脏六腑。

令人遗憾的是，他本来有阻止病魔肆虐从而延续生命的机会（3年前身上长的肿瘤本应确诊性状并且果断进行手术治疗），但他没有竭尽全力去把握。他也许会怨恨，怨恨自己在病魔面前思维不清晰，并且怕苦怕难。首先，穿刺结论显示肿瘤良性后，他应该时刻关注肿瘤变化，因为身体某个器官患癌初期很难保证其每个部位都有癌灶，万一穿刺到尚未染癌的部位，诊断结论定然完全错误，就会误大事。其次，他不明白穿刺得出的"良性"结论可能只是表明肿瘤当时的性状，这种性状具有极大的不稳固性，即良性肿瘤随时有可能恶变成癌瘤，而且这种性状改变在很多情况下非常迅速。最后，他掂量不出"穿刺不舒服"与被癌症折磨甚至夺走性命那种"不舒服"的质的区别，以致因畏难犯傻丢掉了宝贵生命。赵某如果在处理自己生病这件事情上头脑清醒一点、经心一点、耐心一点、勇敢一点，以他所具备的各方面条件，早些确诊、及时阻止病情发展甚至逆转都有可能。

无独有偶。著名围棋棋手聂某前几年接受某卫视现场采访时，与主持人之间有这样一段对话：

　　"聂先生，听说您前两年患的肠癌还比较厉害？"

　　"是的，直肠癌晚期！"

　　"啊，都到晚期了！难道您之前一点没有察觉肠道出了问题？"

　　"早有察觉，以为是痔疮！"

　　"您以前体检怎么没有发现问题，癌症都到了晚期才发现？"

　　"我以前很少去做体检！"

　　"为什么？"

　　"害怕！查出问题来怎么办？"

　　"现在恢复得怎样？"

　　"恢复不错，已经痊愈了。就是要随时盯着点，防止复发！"

　　原来，纵横棋坛的聂先生，因为惧怕去医院检查，结果摊上了直肠癌晚期。若非救治得法，他恐怕也凶多吉少。

　　不难看出，芸芸众生之中，很多人都对大病，尤其是恶性肿瘤抱有恐惧、厌烦、悲伤等情绪。这在一定程度上虽说是人之常情，可以理解，但它们却是十分有害的负面情绪，若被其左右，患者断无生路。我们平常所知的不少名人和普通人，都是在负面情绪支配下，丧失了求生存的勇气和信心，过早地放弃了生命，教训惨痛。

　　人生其他事情都可能有第二回，唯独生命只有一回。"生命是革命的本钱"（毛泽东语），一旦失去了生命，任何事情都无从谈起。所以，在通常情况下（国家遇到严重危机需要个人勇敢舍生取义除外），每个公民都应把呵护生命看得高于一切、重于一切，这既是对自己、家庭和亲友负责，也是对国家和民族负责。然而，现实生活中我们经常见到不少人，既对爱惜生命的重要性认识不足，又对该如何爱惜生命缺少智慧、办法。他们不懂得生命的承受能力是有限度的，因而长期超负荷运转严重透支生命；他们还不懂得任何人的生命都会从旺盛逐步走向衰亡，在此过程中如果你勤于、善于打理生命（防病治病），才会健康长寿。

生命衰亡过程中出现疾病（包括长恶性肿瘤），是客观存在、很难以人的主观意志为转移的。人们对待疾病（包括长恶性肿瘤）的唯一正确选择是，勇敢面对它，想办法战胜它。否则，等待你的定然只有悲剧。在不该结束生命的时候丢掉了生命，是懈怠生命导致的恶果，是人生缺乏智慧、勇气和斗争精神的一种表现，本质上是人生的一种失败。

2020 年 1 月 21 日

愿"衙内"早日绝迹

大凡读过《水浒传》的人，恐怕都不会忘记高衙内这个反派人物。此人原本是北宋仁宗时都城东京（今开封市）的一个市井小混混儿，后来成为太尉（宋初官阶最高的武官）高俅的养子，成了衙内，倚仗权势作恶多端。《水浒传》里对他的介绍是，"高俅新发迹，不曾有亲儿，无人帮助，因此过房这阿叔高三郎儿子在房内为子。本是叔伯弟兄，却与他做干儿子。因此，高太尉爱惜他。那厮在东京倚势豪强，专一爱淫垢人家妻女。京师人惧怕他权势，谁敢与他争口？叫他作花花太岁。"一天，高衙内碰见在东岳庙烧香的东京八十万禁军教头林冲之妻，垂涎其美色而不可得，便与走狗陆谦、富安合谋设计诱骗林冲妻，使其险遭不测。后又与高俅合谋陷害林冲，将其发配沧州充军，并逼死林娘子。

仗势为非作歹的"高衙内"这一类角色，历来为人们所不齿。然而，时至千年之后的中华大地，"高衙内"的影子仍然挥之不去。且列几例：

例一：2010年10月16日21时40分许，一辆行驶在河北大学新校区的黑色轿车，撞倒两名穿着轮滑鞋的女生后，不但没停车，反而继续去校内宿舍楼接人。肇事车辆被众人拦截后，酒后驾车的肇事男子李某竟口出狂言称："有本事你们告去，我爸是李刚。"经了解，李某的父亲李刚为保定市北市区公安分局副局长（副科级）。被撞陈姓女生经抢救无效死亡，另一女生被撞伤。很快，"我爸是李刚"这句话爆红网络。11月初，李某家人和死者陈某父母私下"和解"，并达成《民事赔偿协议》，陈某父母获得协议中约定的46万元赔偿金，伤者获赔偿金9.1万元。法院认定李某违反交通运输管理法规，引发重大交通事故致 1 人死亡 1 人受伤，负事故全部责任。经鉴定，李某当时车速达 45～59 公里每小时，远超校园内每小时限速 5 公里的规定，血液中酒精含量每百毫升达 151 毫克，系醉酒驾驶，并且肇事后逃逸，鉴于李某"认罪态度好"被判刑 6 年。其父教子不严被撤职。

例二：近日，网传一段一名女子掌掴民警的视频（疑似为警方执法记录仪拍下），引起公众舆论一片哗然。视频起始时间为 2018 年 4 月 21 日晚 8:09，时长 1 分 52 秒。视频中短发中年女子梁某某（事后查明其姓梁）多次用手指着民警大骂，并 8 次掌掴两位警务人员，对方一直未还手。视频开头的 20 秒内，梁某某就猛扇其中一位警务人员 4 个耳光，将其眼镜打掉，并不断用脏话辱骂对方。随后，梁某某转而手指另一位警务人员，大声呵斥辱骂，并对其掌掴。事后据媒体报道，该女子为河北省某市一税务分局局长赵某的妻子，而赵某当时就在场，却对妻子的恶行视而不见。

4 月 29 日，该市地税局发通报称"赵某及其妻子梁某某（无职业）在处理亲属被撞交通肇事逃逸案过程中，涉嫌妨碍公务，产生恶劣社会影响，已被公安机关刑事拘留"，并称"已对赵某进行停止工作、免去分局局长职务处理""目前此案正在审理中，我局将根据司法机关审理结果，依党纪政纪有关规定，及时对其做出进一步处理"。与此同时，"在全市地税系统深入开展了警示教育和纪律作风整顿活动"。

随后不久，全国媒体又相继披露了威逼学校开除对自己孩子"不好"的老师、阻挡高铁关门按时发车、在火车上任性霸占他人座位等"衙内"横行事件，全国民众闻之者无不愤慨。

纵观上述系列事件，肇事者无论男女老少，在普通百姓乃至国家执法人员面前的张狂气焰，均若"高衙内"再世。令人惊愕和忧心的是，步"高衙内"后尘的"李衙内""张衙内""王衙内"……在全国各地此隐彼现。

只要认真查究便不难发现，几乎所有"衙内"张狂事件背后，多有权势在作祟，肇事"衙内"几乎都是自恃有掌权亲友撑腰甚至自身就是掌权者，因"不怕告"而胆大妄为。近年被媒体曝光的多地"衙内"欺负普通百姓乃至攻击执法人员等事件，无不折射出"权力的影子"。

中国受封建制度统治时间过长，封建特权思想对人们的影响根深蒂固，因此很容易出现一些官员及其亲友恃权凌众欺压百姓，而一些民众则畏惧权势逆来顺受，以此恶性循环，导致"衙内"张狂现象得以长期存在。

我们国家是人民当家做主的社会主义国度，一切权力归人民大众所有，一切官员都是代替人民掌握权力的"公仆"，绝不容许官员手中的权力异化为欺压百姓、损害人民利益的工具。党的十八大以来全党开展的声势浩大、深入持久的反腐败斗争，本质上就是要解决一些官员将手中的公权异化为私权的问题。

依鄙人之见，全国各地各级都应把防止官员脱离群众的问题，作为反腐败斗争深入的一个严肃课题来解决。对于本人及亲友倚仗权势要"衙内"威风的，必须严惩不贷，最好是将其官职一撸到底，"杀一儆百"，切忌不疼不痒给个批评、处分之类了事，以免他们"好了伤疤忘了疼"。相信随着反腐败斗争的不断深入和胜利，"衙内"张狂现象必将得到有效遏制。当然，要使其最终在中华大地上消失，将是一个漫长的斗争过程。

2018 年 5 月 17 日

摒除"乾隆遗风"

在中国文学史上，有些人创作和流传下来的诗词并不多，却有名篇或者名句被世代广为传诵，如刘邦、陈子昂、崔颢、李煜、岳飞、于谦等人都是如此。如果我们把这些以少而精扬名千古的诗词作者称为"喜剧人物"，那么与之相对照的还有不少"悲剧人物"，他们一生写了大量诗词，却鲜有甚至根本没有能传世的，其中最为悲催的，当数乾隆皇帝。乾隆一生写诗4.26万（一说4.36万）多首，竟无一首、一句传世佳作。称其为"乾隆悲剧"，一点不为过。

乾隆皇帝（清高宗爱新觉罗·弘历，1711—1799年），在位60年，实际行使国家权力63年，是中国历史上执掌国家最高权力时间最长和寿缘最长的皇帝。他在康、雍两朝基础上进一步拓展文治武功，使清朝达到了"康乾盛世"的巅峰，当属有为之君。然而，在文学创作领域，乾隆却是一个极其典型的悲剧角色。他从青年时期就爱写诗，直到80多岁还笔耕不辍，一生写了4万多首诗。对于乾隆而言，写诗不是心血来潮、朝三暮四，而是终身爱好。他多次自言："机务之暇，无他可娱，往往作诗赋文。"乾隆活了89岁，若算他从10岁开始写诗，平均每天要写1.5首，在长达80年的时间里能如此持续高产，古今中外绝无仅有。乾隆的诗艺术价值不高，这是历代文史学者及诗歌爱好者的普遍看法。有网友甚至认为："若论艺术价值，也许乾隆的四万多首诗，赶不上一首《静夜思》或《春晓》。"乾隆如此笔拙，鄙人窃以为因由至少有以下几点：

其一，禀赋不济，注定难成一流诗人。我们经常见到，有的人学习掌握这个方面的知识、技能很吃力，而学习掌握其他某个方面的知识、技能却不费劲，甚至无师自通，这说明他的天赋在这个方面极低，而在别的某个方面却极高。创作诗歌是需要复杂思维的高级脑力劳动，文艺创作天分不高的人，很难领悟其要旨写出名篇佳作甚至成为大家。我国历代参与诗歌创作者成千上万，能写出传世佳作者寥若晨星，就充分说明了这一点。乾隆虽然在理政治国、率军打仗等方面天赋非凡，但他写诗的天分实在不敢恭维。不然，以他具有的多方面优越条件，用七八十载工夫琢磨出几首好诗来，并非什么难事。鄙人以为，乾隆没有写诗的天赋，否则无法解释他旷绝古今的写诗悲剧。

其二，价值取向错位，行为陷入误区。质量是诗歌的灵魂，写诗务必把质量摆在首位。乾隆不明白诗歌和诗人的根本价值取决于作品的质量，而绝非数量。他错误地以为自己作品数量越多，名望就会越高，甚至超过李白、杜甫，成为"前无古人"的大师。因而，他的诗歌创作始终偏离正确方向，陷入疯狂追求数量的泥潭不能自拔。他用了七八十年时间发起数量冲刺，游览承德避暑山庄檀林一处景观就作诗170多首，观王羲之的《快雪时晴帖》就题诗73首，甚至上一次厕所也要作诗4首。对于粗制滥造的数万首诗这个"成就"，乾隆颇为得意，自豪地声称："余以望九之年，所积篇什几与全唐一代诗人篇什相埒（持平），可不谓艺林美谈乎？"他甚至狂妄地问纪晓岚等大臣自己的写诗水平是否高于李白。只可惜，乾隆一天产出几首、几十首的批发式作诗，不仅未能助其成为"艺林美谈"，反而使他沦为千古笑柄。

其三，任性胡为，章法错乱。乾隆的诗，除了意境不高、内容平淡，还存在写作任性、不讲章法的明显缺陷。他惯于用散文句法写诗，而且极度轻视营造诗的"意象"，所以他写诗往往只是把自己每日的各种感触写成五言或七言句子，仅格式像诗而已。为使散文句子像诗，就必须多用"之、乎、者、也、其、以"之类文言虚字来安排句法、凑字凑韵。

这样拼凑出来的"诗"，内容单调无聊，句法"烂俗磨蹭"，如同复述文件，毫无诗意可言。钱锺书在《谈艺录》中称乾隆这种做法"令人作呕"。

其四，舆情氛围畸形，助长莠稗滋生。在整个清王朝160余起文字狱（罪名多为写"反诗"）案中，乾隆时期就有130余起。文字狱主犯被处以极刑，亲属男15岁以上斩、15岁以下及女性为奴。在此种文化恐怖专制下，朝臣们唯一能做的，就是拼命赞扬皇上写诗水平高，就连纪晓岚这样的重臣，都当众违心夸乾隆写诗水平比李白高得多。刘墉等大臣还写了很多仿照乾隆"御制体"的诗作与他唱和。如此一来，乾隆写诗态度愈加坚定，恶性循环就这样愈演愈烈。

乾隆的写诗悲剧，源自他个人的多种因素。由于历来对乾隆的惨痛教训缺乏认真总结并汲取，以致谬种流传，为害至今。

今日中国诗坛之殇，集中反映为众多诗歌作者极其轻视作品质量，盲目追求作品数量，以致粗制滥造的"垃圾诗"泛滥成灾。一个十几亿人之泱泱诗歌王国，一年乃至多年出不了几首"众口传"的好诗，实属悲哀之至！

数量至上的"乾隆遗风"，还存在于当今中国其他诸多文字工作领域，而且危害甚烈。

鄙人窃以为，大凡想在文字工作领域有所作为者，都应幡然与"乾隆遗风"决绝，摒除浅薄浮躁心态，沉静心性传承，弘扬先贤惜墨如金，精益求精，不鸣则已、一鸣惊人的优良为文传统，真正使作品内容"精深"起来，殚精竭虑雕琢出"嵯峨之章"（《文心雕龙》）。

2019 年 4 月 23 日

严不起来的背后

今年夏天我国某省曝出一则大新闻：一些人竟然铤而走险在学校招生中搞冒名顶替，仅两年之内就作案上百起。据调查，这些冒名顶替别人的学生，毕业后都如愿捧上了"金饭碗"。而被他们"顶"掉的寒门子弟，品学兼优，含辛茹苦十几年为之奋斗的大学梦，竟在毫不知情中被人打碎。

多年来，在人们心目中高考相对于其他领域，属于一片可以寄予厚望的净土。先前人们普遍相信，全国适龄青年通过艰苦努力和公平竞争，可以在这里找到实现自己人生梦想的通途。谁知，这片"人间净土"也被为非作歹之徒弄脏，而且他们的气焰之嚣张、手段之卑劣，实在令人发指。该起高考招生冒名顶替事件被新闻媒体披露后，全国舆论哗然，万众义愤填膺，要求严惩不贷。

我国自隋朝开科取士以来，"高考"一直是国家严格管制、相对公平的一个领域。无论哪个朝代，包括冒名顶替在内的应试作弊者，一旦事情败露，主犯注定要掉脑袋，从犯则难免被发配流离。明洪武三十年发生科举弊案，朱元璋龙颜大怒，将负有责任的侍读张信与主考官白信蹈等20余人凌迟处死，另一主考官刘三吾时年85岁，仍被发配戍边。清康熙五十年乡试时，一些做食盐生意的暴发户为了让自己的子弟通过科举考试做官，出大价钱贿赂主考官左必蕃和赵晋等人。事情败露后，左必蕃被处流放，副主考官赵晋被定斩首后在狱中畏罪缢亡，其他涉案大小官员均被严厉处置。正因为国家处置科举舞弊从不手软，于是产生了巨大的震慑作用，所以即便是一些贪官污吏主考，也鲜有人敢造次。

照理说，我们今天的新社会提倡依法治国，对决定学子一生命运的"高考"，组织、监管应该更加严格、严密，更不应发生冒名顶替这类作弊犯法的事情。但出乎人们意料的是，铤而走险作奸犯科的事情并未消失，甚至呈现频率更高、性质和手段更为恶劣的趋势。古代的科举考试作弊，主要是在考试、录取的环节做手脚，所有肮脏龌龊的手段都在成绩公布之前完成。而如今的胆大妄为者往往连作弊都懒得做，干脆来个拦路抢劫：高考成绩出来后，直接拿优秀考生的成绩进行调包。手段之卑劣，实在令人发指。

该省高考爆发的问题，还使人联想到多年来全国各地屡禁不绝的贩卖假冒伪劣商品，以及公共场所抽烟等禁而不止的"老大难"问题，觉得我们国家在相关立法、执法上存在着明显缺陷，以至法律法规的保驾护航作用滞后于社会生活，不能及时、有效地消除违法乱纪分子给社会前进和大众生活制造的障碍。首先，法规失之于宽，缺乏刚性。例如，贩卖假冒伪劣食品和药品，情同谋财害命，这在中国古代和当今世界许多国家，都是要治重罪甚至处以极刑的，而当今中国对此类违法违规处罚轻到视若儿戏，比如工商条款规定贩卖假货罚金不超过200元，这对违法违规商贩而言如同挠痒痒，今天被罚明天就挣回来了。即便是制售假冒伪劣食品和药品的重大案件，也罕有主犯被判死刑的。这样的惩处，不仅对违法乱纪分子起不到杀一儆百的震慑作用，甚至还会助长一些人违法违纪搞乱市场的嚣张气焰，形成恶性循环。其次，执法不严，使一些法规形同虚设。如今人们所见到的许多社会乱象，都是"枉法"所致。而隐藏在"枉法"背后的实质，几乎都是"贪赃"，都是利益在驱使。由于一些执法者为了私利有意"渎职"，导致不少本来就缺乏刚性的法规得不到执行，制假售假谋财害命以及高考冒名顶替等违法乱纪问题无法消除。

依法从严治国，是推动改革开放和振兴中华伟大事业顺利前进的一项根本保证。治国、治事本质上都是治人，尤其是治手头有权的大小官吏。把官吏擅权的问题解决好了，国家大体上也就治理好了。殷切盼望国家能从追查该省高考冒名顶替案件入手，切实消除立法、执法上的薄弱环节，弘扬社会正气，促进国家健康发展，开创民族美好未来。

2019 年 10 月 15 日

向霍金学习

　　2018 年 3 月 14 日，一个令全人类悲伤的消息迅速传遍全球：当今世界最负盛名的科学家斯蒂芬·霍金在英国病逝，享年 76 岁。

　　霍金的孩子露西、罗伯特和蒂姆发表声明说："我们深爱的父亲今天去世了，他是一位伟大的科学家，一个非凡的人，他的工作和成就将会持续影响这个世界多年，他坚韧不拔的勇气、他的幽默感激励了世界各地的人们……我们会永远怀念他。"

　　斯蒂芬·威廉·霍金（Stephen William Hawking）1942 年 1 月 8 日出生于英国牛津，他是英国剑桥大学著名的物理学教授、当代世界最伟大的物理学家、20 世纪享有国际盛誉的伟人之一。霍金 21 岁时患上肌肉萎缩性侧索硬化症（卢伽雷氏症），全身瘫痪，不能言语，只有 3 根手指可以活动。他的著作几乎都是靠这几根手指在电脑键盘上通过挑选单词和词组写出来的。霍金曾任卢卡斯数学教授（英国剑桥大学的一个荣誉职位，授予对象为数学及物理相关的研究者，同一时间只授予一人，牛顿、狄拉克都曾担任此教席），主要研究宇宙论和黑洞，取得了辉煌成就，在统一爱因斯坦创立的相对论和普朗克创立的量子力学理论方面迈出了重要一步。近年来霍金还提出了未来人类的生存出路即向其他宜居星球移民，以及人工智能需要加以控制，不然会失控成为严重灾难的见解，受到世界广泛关注。霍金一生获得英国荣誉勋爵（CH）、大英帝国司令勋章（CBE）、英国皇家学会会员（FRS）、英国皇家艺术协会会员（FRSA）等荣誉。

在 2018 年 3 月 14 日的中国外交部例行记者会上，新闻发言人陆慷在回答记者提问时称："霍金先生是一位杰出的科学家，也是一位与疾病顽强斗争的科学斗士，为科学、为人类做出了巨大贡献。霍金先生生前曾三次来华，中国领导人曾会见他，中国科学家和科学爱好者们也同他进行过愉快的交流。霍金先生关心中国的发展建设，对中国的科技进步做出了很高的评价。他也十分喜爱中国文化，曾十分坚持并最终在助手的帮助下实现了登上长城的愿望。我们对霍金先生不幸去世表示哀悼和惋惜，向他的家属表示慰问。霍金先生和他做出的贡献将被永远铭记。"

世界各国的新闻媒体和相关人士乃至民众，都在第一时间对人类伟大儿子和杰出英雄霍金的去世，以各种方式表达深切悼念之情，并对其辉煌而坎坷的一生，表达了由衷的景仰。

霍金极不寻常的一生，可以启发我们思考很多问题，明白无数道理。

在霍金面前，我们可以为生活和工作中的困难畏缩踟蹰吗？不能。霍金 21 岁就全身瘫痪，不能言语，只有 3 根手指可以活动。霍金就是在如此不堪的身体条件下，从事艰苦科研长达半个多世纪，成为一代科学巨匠。霍金让我们更加明白了身残志坚、坚忍不拔、坚持不懈、吃苦耐劳、自强不息、事在人为等词的真正含义。与霍金相比，我们工作和生活中那点困难算得了什么？霍金可以克服的工作和生活困难，我们能畏惧吗？不能！

在霍金面前，我们能说自己为国家、为人民乃至为人类完全尽到职责了吗？不能。霍金不仅克服了常人无法想象的困难，在自己研究的领域里长期披肝沥胆、砥砺前行，取得卓越成就，而且时刻胸怀天下，感念苍生，指出了地球人类和人工智能将来发展中可能出现的问题和解决办法。他比众多从事人类和人工智能发展研究的专业人士想得还早，还深，还明白，这种以关心人类福祉为己任的崇高责任感，实在值得普天之下的人点赞和遵从。

在霍金面前，我们明白了什么是做人的道德良心和正义感。霍金满腔热忱期盼和欢呼中国的成功、进步。他尽管行动异常不便，仍然先后3次来华，亲身感受中国的伟大，而且登上了长城。由于霍金对中国"过于"友好，以至让英国一些媒体感到酸溜溜的。霍金刚正不阿的人格，同样证明了他的伟大。

在霍金面前，人类的心被征服了。他征服人心的是高尚人格、奋斗精神、卓越贡献。霍金的经历再次生动证明，老百姓的眼睛是雪亮的，只有真正以天下为己任，随时随地感念苍生，鞠躬尽瘁为国家、民族乃至全人类做好事的人，才有可能享誉天下乃至青史留名。

中华文明史上的周文王、屈原、左丘明、孙膑、司马迁等在逆境中发愤作为是我们的榜样，霍金这个近代楷模，也是全体中华儿女的一个极佳学习榜样。

2018 年 4 月 15 日

养心于先

时下人们普遍重视养生，但有些人费了很大劲，效果并不理想，其中一个重要原因，就是未能重视从精神层面解决问题，把养身和养心有机结合起来，使两者互为支撑，相得益彰。

养生需要解决两大基本问题：一个是养心，减少乃至消除心性方面存在的负面因素；另一个是养身，减少乃至消除身体器官功能障碍。二者相比较，养心是第一位的，是养身见效的前提。二者双管齐下，可以延缓身体器官的衰老进程，达到延年益寿之目的。

"仁者寿"这句名言，出自儒家文化鼻祖孔子之口，几千年的实践充分证明其真理性，这是国人祖祖辈辈遵从的一个根本养生理念。近年有媒体披露，美国一名曾获诺贝尔奖的医学养生专家经过多年的大量跟踪调查发现：决定人寿命长短的首要因素既不是生活习惯，也不是运动，而是人际关系。依照他的见解，一个人如果心性好，相应的人际关系也会好，他们就可以从人际交往中不断获得幸福感、愉悦感，进而促使体内生发和保持大量有益于健康的因子，长寿就会随之而来。可见，养生首先必须把心性问题解决好，这是根本前提。国内著名医学养生专家刘力红指出，人的生命90%要由良好的心性作为支撑，谁的不良情绪多，疾病就会不期而至，怒伤肝，恨伤心，怨伤脾胃，恼伤肺，烦伤肾……不良情绪是"万恶之首"，调控情绪是养生需做的首要功课。调控情绪总的要求是，注意随时对自己的内心世界进行清空和置换，切实减少乃至消除患得患失、攀比嫉妒、自卑自责、烦躁忧伤等不良思想情绪，并且不断增强尚义、轻利、仁爱、宽容、感恩、满足、自豪等良好思想情绪，使心里真正平静、松弛下来。为达到此目的，起码应做到六点：第一，多读圣贤书。诸子百家古训、古典诗词、医学著作、名人传略、唯物辩证法等有益知识都应阅读，了解其精髓，为养生提供参考和智慧，使养生步入良性循环。研究哲学的人大多能长寿，其根本原因就是善于从哲学思维中获取长寿智慧，这一条非常值得我们借鉴。第二，多交朋友。这是人们实现健康长寿目标所需生活经验和好心情不可缺少的来源，正如普希金所说："什么都不能代替无比亲密的友情。"现实生活中，我们不难发现，凡是交朋友方面做得比较好的人，在人生路上他们就会从中受益匪浅，尤其是老年时有地方倾诉自己内心的喜怒哀乐，还可以不断从朋友那里获得慰藉，从而摆脱孤独、抑郁、痴呆等困境。交朋友要重义轻利，真诚相待，善于包容，还要肯于付出，舍得吃亏。只要我们用心去做，就不愁缺少好朋友。第三，多做善事。行善积德可以益寿，这不仅在我国古籍中有系统阐述，而且国外专家也通过大量试验得到了充分证明。美国耶鲁大学和加州大学，近些年合作研究了"社会关系如何影响人的死亡率"的课题。他们随机抽取7000人进行了长达9年跟踪调查，调查资料显示，乐于助人与他人相处融洽的人，其健康状况和预期寿命明显优于常怀恶念、损人利己的人，而且后者的死亡率比正常人高出1.5倍至2倍。于是科学家们公布了研究成果：善行能延长人的寿命。所以，我们要常怀仁慈之心，不辍行善积德，为延年益寿奠定基础。第四，确立生活目标。宋代大理学家朱熹说："命为志存。"法国大文豪雨果断言："人类的心灵需要理想甚于需要物质。"人是具有高级思维活动的动物，对其生命历程总是要自觉不自觉地进行回顾和反思，当其觉得自己成年累月碌碌无为时，便会认为自己生命的存在价值已经不大，进而内心生发空虚、懊悔甚至恐惧的情愫，这极其不利于健康。国外关于养生的调查发现，不少缺乏生活目标的老年人，比生活目标明确且过得充实的人，衰老和死亡明显加快。所以，即便退休赋闲专注养老，也必须酌情给自己定出生活目标，除带好孩子，还要做练字、习画、赋诗、写文章、锻炼身体、外出旅游、朋友聚会等力所能及的事情，增强晚年生活的成就感、价值感和自豪感，以足够强大的正面心理因素，抑制、战胜妨碍健康的负面心理因素，实现延年益寿的目标。第五，多"忘我"。忘我状态，即把脑子里装的自己的姓名、年龄、家庭、朋友、烦恼、忧愁等所有信息全部暂时忘掉，使脑子完全处于空白状态，身心彻底放松，体内有益于健康的因子就会明显增加。相反，思想、心理负担重，神经总是绷得很紧的人，体内损害健康的因子就会明显增加。可见，学会忘我，善于清空头脑和心灵，对养生极为重要。关于听到美好音乐，奶牛可以多产奶、庄稼长得快的新闻，国内外媒体早有报道。有些老年人经常到人少清静的公园，边散步边随身播放悠扬乐曲，使自己全然陶醉，忘却自我和周围一切，等到神思猛然清醒时，身心无比轻松。第六，多自省自善。孟子"吾日三省吾身"，毛泽东主张"打一仗进一步"。我们养生也只能在实践中摸索总结，不断改进、提高，以求功至效显。前面说的六条，本人近年来都努力做了一些，对身心健康确有不小补益。

　　总之，修身养性是养生的基础工程，只有把基础打牢实了，构筑在其上面的其他工程才有可能优质佳效。

2020 年 9 月 8 日

说"度"

"度"在哲学上指一定事物保持自己质的数量界限。在这个界限内，量的增减不改变事物的质，超过这个界限，就要引起质变。事物质变的结果有好坏之分，很多事物质变的结果都是坏的。如果人们不愿得到坏的质变结果，就要特别注意控制事物的量变，使它不要超过引发质变的"度"。了解事物由量变到质变的运动规律，把握好事物发展变化的"度"，对人们的一切生命活动结局的好坏乃至生命的存亡，都具有极端的重要性。

古往今来，人们在把握事物发展变化的"度"上表现不一，得到的结局也迥异。商纣王东征拓展华夏中央王国的疆域、秦始皇和秦二世征召民夫修筑万里长城防御北方少数民族侵扰、隋炀帝修建大运河与征伐高丽促进国家发展和疆域巩固，尽管其主观愿望都是好的，事情也都是早晚该做的，但由于他们忽视了把握事情的"度"，犯了盲目冒进的错误，使天下百姓的负担超出了承受能力的"度"，进而引起事情的"质变"：天下大乱，江山易主，他们被万世唾骂。与此完全相反，西汉时期的汉武帝刘彻在带领全国军民经过长期精心准备积蓄了强大国力、军力之后，派遣大将卫青、霍去病率领数十万大军，先后发动了30多年的对匈奴战争，取得一系列重大胜利，收复了漠北上千里失地，使王朝基本上消除了来自北方的威胁。之后，汉武帝原本要继续派兵深入戈壁追歼匈奴残部，但当他了解到长期对匈作战已使全国民众负担沉重时，毅然叫停了对匈奴的战争，并颁发《罪己诏》检讨自己近些年对天下苍生体恤不够的过失。汉武帝说到做到，马上薄赋轻徭使民众休养生息，从而避免了社会矛盾激化（官逼民反），使自己和王朝度过了危机，使大汉盛世得以延续。汉武帝不愧是把握"度"的高手，他的做法对后世从政者起了很好的示范效应。

把握"度"的重要性，还突出反映在维护生命上。在这方面，古今很多杰出人物都留下了深刻教训。诸葛亮自从 27 岁出山到 54 岁病逝，前后 27 年时间，都是在征战和繁忙政务中度过的，几乎难有一日安闲。尤其是生命的中后阶段，他长期奔波疆场，亲自六次统兵伐魏，每一次都对身体耗费巨大。他最后一次北伐屯兵五丈原时，终于一病不起，不久即告别人世。诸葛亮长期透支健康，最终"出师未捷身先死"，教训惨痛。雍正是中国历史上数一数二勤勉的皇帝，他刚一登基即罢鹰犬之贡，表示自己不事游猎。雍正在位期间，始终不巡幸、不游猎，日理政事，终年不息。他除了去过河北遵化清东陵祭祖数次，当皇帝 13 年里就没有出过京城。主要原因是政务繁忙，根本没有时间出去享受。雍正自己曾言"各省文武官员之奏折，一日之间，尝至二三十件，多或至五六十件不等，皆朕亲自览阅批发，从无留滞，无一人赞襄于左右"，"朕自朝至夕，凝坐殿堂，披览诸处奏章，目不停视，手不停批，训谕诸臣，日不下千数百言"。特别要提到的是，雍正只要能动得了，什么事情都要躬身亲为。就在他去世前的几天，还一直在抱病批阅奏折。直到最后那天实在挺不住了，才叫两个儿子来服侍。今天看来，诸葛亮和雍正皇帝，无疑都属于"过劳死"。古往今来，同诸葛亮、雍正皇帝一样虽然智商很高却疏于把握生命"量变"的"度"从而导致英年早逝"质变"悲剧的人，以及当今因透支健康英年早逝的人，比比皆是。他们的悲惨教训值得我们很好吸取。

在高度发达且日新月异的科学技术推动下，现代社会发展变化空前迅速。与此同时，世间诸多事物的量变、质变速度也空前加快。面对如此新情况，把握好事物量变的"度"显得尤为重要。在此，鄙人且试举几例加以解析：其一，一些年轻人企求发达操之过急。年轻人企求发达本无可厚非，但操之过急却断不可取。因为人的身体和心理承受力都有限度，一旦其承受的压力超出这个限度，就会出现事与愿违、得不偿失的结局。不少年轻人由于发展目标定得过高且实现目标操之过急，过度透支生命，竟至失去健康甚至生命。人们，尤其是年轻人必须切实明白"身体是革命的本钱"这个道理，通常情况下任何时候都必须把自己的生存放在第一位、发展放在第二位，必要时还应当牺牲后者保全前者，切忌让日积月累透支生命的"量变"最终引发出恶性的"质变"。其二，一些年轻人贪图享乐过度。尽管追求享乐是人的天性，也是公民拥有的权利，但这种行为是要有限度的，一旦事情做过了头，就会带来难以消除的恶果。时下不少年轻人所患肥胖症、糖尿病、高血脂、脂肪肝、心脑血管疾病、痛风等"富贵病"，就是由于管不住嘴胡吃海塞所致。一定要使人们，尤其是年轻人懂得，生活享受必须有"度"，否则就会"乐极生悲"，贻害自己、家庭和国家。其三，扶助孩子求学过度。时下很多大人都期望自己的孩子赢在"起跑线"、考上名校、前程似锦。于是全家上阵，给孩子施压、助力、公关，一年到头儿忙得不可开交，但正面效果非常有限，相反却使孩子失去了良好天性、健康，甚至把孩子逼得精神和心理失常。如何在督促孩子学习上把控好"度"，这是普天下家长需要好好学习的一门功课。其四，一些中老年人惜命过度。珍惜生命同做其他事情一样必须适度，一旦过了头，不仅达不到目的，还会造成难以逆转的恶果。有些人为了延年益寿，成天拼命吃好东西增加营养，或者受误导这也不吃那也不沾，结果不是营养过剩"富贵病"缠身，就是营养不良免疫力低下。还有一些人为了延长寿命，长期"过度治疗""过度运动"，不仅未能增进健康，反而折腾垮了原本不错的身体，甚至英年早逝。可见，了解事物量变与质变的关系，做事防止"过度"，增强行为的科学性，对我们所有人都具有不可低估的现实意义和深远意义。

古今中外，人世间最重要同时也最难掌握的艺术，也许就是把握做事情的"度"。小到每一个社会成员、每一个家庭，大到每一个民族、每一个国家，其成败兴衰的喜、悲剧，在很大程度上是由做事情把握"度"的程度决定的。愿普天下的人们，都能在把握"度"上做得更好，使自己的人生更富有智慧，更加成功！

2020 年 1 月 10 日

把事情看透

时下感到活得累的国人，有不少是由于看不透一些事情，出现思维紊乱、行为荒谬，导致心身疲惫。

所谓把事情看透，就是不仅要透过事物纷繁复杂的表象看清其本质，而且要看清事物发展的必然趋势、结局，从而采取正确举措加以应对，以期收到好的效果。

把权力看透。任何官员掌握了国家公权，只有两种用途：一种是用它来为公众谋利益，另一种是将它部分或者全部变为谋取私利的工具。如果你是前者，会在休息时间等多方面做出牺牲，从而你会累、会清苦，与此同时，你会把权力看得比较淡，从而也就不致费尽心思、不择手段钻营当官，甚至还会出于公心让贤，如此一来就可能活得相对坦荡轻松。如果你是后者，就会成天患得患失，总是绞尽脑汁没完没了捞权捞利。与此同时，因为你始终都要承受百姓唾骂和害怕"东窗事发"的巨大心理压力，你定然活得轻松不了。一旦"被捉"，你便会身败名裂，万劫不复，何言"轻松"？可见，看透掌权，看淡当官，大凡心不净、智不逮者，对官场避而远之，追求"无官一身轻"的生活境界，不失为明智之举。

把钱财看透。钱财本为生不带来死不带去的"身外之物"，人们拥有它是为了获得生活必需品。只要生活之需有了基本保障，多余的钱财似乎就没有太大用处，弄不好还会成为累赘甚至变为灾难之源，古往今来概莫能外。所谓"富不过三代"和"从来纨绔少伟男"，大概就是"钱多"惹的祸。时下不少国人尤其是官商看不透这一点，他们成天都在拼着老命捞取钱财，即便已经很富有了，仍不肯停息。还有一些人本来不缺钱花，但一年四季东奔西跑转商场买降价促销品，或者参加各种产品推介活动领取赠送品，他们定然会疲劳。所以，不少富裕者和普通人，都为钱财活得累。四川民企老总刘永好有一次接受某电视台采访时说："钱上了一个亿就不是你自己的了，无论你怎么捂紧钱袋子，你兜里的钱早晚都会变成社会的！"马云有一次接受某电视台采访时也发感慨说："亿万富翁的钱都是暂时由你替国家保管的，你要真以为它们都是你的，你离倒霉就不远了！"刘永好、马云都是非凡智者，他们看出了隐藏在钱财背后"福兮祸所伏"的辩证法。可见，有些人企图通过吃苦受累积攒足够多的钱财，自己享用不完留给子孙后代，使家族永远兴旺发达，这十有八九都是一厢情愿的幻想。

把抓工作看透。有些人工作上担了点责就感到一年到头累得不行，根本原因在于他们没有把抓工作看透。毛泽东说："政治路线确定之后，干部就是决定的因素。"抓工作其实就是抓头头儿，抓管理。督促属下履行好职责的最有效办法是出台合理科学的政策规定，谁干好了把其最想要的（职级之类）给他，谁干不好把其最不想失去的（职级之类）给其拿掉，如此一来，根本不用你在上面成天着急上火，甚至泡在基层跟踪督促。一些省、市、县领导一年到头儿被一个生产安全问题折磨得喘不过气来，"按下葫芦浮起瓢"，就是因为他们没有把抓工作看透，没有找到有效办法调动属下的积极性，尤其是没有用对干部，急得没招儿了只得自己赤膊上阵，结果还是无济于事。可见，官员们非常需要随时总结经验教训，不断增强抓工作的智慧。

把孩子求学看透。时下凡是有孩子上学的家庭，几乎大人小孩儿活得都不轻松。主要原因是人们没把孩子上学这件事看透，以致全家为帮孩子"赢在起跑线""圆名校梦"而累得筋疲力尽。其实，孩子学习成绩好不好，取决于多方面原因，有的人天生学习就不费劲，而有的人无论老师、家人怎么帮忙都"扶不起来"。这正如恩格斯所说"人生下来就有爱好某种劳动的嗜好"，如果你家孩子的天生爱好并非读书，帮其"赢在起跑线""圆名校梦"十有八九是徒劳的。再者，即便家长劳累半天帮孩子赢了"起跑线"、圆了"名校梦"，那又怎样？全国各地的"高考状元"、名校学生走出校门到社会就业后，在职场与非名校毕业生相比并没有显示出绝对优势。可见，孩子上学本应顺其自然，只要其尽力即可。家长人为去"拔苗助长"，纵然让自己累死累活，也很难有多少效果。

把生命看透。人的生命仅是物质存在和运动的一种形式。它有诞生就必然有死亡，这不以人的意志为转移。有些人为了延年益寿活得非常累：这也不敢吃，那也要禁用，甚至轻微高血压就再不敢沾鸡蛋；见到身体某部位出现轻微衰退症状，就日夜惶恐以为得了要命的大病，务必除之方心安；不顾年迈体弱过度运动锻炼，甚至重度雾霾天也必须跑够上万步；害怕细菌病毒传染出门交往都带着碗筷和矿泉水……一些人期盼通过养生阻止身体衰老和生命消亡，但忙活半天收效甚微，甚至事与愿违。其根本原因，是没有把生命的本质及其运动规律看透，不懂得养生，做得再好也无法改变生命运行的规律。从而，使养生陷入了误区，无端耗费了大量时间和精力，增添了身心的疲惫感。

除去前面解析的问题，大到治党、治国、治军，小到治单位、治家、治事，只要看透了事情、用对了人，都没有什么太难办的。毛泽东一生可谓最忙的人，他却有时间阅读大量古今书籍并且创作众多美妙诗文，其根本原因就是他把一切事情看得都很透彻，进而处理事情得心应手、举重若轻，使自己得以忙里偷闲从事业余爱好。人们要想不因琐事活得太累，需要好好向毛泽东学习思考、处理问题的方法。

2019 年 12 月 30 日

留点时间给自己活

这个题目是我十几年前从老家四川一位中学校长那里听来的。21世纪初的一年春天我回去探望母亲，朋友聚会时一位中学校长（我们比较熟识）私下半开玩笑地对我说："国之，你去给县委某书记（我的高中同班同学）说一下，把我调到县里安排个闲职算了，如今在下面干着太累！"我吃惊地问他："开玩笑呢？你们学校在省里都是出了名的，每年初、高中一个年级就要收20多个班，你真舍得放弃手中的实权？"不料他胸有成竹地对我说："我今年已经50岁，生下来就缺吃少穿，读书时候的苦你完全清楚，上班后除了拼命干好公事，就是为爹妈、兄弟姐妹和为儿女操心，这辈子基本上都是在为别人活，该留点时间给自己活了！"

这位中学校长的话，使我有茅塞顿开的感觉。我比他年长几岁，此生承受的工作、生活压力毫不逊色于他，却从未想到要"留点时间给自己活"。恕我直言，全中国的老年人真正静下心来认真思考过要"留点时间给自己活"的人，恐怕都为数不多。但是，不管你是否思考过这个问题，都无法回避一个严酷现实：你的生命只有几十年，最长不过百十年，而且绝对没有第二回。你来人世走一遭，如果没有"留点时间给自己活"，最终不会后悔吗？如果你有可能后悔，那可是绝无弥补机会的，因为人生无法重来。我和那位校长所见略同：人生应该"留点时间给自己活"。我们持这个主张，核心意思是强调一个人在尽到对党、国家、人民、父辈、子孙、亲友应负责任的同时，也要对得起自己，使自己拥有必要的生活享受、人生乐趣，切忌把两者对立起来，只顾前者忽略后者。

只有两者兼顾、两者兼得，人生才算得上富于智慧。

不可把人生目标定得过高，把人生日程排太满。我们不难发现，从古至今有些人由于"自不量力"，盲目追求难以实现的远大目标，或者什么都想做好，结果往往是"出师未捷身先死"。有些人即便一辈子不吃饭不睡觉，也忙不完他们想做的事情，哪里还有时间"给自己活"？可见，认真汲取历史和现实生活中一些人的沉痛教训，科学设定人生目标，科学安排人生日程，使事业和生活协调进行，才不至顾此失彼，才可能有时间"给自己活"，使人生更加完美。

时下很多人"没有时间给自己活"，一个重要原因是家庭牵扯精力太多。家庭耗费的精力一方面是侍奉老人，另一方面是照管儿孙。毫无疑问，对老人尽好孝道完全应该，不能马虎，不可吝啬时间和精力，这是中华民族的传统美德，是任何人老有所养、老有所依的基本保证。这里需要特别说明的是，时下人们在照料老人上投入的时间和精力，从总体上讲比例不大、远远不够，和古人"父母在不远游"更是相差甚远。现在人们把主要的业余时间和精力，都投到下一代身上了。虽然关心培养下一代无可厚非，但目前总的趋势是做过了头儿，显而易见的负面效应至少有两条：首先，全民总动员帮孩子"赢在起跑线"，搞得众人甚至包括七八十岁的老人成天忙碌、精疲力竭，哪里还有时间"给自己活"？其次，对孩子的生活管理包办过多，结局是既累了、亏了自己，又害了孩子，使其自理意识和能力弱化，给其日后在社会上生存和发展造成不可低估的负面影响。中老年人只有科学统筹好家庭事务，切实减少在下一代身上不必要甚至有害的时间、精力耗费，才有可能"留点时间给自己活"。

有些人缺少时间"给自己活"，还由于管亲朋好友的闲事太多。由于"一人得道，鸡犬升天"思想在一些国人头脑中根深蒂固，某人一旦在政界、商界或者其他各界出人头地，他的亲朋好友便纷纷"不安分"起来，都想凑上来沾光，小者要求帮助择校、找好的岗位，大者要你帮他升职、挣大钱等，一旦你不肯帮忙或者帮助没遂了他的愿，你都是挨骂。帮了的人认为你"应该"，没有帮或者没有帮到他满意的人就记恨你。很多中国人，尤其是各界官员之所以活得累，很大一种压力来自满足亲友的"非分之想"（获取本不该属于他们的东西）。而满足亲友的"非分之想"不仅使自己很累，早晚还要挨骂，因为你总有满足不了他们的时候。最正确的办法是：不管或者少管亲友的闲事，省点时间"给自己活"，这样于公于私都有好处。

时下的中老年人，此生吃了很多苦，受了很多累，在享受生活上欠了债。面对只有一次的生命，的确应该很好审思，把它看透，下决心排除各种不必要的干扰，尽可能留点时间给自己品味人生，以免死而抱憾。

2019 年 12 月 26 日

后 记

本人于 1968 年 3 月参军，当年 8 月任团政治处新闻报道员，次年 2 月被调到军政治部写新闻报道，1970 年 11 月提拔为军官，1978 年 8 月调入北京军区政治部，先后担任新华社、《人民日报》、中央人民广播电台驻北京军区军事记者，北京军区新闻处长等职，在军队新闻工作岗位干到退休。本人在 40 年的工作时间里，写的基本都是关于部队的军事新闻，极少有时间写散文、随笔之类的文学作品。退休后忙于打理家务杂事，一晃就是好几年。直到 2017 年春节前，才猛然意识到必须尽快写作诗文，圆中学时代就有的文学梦。从当年 2 月初开始，我就马不停蹄地撰写散文、随笔和诗歌（之前在报刊上发表过少量）。原计划 2021 年 3 月出版诗集和散文随笔集各一部，后来发现时间上来不及，只好改变计划先出散文随笔集，然后再出诗集。一直忙到 2021 年 11 月底，才把散文集的书稿、序、后记等准备齐交出版社。

收入本书的一些文章，已经在军内外报刊和网站登载并且受到广泛好评。由于时间仓促，还有些可为拙作增色的内容未能写出收入，与此同时收进文集的稿件有的尚缺乏精细打磨，这些遗憾只有等下次再出文集时弥补了。

这部文集得以问世，还仰仗石英、宁新路、凌翔、叶聪阳、田兰富、王志、王华、胡立瑞、李奇秀等朋友的鼎力相助。尤其是耄耋之年的著名作家、诗人和散文家石英老师，悉心阅读书稿，进行缜密构思，精心撰写了长达近 4000 字的序言，对拙作做了中肯点评，对本人给予了热情肯定和鼓励。在此，特向石英老师和其他为拙作出版帮过忙的朋友，致以诚挚谢意。

本人一辈子做新闻记者，加之崇尚秦牧的散文风格，即说一件事情就把它讲透彻，力求给读者留下完整的印象。故而，拙作行文在叙事方面下的功夫比较多，尽可能多地提供"干货"。为了提高文学随笔写作技巧，近两年我还专门买来蒙田、培根的随笔文集学习。受秦牧、蒙田、培根等人文风的影响，书中有些文章篇幅较长，希望读者朋友理解、见谅。

法国文豪雨果说："人类心灵需要理想甚于需要物质。"日本著名作家池田大作认为："最美好的人生途径就是创造价值。"我写这部文集，正是为了实现心灵所需的理想，也包含为社会创造价值的意愿。如果朋友们读了有所获益，对我当是莫大的慰藉。

接下来，我还将秉笔写作诗文，争取再出几本值得阅读的书，为建设文化强国尽绵薄之力，做一名无愧于伟大时代的中国军人。

涂国之

2021 年 11 月 29 日于京西半壁店